높은 곳에 오르다

登高

바람 세고 하늘 높은데 원숭이 울음소리 애절하고

강가 물 맑고 모래 흰데 새 맴돌며 난다

끝없이 나무들에선 낙엽이 우수수 떨어지고

그치지 않는 장강은 출렁출렁 밀려온다

風急天高猿嘯哀 渚淸沙白鳥飛廻

無邊落木蕭蕭下 不盡長江滾滾來

Fantastic Oriental Heroes

임영기 新무협 판타지 소설

쾌검왕

快劍王

쾌검왕 4

임영기 新무협 소설

초판 1쇄 찍은 날 § 2005년 7월 25일
초판 1쇄 펴낸 날 § 2005년 8월 5일

지은이 § 임영기
펴낸이 § 서경석

편집장 § 문혜영
편집 § 장상수 · 서지현 · 최하나

펴낸곳 § 도서출판 청어람
등록번호 § 제1081-1-89호
등록일자 § 1999. 5. 31
어람번호 § 제2-0656호

주소 § 경기도 부천시 원미구 심곡1동 350-1 남성B/D 3F (우) 420-011
전화 § 032-656-4452 팩스 § 032-656-4453
http://www.chungeoram.com
E-mail § eoram99@chollian.net

ISBN 89-5831-646-2 04810
ISBN 89-5831-553-9 (세트)

Fantastic Oriental Heroes

임영기 新무협 판타지 소설

쾌검왕

4

파죽지세(破竹之勢)

도서출판 청어람

목차

◆제40장◆
일파지존(一派至尊)

일파지존(一派至尊)

"이곳을 본거지로 삼는 것이 어떻겠습니까?"

어제까지만 해도 수룡사왕의 거처였던 수룡각(水龍閣) 삼층에서 적사의 말이 흘러나왔다.

수룡채의 이십여 채 전각군들은 나름대로 진(陣)의 형식으로 지어져 있었다.

수룡각은 그중에서도 가장 안쪽에 웅장하게 위치했다. 높이는 삼층이지만, 전각의 지름이 삼십여 장에 달했고 내부는 황궁을 본떠서 장식했기 때문에 화려함이 극에 달했다.

"그러세."

탁자 앞에 앉은 초곤이 찻잔을 들어올리면서 가볍게 고개를 끄덕였다.

이견이 있을 리 없었다. 현악이든 초곤이든 적사의 의견이라면 전폭적으로 믿고 신임했다.

수룡채는 난공불락의 철옹성이었다. 게다가 이곳의 물줄기는 천하 곳곳에 거미줄처럼 뻗어 있다.

그것은 일단 배를 타기만 하면 어느 곳이든 가지 못할 데가 없다는 뜻이었다.

게다가 육로를 이용하는 것보다 훨씬 빠르다는 이점까지 갖추고 있었다.

탁자 앞에는 현악과 초곤만 나란히 앉아 있었으며, 적사가 두 사람 앞에 서서 정중히 보고하는 중이었고, 다른 사람들은 적사의 뒤쪽에 시립하는 자세로 서 있었다.

적사는 현악과 초곤을 향해 공손히 허리를 굽혔다.

"두 분께서 하실 일이 두 가지 있는데, 그중 하나를 지금 처리해 주십시오."

초곤은 가볍게 고개를 끄덕이는 것으로 적사가 다음 말을 계속하도록 했다.

"우선 우리 조직의 이름을 짓는 것입니다. 혹시 생각해 두셨던 이름이라도 있으십니까?"

바야흐로 대홍방을 손에 넣었고 수룡채마저 접수했으니 주가구 일대 오십여 리를 장악한 것이나 진배없었다.

그런데도 여태 이들 조직이 이름조차 없다는 것은 누구라도 웃을 일이었다.

초곤은 오래전부터 염두에 두고 있던 이름이 있었다. 하지만 그는 그 기회를 현악에게 양보했다.

"현 형이 짓게."

현악은 대흥방주였던 벽력도 전광을 굴복시켜서 수하로 삼았고, 수룡사왕을 직접 죽였다.

더구나 수룡채에 잠입하는 기발한 계획은 현악의 머리에서 나왔다. 그러므로 두 방파를 장악한 공을 따진다면 초곤보다는 현악이 훨씬 더 크다고 할 수 있었다. 초곤은 그런 사실을 인정하고 또 감안한 것이다.

현악은 초곤의 양보를 받아들였다.

그 역시 생각해 둔 이름이 있었다. 그는 잠시 뜸을 들이더니 이윽고 조용히 입을 열었다.

"나는 무적(無敵)이라는 말이 좋더군."

순간 초곤을 비롯한 모두의 얼굴에 여린 감탄과 긍정의 기색이 잔물결처럼 번졌다.

특히 초곤은 평소의 무표정과는 달리 적잖이 놀라는 얼굴로 현악을 쳐다보았다.

사실 그가 오래전부터 생각해 두었던 방파명 역시 '무적'이었던 것이다.

두 사람이 같은 길을 가는 동지가 됐고, 또 우연히 같은 방파명을 생각하고 있었다.

이것은 과연 우연인가 필연인가.

"좋군!"

초곤이 희미하게 미소 지으면서 고개를 끄덕이다가 결론을 내리듯이 말을 이었다.

"그러면, 무적부(無敵府)가 어떤가?"

"훌륭합니다!"

좀처럼 호불호(好不好)를 드러내지 않는 적사는 크게 고개를 끄덕이며 적이 만족하는 표정을 지은 후 뒤에 늘어선 사람들을 돌아보면서 말없이 의중을 물었다.

흑궁녀와 채엽, 전광, 방강의 얼굴에는 만족의 표정이 역력해서 굳이 대답하지 않아도 그들의 뜻을 알 수 있을 것 같았다.

촐싹쟁이 채엽은 헤벌쭉한 얼굴로 엄지를 치켜세웠다.

"하하하! 최곱니다! 이제 우리 무적부가 방파 이름처럼 천하무적이 되는 일만 남았군요!"

평소 그가 설레발을 떨 때 흑궁녀나 적사는 씁쓸한 표정으로 일관했으나 지금은 흐뭇한 미소를 지었다. 그만큼 무적부라는 이름이 마음에 든 것이다.

바야흐로 모두의 야망이 가득 담긴 무적부가 작명(作名)되는 감격적인 순간이 아닌가.

현악과 초곤은 서로를 쳐다보았다. 두 사람의 눈빛은 같은 색에 같은 빛을 뿜어내고 있었다.

"우리가 해결해야 할 또 한 가지는 뭔가?"

현악이 적사에게 조용히 물었다.

그는 몇 달 전까지만 해도 경망스러운 언행을 일삼았는데 지금은 다분히 대인의 풍모가 깔려 있었다.

그는 적사에게 학문을 배우면서 옛 성인이나 현인, 영웅들에 대해서 많은 것을 배웠으며 또 깨달았고, 그것들 중에 좋은 것은 자신의 것으로 서슴없이 받아들였다.

받아들였다면 실천으로 옮겨지는 것은 너무도 자연스럽다. 그는 현재 자신이 변하고 있다는 사실을 역력히 느끼고 있었으며, 오히려 그것을 조용히 관조하면서 즐기고 있었다.

적사는 현악에게 공손히 고개를 숙였다.

"나중에 말씀드리겠습니다."

이어서 그는 흑궁녀에게 가볍게 고개를 끄덕여 보였다.

흑궁녀는 조용히 밖으로 나가더니 잠시 후 한 사람을 데리고 들어왔다.

그 사람은 사십오륙 세가량의 중년인으로 키가 크고 후리후리한 체구에 두 팔이 성성이처럼 길었으며, 양 뺨이 움푹 들어가고 광대뼈가 툭 불거진 강파른 인상이었다.

그는 외모에서부터 자신이 만만치 않은 성격이며 강호에서 잔뼈가 굵었다는 사실을 역력하게 풍겨내고 있었다.

그는 오른손에 한 자루 창을 세워서 쥐고 있는데, 창대가 일반 창처럼 나무가 아니라 쇠였으며, 창의 끝은 뾰족했고 양쪽은 반월처럼 납작한 칼날 같은 창날이었다. 그것은 이 창이 찌르고 베는 용도로 사용되는 것을 의미했다.

이 인물은 수룡채의 스무 명의 단주, 즉 수룡이십살 중 한 명으로 현악에 의해서 불려왔다.

혈창귀(血槍鬼) 신표(申豹)가 그를 대변하는 별호와 이름이었다.

"예를 갖추어라."

채엽이 신표의 뒤에 떡 버티고 서서 위압적으로 명령했다.

그러나 신표는 끄떡도 하지 않은 채 눈도 깜빡이지 않으면서 현악을 주시하고 있었다. 마치 자신이 인정하지 않는 자 앞에서는 예를 취할 수 없다는 무언의 항변 같았다.

채엽은 오른손으로 어깨의 월혼도를 잡으면서 당장에라도 뽑을 기세로 재차 날카롭게 명령했다.

"말을 듣지 않으면 베겠다!"

그러나 신표는 외눈 하나 깜빡이지 않았다. 현악을 쏘아보는 그의 얼굴에는 무심할 정도의 고요함이 깔려 있었다.

좌중에는 잠시 동안 적막이 흘렀다.

차앙!

그러자 채엽은 일말의 망설임도 없이 도를 뽑으면서 그대로 신표의 목을 베어갔다.

뚝!

그러나 그의 칼날은 맹렬하게 베어가다가 신표의 뒷목 한 뼘 거리에서 멈췄다. 마치 처음부터 그 위치에서 멈추려고 했던 것 같은 깨끗한 멈춤이었다.

채엽의 그런 동작은 예전 같았으면 어림도 없는 일이었다. 그러나 그는 지난 반년 동안 흑사신의 흑사도풍류를 미친 듯이 파고들어 지금은 거의 완성한 상태였으니, 그 같은 행동은 그리 어려운 일이 아니었다.

채엽의 시선은 현악에게 향해 있었다. 얼굴에는 가볍게 의아한 표정을 떠올린 채.

현악은 왼손을 약간 들어올려 멈추라는 신호를 보내고 있었다. 그는 대답 대신 신표를 보며 조용히 입을 열었다.

"할 말이 있느냐?"

신표는 입술을 미미하게 달싹거렸다. 말을 할까 말까 망설이는 것 같았다.

현악이 보기에 그의 그런 모습은 두려움 때문이 아니라 귀찮거나 분노 때문인 것 같았다.

결국 신표는 무언가 결심을 했는지 카랑카랑한 목소리로 말문을 열었다.

"그냥 죽일 것이지 무엇 때문에 날 끌고 왔느냐?"

안택현에서 좌충우돌 날뛰었던 때의 현악 같았으면 이런 상황에서 신표의 말 따위는 더 들어볼 필요도 없었다. 그저 앞뒤 생각 할 것 없이 단칼에 죽여 버리면 그만일 것이다. 나중에야 어찌 되든 현재의 감정에 충실하다는 뜻이었다.

그러나 학문이라는 것을 익히고 약간의 경험을 쌓게 된 그는 분명히 안택현 시절과는 많이 달라져 있었다.

아니, 쾌검마나 단우옥, 청라가 지금의 그를 본다면, 그가 정말 예전의 현악인지 몰라볼 정도로 성숙해져 있었다. 그것은 발전이라고도 할 수 있었다.

"우린 수룡채 수하들을 모두 죽일 수도 있지만, 그것보다는 그들 중에서 쓸 만한 인물들을 추려내서 수하로 삼는 방법을 택했다. 해서 너의 조언이 필요하다. 도와다오."

흑궁녀와 채엽은 가볍게 놀란 얼굴로 현악을 쳐다보았다. 그가 지나치게 솔직했기 때문이다.

또한 점령자의 우두머리인 현악이 일개 단주인 신표 같은 자에게 도와달라는 말까지 서슴없이 한다는 게 잘 이해되지 않았다.

수하로 쓸 만한 자들을 추려내는 일이라면 자신들 능력만으로도 충분하다고 여겼기에 현악의 말은 더욱 이해하기 어려웠다.

그러나 일파의 우두머리였던 초곤이나 전굉, 방강, 그리고 지략가인 적사 등은 현악의 의도를 충분히 간파했다.

만약 그들이 일파의 우두머리로서 타 파를 공격하여 장악했다면 반드시 두 가지 상황에 직면하게 될 것이다.

생존자들을 모두 죽이거나 놔주거나, 아니면 내 편으로 끌어안는 일이었다.

당연히 전자는 하책이고 후자가 상책이다.

전자는 그저 영토만 넓힐 뿐이지만, 후자는 영토 확장과 더불어 세력까지 불릴 수 있는 것이다.

하지만 수룡채 같은 녹림 무리들은 과거에 하찮은 산적이나 하오문도, 혹은 건달이었던 자가 대부분이어서 순수한 무림인이라고 볼 수 없었다.

이런 자들을 수하로 거둔다면 끊임없이 사고를 치고 말썽을 부려서 다루기가 어려울뿐더러, 결국에는 득보다는 실이 많아질 것이 불을 보듯 뻔했다.

그러므로 초곤이나 전굉, 방강 같은 우두머리들은 이런 상황에선 어쩔 수 없이 수룡채의 영역만을 접수하고 세력은 포기하는 것이 현명하다는 판단을 내리고 있었다.

그러나 초곤은 지금 적잖이 놀라고 있었다. 천둥벌거숭이 같던 현악이 일파지존들이나 쓰는 고도의 수법을 어렵지 않게 실천으로 옮기고 있었기 때문이다.

신표는 현악의 말에 눈빛을 약간 누그러뜨렸다. 자신이 예상하던 것과는 다른 상황이 전개되고 있었기 때문이다.

또한 현악이 자신이 생각했던 실력만 있고 됨됨이는 형편없는 일개 소년이 아니라는 사실을 깨달은 것이다.

그러나 그는 쉽게 꺾이지 않았다. 사십여 년 넘는 세월을 강단있게 살아온 그가 몇 마디 말에 무릎을 꿇을 리 없지 않겠는가.

"모두 죽이든지 놔주는 편이 좋을 텐데?"

그는 슬쩍 현악을 떠보았다. 현악이 이 말에 수긍한다면 그는 역시 일개 평범한 소년에 불과할 터이다.

"옥석(玉石)을 가려내고 싶다."

그러나 현악은 흔들리지 않고 조용히 자신의 의견을 밝혔다. 그저 해보는 말이 아닌 것 같았다.

신표의 눈이 좁아졌다.

"왜 하필이면 나한테 이런 걸 부탁하지?"

현악의 대답은 간단했다.

"네가 수룡이십살 중에서 나이가 가장 많으니까."

신표가 뭔가 뛰어난 사람이든지 다른 이유가 있어서가 아니라 그저 나이가 많다는 것 때문이라는 것이다.

사실 그를 선택한 이유는 다른 데에 있었지만 현악은 그것을 밝히지 않았다.

그것을 밝힌다면 신표는 지금처럼 고집을 부리지 않고 쉽사리 협조할 것이지만, 현악은 신표의 진정한 가치를 확인하기 위해서 그 방법을 사용하지 않았다.

현악은 특별히 신표를 불러 부탁을 하면서도 그를 치켜세우지 않았다. 그저 평범하게 대할 뿐이었다.

"어떤 자들을 원하지?"

신표는 약간 조소하듯 물었다.

"첫째, 충성심. 둘째, 인품. 셋째, 자질."

현악은 그가 그렇게 물을 것이라고 예견이라도 한 것처럼 즉시 대답했다.

대부분의 방파들은 자질을 첫째로 꼽고, 두 번째로 충성심을 꼽으며 인품 따윈 크게 상관하지 않는다.

그것이 어떤 금전적인 이득이나 사사로운 목적으로 만들어진 방파와 순전히 신앙심이나 무림정의 같은 숭고한 목적으로 이루어진 문파가 서로 다른 점이었다.

신표는 다시 눈을 빛냈다.

하지만 처음처럼 잡아먹을 듯이 쏘아보는 눈빛이 아니라 흥미를 나타내는 눈빛이었다.

현재 자신이 처한 입장도 제대로 모르는 듯 흥미를 나타내는 그는 과연 범상한 인물이 아닌 것 같았다.

눈을 빛내는 사람은 한 사람 더 있었다. 적사였다. 그는 눈도 깜빡이지 않고 현악과 이 상황을 지켜보았다.

만약 현악이 지금 이 일을 적사가 바라는 대로 멋지게 처리한다면, 그는 일파지존으로서 손색이 없을 것이다.

"하하하하하!"

갑자기 신표가 고개를 젖히면서 웃음을 터뜨렸다. 가소로움과 비웃음이 가득한 웃음이었다. 그는 한 번 더 현악을 시험해야 할 필요성을 느꼈다.

흑궁녀와 채엽, 방강이나 전굉까지도 눈살을 찌푸린 채 신표를 쏘아봤지만 세 사람, 현악과 초곤, 적사는 조용히 그가 웃는 것을 지켜보았다.

"핫핫핫핫핫!"

신표는 경멸의 웃음을 길게 터뜨렸다. 웃으면서 그의 눈은 빠르고도 날카롭게 현악의 표정을 살폈다.

현악은 담담한 표정으로 조용히 신표를 응시하고 있었다.

자신의 목 뒤에 슬쩍 닿기만 해도 살이 베어질 도 한 자루를 두고도 이처럼 웃을 수 있는 사람은 흔치 않을 것이다.

채엽은 오만상을 쓰면서 수중의 도를 들었다 놨다 반복했다. 그는 당장에라도 신표의 목을 뎅겅 자르고 싶은 것을 죽을힘을 다해 참고 있었다.

아직 채엽은 소인의 틀을 완전히 벗어나지는 못했다. 무공 실력을 높이는 것도 어려운 일이지만, 소인의 틀을 벗어나는 일은 그보다 더 어려운 일이었다.

신표는 웃으면서 어떤 반응을 기다렸다. 자신의 경멸 어린 웃음을 더 이상 참지 못하고 현악이 발작을 일으키기를 기다리는 것이었다.

그러나 현악은 묵묵히 그를 지켜볼 뿐이었다.

뚝!

이윽고 신표가 웃음을 멈췄다. 그리고 그는 그때부터 더 이상 웃거나 조소 어린 표정을 짓지 않았다.

그는 나름대로 자신의 목숨을 걸고 현악을 시험하고 있었다.

그가 처음 이 방에 들어섰을 때 이미 자신의 목숨을 포기한 상태였다. 자신이 몸담고 있던 방파가 붕괴됐으니 당연했다. 그는 원래 목숨 따위에 연연하는 사람이 아니었으므로, 태도가 방약무도할 수밖에 없었다.

그러나 현악이 신표에게 진지한 표정으로 도움을 원하자 그의 생각이 약간 변했다.

그가 보기에 현악은 많아야 이십 세를 넘지 않은 나이였다. 그런 어린 나이에 일파지존 같은 행동을 보였기 때문에, 원래 심지가 깊은 신표의 마음이 움직임을 보인 것이다.

'게다가 어린 나이에 인내심이 대단하군.'

일파지존의 자질이 있는 인물들이 모두 경멸이나 조롱을 인내할 수 있는 것은 아니다. 그런데 현악은 신표의 비웃음에도 안색조차 변하지 않았다.

이것으로 현악은 신표가 나름대로 설정한 두 가지 시험 중에 하나를 통과했다.

이제 두 번째가 남았다.

현악은 신표가 자신을 시험하고 있다는 사실을 인지하고 있으면서도 그대로 내버려 두었다.

지금 현악이 신표를 시험하고 있는 것이라면, 신표도 충분히 현악을 시험할 수 있는 것이다. 시험은 칼자루를 쥔 사람만이 할 수 있는 게 아니었다.

현악은 채엽을 보며 가볍게 고개를 끄덕였다.

"엽아, 칼을 거둬라."

현악은 신표가 두 번째로 무슨 시험을 할 것인지 짐작했다. 아마도 현악 자신의 무공을 시험할 터이다.

그것은 현악도, 신표도 무언 중에 공감하고 있는, 절대적으로 필요한 일이었다.

무인은 인덕만 갖춘 자에게는 결코 굴복하지 않는다.

오히려 인덕은 갖추지 않았더라도 실력만 갖춘 자에게 더 쉽사리 굴복하는 편이다. 그러나 신표는 현악에게 인덕과 실력 두 가지를 다 원했다.

과유불급이라 했지만 지금의 신표는 절박했다.

그의 나이 벌써 사십오 세. 무인의 길로 들어선 지 어느덧 이십오 년이 흘렀다.

스무 살 때의 그는 건달이었다가 스물다섯 살에는 하오문도가 됐고, 비로소 서른 살에 수룡채의 수하, 즉 녹림인이 되었다.

그는 건달 시절에는 도끼를 사용했고 하오문도였을 때에는 도를 사용는데, 녹림인이 되고 나서야 자신에게 적합한 무기가 창이라는 사실을 깨달았다.

그는 녹림인이 된 후 속마음이야 어떻든 간에 죽어라고 창술을 연마했고 수룡채에 충성을 다 바쳤다.

그 결과 오 년 만에 쾌속 승진하여 단주가 되었으며, 얼마 전까지만 해도 수룡채 내에서는 수룡사왕을 제외하곤 무공으로서도 그를 당할 자가 없을 정도가 되었다.

그러나 그는 늘 자신이 녹림인이라는 사실이, 덧없이 나이만 먹는다는 사실이 견딜 수 없을 정도로 괴로웠다.

그렇다고 그가 남아로 태어나서 천하를 위해 뭔가 대단한 대업을 이루고 싶다는 거창한 야망을 품은 것은 아니었다.

다만, 가끔 자신이 걸어온 과거를 돌이켜 보면 너무도 후회스러울 뿐이었다. 건달. 하오문도. 그리고 녹림인으로 이어졌던 자신의 인생이 말이다.

그래서 얼마 전부터는 이것은 아니다라고 생각하게 되었다.

녹림 따위는 말고, 뭔가 자신이 해야 할 다른 일이 있을 것이다. 사내대장부가 해야 할 그런 일이. 그는 그런 생각에 속으로 몸부림치며 괴로워했다.

현악 일행이 수룡채를 접수하지 않았다면, 그는 아마도 죽을 때까지 녹림인으로 보내야 했을 것이다.

그러므로 지금 그는 중대한 전환점에 서 있는 셈이었다. 자신이 추구하는 것을 위해서라면 목숨 따윈 언제라도 내던질 준비가 되어 있었다.

신표는 현악이 채엽에게 도를 거두라고 명령한 것을, '난 준비가 됐으니 언제라도 공격해라' 라는 말로 받아들였다.

채엽이 월혼도를 어깨의 도집에 꽂을 때, 문득 신표의 눈빛이 날카로워지면서 현악의 전신을 빠르게 훑어보았다.

그의 시선이 현악의 오른손에 머물렀다. 현악의 오른손은 찻잔을 쥔 상태였다.

신표의 눈빛이 가볍게 흔들렸다.

실망 혹은 모욕감이었다.

'두 번째 시험이 급습이라는 사실을 모른다는 말인가? 아니면 나 같은 것은 안중에도 없다는 겐가?'

신표는 창을 오른손에 움켜쥐고 있다. 언제라도 공격할 수 있는 자세인 것이다. 그런데 현악의 오른손은 찻잔을 잡은 채 허공 중에 멈추어 있었다.

지금 이 순간 신표가 급습을 가한다면, 누가 보더라도 현악은 막아 내지 못할 것이 당연했다.

더구나 신표의 철창(鐵槍)은 여섯 자 길이인 일반 창보다 석 자 정도 더 긴 아홉 자였다.

창은 길다는 이유 때문에 먼 곳의 적을 쉽사리 찌를 수 있다는 장점이 있는 반면에, 가까운 곳의 적에게는 무방비 상태라는 단점이 있었다.

그러므로 무기가 길면 길수록 자기 방어에는 절대적으로 불리할 수밖에 없었다.

신표와 현악의 거리는 불과 일 장여. 철창의 길이가 거의 일 장에 가까웠으므로, 그저 팔을 뻗기만 하면 창끝이 현악의 몸 어디라도 꿰뚫을 수 있는 거리였다.

쉬잇!

순간 신표의 창끝이 아래로 슬쩍 숙여지면서 번개같이 현악을 향해 찔러갔다.

그는 현악이 피할 것까지도 계산에 넣었다. 그래서 현악이 피할 수 있는 방위로 순식간에 연이어 이차, 삼차 공격을 퍼부을 생각을 하고 있었다.

"……!"

그러나 신표는 이차, 삼차 공격은커녕 한순간 두 눈을 부릅뜨고 말았다.

창이 자신을 향해 쇄도하는데도 현악이 태연하게 차를 마시고 있는 모습을 발견했기 때문이다.

현악은 마치 자신이 급습당하고 있다는 사실을 까맣게 모르고 있는 것 같았다.

창끝이 현악의 가슴 반 자 거리까지 쇄도했을 때 신표는 절망하고 말았다. 그것과 함께 그의 가슴속에서 어떤 간절한 기대도 물거품이 되고 있었다.

그는 자신이 현악을 과대평가했다는 사실을 뒤늦게 깨달았지만 이미 늦고 말았다. 지금 상황으로는 창이 현악의 심장을 꿰뚫고 등 뒤로 튀어나오는 것은 너무도 당연했다. 시험은 어디까지나 시험으로 끝나야지 현악을 죽여야 할 필요까진 없었다.

그러나 상황은 그리 단순하지만은 않았다.

신표는 워낙 온 힘을 다 쏟아서 급습을 가했기 때문에, 일단 펼쳐진 초식을 거둘 재간이 없었다.

그는 이제 곧 벌어질 상황이 눈에 선했다.

여기까지가 찰나지간에 일어난 신표의 생각이었고, 그의 생각은 곧 큰 착각으로 드러났다.

"……?"

최초 신표의 반응은 어리둥절이었다.

그는 앞으로 한 걸음 내딛으면서 창을 쥔 팔을 쭉 뻗은 자세였기 때문에, 그 정도 길이면 창끝이 현악을 무려 두 자 이상 관통할 수 있는 거리였다.

그런데 현악은 태연자약하게 여전히 찻잔을 입에 대고 홀짝이고 있지 않은가.

그 다음 신표의 반응은 놀라움이었다. 자신의 창이 끝에서부터 두 자쯤 반듯하게 잘려져 나간 것을 그제야 발견했기 때문이다.

창의 매끄럽게 잘려진 부분은 현악의 심장 부위에서 한 뼘 거리에 정지되어 있었다.

창이 잘려 나간 길이는 창이 현악의 심장을 관통하여 등 뒤로 반 자쯤 튀어나오는 것까지 계산된 정확한 두 자였다.

나무도 아닌 강철 창을 대체 무엇으로 잘랐다는 말인가.

더구나 신표는 눈을 부릅뜨고 현악을 쏘아보고 있었기 때문에 그의 행동을 추호라도 놓칠 리가 없었다.

놀라움으로 이리저리 흐르던 신표의 시선이 문득 현악의 어깨에 메어져 있는 혈인검에 고정되었다.

'설마……'

신표의 흔들리는 시선이 다시 현악의 오른손에 쥐어져 있는 찻잔으로 향했다.

순간 그의 머리가 어떤 생각에 미치자 두 눈이 불신과 경악으로 찢어질 듯이 부릅떠졌다.

'어… 떻게 그럴 수가!'

현악의 혈인검은 오른쪽 어깨에 메어져 있다. 그것은 그가 오른손잡이라는 뜻이다.

그런데 그는 지금 오른손으로 찻잔을 잡고 있었다. 과연 그것은 무엇을 뜻하는가.

현악이 들고 있던 찻잔을 놓고는, 검을 뽑아 신표의 창대를 자른 직후 다시 찻잔을 잡았다는 것으로밖에는 해석할 수가 없는 상황이었다.

아무 일 없다는 듯이 찻잔을 쥐고 있는 것으로 미루어, 그가 발검한 후 착검하고 다시 찻잔을 잡을 때까지도 찻잔은 허공 중에 떠 있었다는 얘기가 된다.

그 일련의 행동은 믿을 수 없을 만큼 찰나지간에 일어나야만 가능했다.

논리적으로는 그랬지만 과연 그런 일이 있을 수 있는 것인가.

실내에 있는 사람들 중에서 현악이 발검과 착검을 하고 다시 찻잔을 잡는 것을 본 사람은 초곤과 전굉뿐이었다. 아니, 그나마도 그저 어렴풋이 본 것에 불과했다.

신표는 만면 가득 불신을 떠올린 채 천천히 실내를 둘러보았다.

문득 그의 시선이 전굉의 얼굴에 머물렀다. 그는 전굉이 화룡문주 방강의 수하 행색을 했을 때는 알아보지 못했지만, 그 후에는 그를 알아보았다.

전굉이 가볍게 고개를 끄덕였다.

신표가 짐작하고 있는 것이 맞다는 뜻이었다.

신표는 한쪽 벽에 깊숙이 꽂혀 있는 잘려 나간 창끝을 보고 있는데 두 눈이 파르르 경련을 일으키고 있었다.

쿵!

더 이상 생각할 이유가 없었다. 신표는 그 자리에 무너지듯이 무릎을 꿇고 현악에게 고개를 조아렸다.

"부디 저를 거두어주십시오!"

초곤과 적사를 제외한 나머지 사람들은 신표를 보며 크게 놀라는 표정을 떠올렸다.

적사는 입가에 흐뭇한 미소를 머금고 있었고, 초곤은 다른 사람들만큼은 아니더라도 적이 놀란 내심을 미미하게 눈빛으로만 슬쩍 드러냈다.

잠시의 침묵이 흘렀다. 신표는 이마를 바닥에 댄 채 꼼짝도 하지 않았다.

"일어나게."

현악은 손수 신표를 부축해서 일으켰다.

"앉게."

"이대로가 편합니다."

현악이 앉으면서 맞은편 의자를 가리키자 신표는 부동 자세로 서서 정중히 말했다.

"자넬 올려다봐야 하니 내 목이 아프네."

신표는 어쩔 수 없이 조심스럽게 의자에 앉았다.

쪼르르─

"신표, 날 좀 도와주겠나?"

현악이 부동 자세로 앉아 있는 신표 앞에 놓인 찻잔에 손수 차를 따라주며 조용히 물었다.

"먼저 저를 거두어주십시오."

신표는 처음과 별로 달라지지 않은 무표정한 얼굴로 대답 대신 현악을 쳐다보며 물었다.

그러나 그의 두 눈에 간절한 열망이 가득 담겨져 있는 것을 현악은 발견했다.

현악은 입가에 잔잔한 미소를 떠올렸다.

현악에게서 거의 시선을 떼지 않고 있던 흑궁녀는 그의 미소를 보고 아찔한 느낌을 받았다.

그녀는 예전에 현악이 웃거나 장난기 가득한 미소를 짓는 모습은 여러 번 본 적이 있었지만 지금과 같은 미소는 처음 보았다.

현악의 미소는 사내든 여자든 상대의 심금을 뒤흔들어 놓기에 부족함이 없었다.

그는 소년에서 사내로 변모하고 있는 중이었다. 그리고 흑궁녀는 독사에서 여자로 자신도 모르게 변해가고 있었다. 아니, 어쩌면 현악에게만큼은 이미 여자로 변해 있는지도 몰랐다.

잠시의 침묵이 흐른 후 현악의 조용한 음성이 나직하게 실내를 울렸다.

"자네에게 천하를 보여주겠네."

"……!"

신표는 입을 쩌억 벌렸다. 아마도 그는 난생처음 지금 같은 표정을 지어보는 것일 게다.

현악의 말에 그는 심장이 금방이라도 터질 것 같은 격렬한 감동을 받았다.

그의 온몸이 주체하지 못할 정도로 크게 떨리는 것을 사람들은 똑똑히 보았다.

그는 의자에서 일어나 현악의 발 아래 다시 무릎을 꿇었다. 그리고 이마를 바닥에 대며 벅찬 가슴을 겨우 진정시킨 떨리는 목소리로 말했다.

"주군을 위한 일이라면 지옥이라도 가겠습니다."

신표처럼 의지가 굴강한 사람을 굴복시키는 것은 어렵기 짝이 없는 일이다. 그러나 그런 인물이 일단 굴복하면 목숨을 초개같이 여기며 충성을 바치게 된다.

중인들은 크고 작음의 차이는 있지만 모두 그 광경을 보며 감탄을 금치 못했다.

전광과 방강은 자신들이 주군으로 모시게 된 현악이 보여준 대인의 풍모와 기개에 다시금 크게 탄복했다.

또한 그에게 자신들의 운명을 맡기기로 한 것은 정말 잘한 결정이었다고 내심 흐뭇한 마음이 일었다.

채엽은 그저 좋았다.

현악의 나이가 자신보다 일곱 살이나 아래였지만 그런 것은 눈곱만큼도 상관없었다.

현악이 강해질수록, 대인이 되어갈수록 채엽은 그 곱절이나 현악이 자랑스러웠다.

　그는 현악을 처음 봤을 때부터 지금까지 계속 그에게 감탄을 멈추지 못하고 있었다. 자신은 현악에 비해서 발가락의 때만큼도 못 되는 존재라고 스스로를 평가하면서 말이다.

　이제 채엽은 현악이 자신이 하고자 하는 일이면 무엇이든 이룰 것이고, 그가 마음먹어서 못할 일이 없을 것이라고 생각할 정도가 되었다.

　채엽의 천하는 바로 현악이었다.

　그러므로 현악이 천하를 발 아래 두게 되는 날이 오면, 채엽도 현악 옆에 나란히 서 있게 될 것이다.

　적사는 현악이 신표를 어떻게 처리하는지 지켜보기만 했다. 현악이 이 일을 제대로 처리한다면, 그가 일파지존으로서의 자격을 보이는 것이라고 나름대로 생각했다.

　그런데 마침내 드러난 결과는 적사가 기대했던 것보다 훨씬 더 대단했다.

　대홍방은 정파였고, 게다가 방주인 전굉이 앞장서서 수하들을 설득했기 때문에 대부분의 수하들을 현악과 초곤의 조직, 즉 무적부의 수하로 자연스럽게 받아들일 수 있었다.

　그러나 수룡채는 존립 의미 자체가 대홍방과는 판이하게 다른 방파였다.

　일단 수룡채는 녹림채인데다가 수하들이 전직 산적이나 수적, 하오문도, 건달 등 거칠고 야비한 자들이 대부분이었다.

　더구나 그들은 순전히 금전적인 이득 아래에 모여들었기 때문에 그들 중에서 현악 등이 필요한 인재를 골라낸다는 것이 사실상 불가능한 일이었다.

그래서 초곤은 수룡채를 접수하여 천연의 요새를 얻게 된 것만으로 만족하고 수하들은 모두 내쫓자고 했고, 적사도 거의 찬성하고 있던 중이었다.

그때 현악이 제동을 걸었다. 그의 의견은 수룡채 녹림 무리들에게도 기회를 줘보자는 것이었다.

그들이 교활하고 거친 성격이 된 이유는 순전히 자신들이 처한 환경 때문이지, 자신들 스스로 선택한 것은 아니라는 것이 현악의 주장이었다.

"나를 봐. 나는 얼마 전까지만 해도 무식한 백정이었어. 그런데 지금은 천하를 발 아래에 두려는 야심가로 변해 있잖아. 그 원인은 내게 쾌검마형이라는 운명의 기회가 주어졌기 때문이었어. 자네들도 어떤 기회로 인해서 지금 이 자리에 있는 것이 아니겠는가? 그러니까 수룡채 녹림 무리에게도 기회를 줘보세. 그래도 안 되면 깨끗이 포기하지."

현악은 그렇게 말했고, 그 말은 구구절절 옳았기 때문에 초곤과 적사는 무조건 그 말에 따르기로 했었다.

수룡채 칠백여 명의 녹림 무리를 일일이 개별적으로 만나 대화하는 것은 여러모로 무리가 있었다. 게다가 녹림 무리는 결코 호락호락하지 않을 것이었다.

그래서 고심 끝에 찾아낸 대안이 수룡채에서 가장 존경받는 인물을 찾아내 그자부터 설득하자는 것이었고, 그자가 바로 혈창귀 신표였다.

현악 일행이 신표에 대해서 알아낸 바에 의하면, 그는 녹림인답지 않게 지나칠 정도로 깐깐했고, 신의와 용맹을 위해서라면 목숨조차 아끼지 않으며, 강직함이 대쪽 같다는 사실이었다.

그래서 초곤과 적사는 신표를 설득하는 일을 몹시 회의적으로 생각했다.

그런 인물은 여간해서는 꺾이지 않으며, 더구나 자신이 몸담고 있던 방파를 장악한 사람들에겐 더욱 그럴 것이니까.

그런데 현악은 신표로부터 협조를 얻어내는 것에 그치지 않고 오히려 몇 걸음 더 나아가서 아예 그를 감복시켜서 자신의 수하로 만들어 버린 것이다.

초곤과 적사는 적잖이 감탄한 표정으로 현악을 보면서도 내심은 각자 조금씩 달랐다.

초곤은 현악을 보면서 흐뭇함과 동시에 든든함을 느꼈다. 그것은 철없는 막내 동생이 무럭무럭 성장하는 것을 지켜보는 만형의 심정 같은 것이었다.

만형은 막내 동생이 어서 빨리 성장해서 천하를 호령하는 모습이 보고 싶었다.

그래서 이즈음의 그는 '어쩌면 천하제패의 야망이 실현될 수도 있겠군' 이라는 들뜬 마음을 조심스럽게 품게 되었다.

지금 적사가 현악을 보며 느끼는 감정은 감탄 이상이었다.

조금 전의 현악은 일파지존의 가능성이 아니라 이미 일파지존의 덕목을 갖추고 있음을 여실히 보여주었다.

현악의 나이 이제 불과 열여덟 살이다.

그처럼 어린 나이라는 점을 감안한다면, 그는 실로 무한한 잠재력과 가능성을 지니고 있는 것이다.

그런 현악이 한낱 백정으로 살며 온갖 천대와 멸시를 받았었다고 생각하니 적사는 어이가 없었다.

현악이 쾌검마와 만났던 것이 운명이라면, 초곤, 그리고 적사와 만난 것도 운명이었다.

　현악은 신표를 부축해서 일으키며 껄껄 웃었다.

　"하하하! 자넬 지옥에 보낼 생각은 없네! 가려면 나와 함께 가야지!"

　그 말은 곧 생사를 함께하겠다는 뜻이었다.

◆제41장◆
청라의 중독

청라의 중독

"적사, 우리 무적부의 휘하는 어떻게 조정할 생각이지?"

현악은 다시 의자에 앉으면서 적사를 쳐다보며 조용히 물었다.

"본부(本府) 바로 아래에는 대(隊)를 둘 계획입니다."

적사의 설명에 현악은 초곤을 쳐다보았다.

"초 형 생각은 어떤가?"

초곤은 현악의 말뜻을 짐작하고 가볍게 고개를 끄덕였다.

"이러는 게 좋겠군."

현악 자신이 결정하고 발표할 수 있는 일인데도 자신에게 양보했음을 초곤이 모를 리 없었다.

초곤은 전굉을 보며 진중히 입을 열었다.

"전굉, 그대는 예전 대홍방 고수들로 이루어진 벽력대(霹靂隊)를 구성하고 대주가 돼주시오. '대' 아래에는 '각(閣)'을 두고 인원은 오십 명, 그 아래는 '조(組)'를 두며 인원은 열 명으로 하시오."

그는 초곤의 별호인 벽력도에서 '벽력'을 따서 그의 조직명을 지어 주는 배려를 베풀었다.

또한 현악은 전굉이나 신표에게 '하게'라는 어투를 쓰는 데 반해서 초곤에겐 '하오'를 쓰는 점도 달랐다.

전굉은 정중히 허리를 굽혔다.

"명을 받듭니다."

초곤은 현악 옆에 공손히 시립해 있는 신표를 쳐다보며 조용히 말을 이었다.

"신표, 그대는 수룡채 수하들을 추려서 혈귀대(血鬼隊)를 구성하고 그 예하는 벽력대처럼 조직하시오."

신표의 혈창귀라는 별호에서 앞뒤 두 자를 따 '혈귀대'라는 이름을 만들어주었다. 그 역시 신표에 대한 초곤의 배려였다.

그런데 다음 순간 아무도 예상하지 않았던 일이 벌어졌다.

"나는 귀하의 명령을 받들어야 할 이유가 없소."

신표가 꼿꼿하게 서서 초곤에게 냉랭한 어조로 내뱉은 것이다.

중인은 일제히 흠칫 표정이 변했다.

채앵!

중인의 표정이 변하는 것보다 더 빠르게 흑궁녀의 도가 뽑혔고, 그 대로 신표를 향해 곧장 그어갔다.

흑궁녀는 신표에게서 일 장이라는 가까운 거리 뒤쪽 왼편에 서 있었 기 때문에, 몸을 날리면서 발도(拔刀)하자 순식간에 도의 칼날이 신표 의 뒷머리 한 자 거리에 이르렀다.

쩡!

칼날이 신표의 뒤통수를 쪼개기 직전, 그가 슬쩍 상체를 비틀어 제자리에서 반회전하며 수중의 창대를 번개같이 휘둘러 칼날을 막아내자 불꽃이 번쩍 튀었다.

신표가 초곤에게 무례하게 굴었을 때보다 중인의 표정이 더 큰 놀라움으로 물들었다.

일개 녹림채의 단주가 흑궁녀의 급습을 막아낼 줄은 아무도 예상하지 못했던 것이다.

그러나 더 놀라운 일이 다음 순간에 벌어졌다.

슈슈슈슉!

신표는 흑궁녀가 지척지간에서 급습한 것을 여유있게 막아냈을 뿐만 아니라, 그것과 동시에 오히려 쏜살같이 그녀를 덮쳐 가며 연달아 창을 찌르면서 반격을 펴부은 것이다.

얼핏 보기에 신표의 공격은 그저 한 차례 찌르기를 한 것 같았는데, 사실은 흑궁녀의 전신요혈을 노리고 무려 다섯 차례의 찌르기가 와르르 파도처럼 쏟아져 나갔다.

흑궁녀는 미처 자세를 바로잡기도 전에 창대가 찔러오자 순간적으로 당황하는 듯하다가 상체를 번개같이 좌우로 흔들어 창을 양쪽으로 아슬아슬하게 흘려보냈다.

슈슈슉!

신표의 창 찌르기는 흑궁녀가 자세를 바로잡을 틈조차 주지 않고 연이어 계속됐으며, 어느 찌르기도 허초가 아니었다.

공격하는 초식들이 모두 허초가 아니라는 것은 그가 속전속결을 즐겨하며, 또한 실전 경험이 풍부하다는 사실을 증명하고 있었다.

신표의 창날은 현악에 의해서 베어져 없는 상태였지만, 강철 봉 끝에 찔리면 몸에 구멍이 뚫리거나 어디 한 군데가 여지없이 부러지고 말 것이다.

까까까깡!

흑궁녀는 뒤로 두어 걸음 물러서며 수중의 도를 휘둘러 신표의 찌르기 공격을 어렵사리 막아냈다.

카카캉!

채채채쳉!

신표와 흑궁녀는 눈 몇 번 깜빡이는 사이에 십여 합을 나누었다.

막상막하, 용호상박. 십여 합의 싸움으로는 누가 우세고 누가 열세인지 분간하기가 어려웠다.

중인은 물론 현악과 초곤, 적사마저도 난데없는 상황에 적잖이 놀라고 있었다.

흑궁녀는 원래 산서 무림에서도 쟁쟁한 무명을 날리던 여고수였다. 그런데다가 비록 몇 달간이라고는 하지만, 초곤의 역천도법까지 연마하여 약간의 성취를 이룬 상태였기 때문에 예전에 비해 꽤 강해진 상태였다. 그런데 신표가 흑궁녀와 팽팽한 접전을 치르고 있으니 중인들이 놀라는 것은 당연한 일이었다.

그러나 가장 놀란 사람은 누가 뭐래도 흑궁녀 본인이었다. 하지만 놀라움은 그리 길지 않았다.

그녀는 자존심이나 승부욕이 남다른 여자였다. 그랬으므로 창날도 없는 창대만으로 싸우는 신표 따위와 자신이 막상막하를 이루고 있다는 사실이 견딜 수 없을 만큼 치욕스러웠다.

한순간 그녀는 입술을 힘껏 깨물며 두 눈에서 새파란 살광을 폭사시켰다.

쉬쉬쉭!

신표의 창대와 격렬하게 부딪치던 흑궁녀의 도가 극히 짧은 찰나지간에 신표를 향해 방향을 꺾으면서 허공의 다섯 방위를 어지럽게 긋고 갈라댔다.

후우웅!

순간 그 다섯 방위에서 비롯된 다섯 개의 도풍이 한꺼번에 신표의 상체 각 요혈을 향해 뿜어졌다.

흑궁녀가 만들어낸 도풍은 다름 아닌 역천도법이었다.

비록 이성에도 미치지 못하는 수준이었고 도기도 아니었지만 그 위력만큼은 대단했다.

찰나 신표의 두 눈에 당황하는 기색이 아주 흐릿하게 나타났다가 사라졌다.

째째째쟁!

신표는 뒤로 두어 걸음 물러나면서 창을 풍차처럼 회전시키며 도풍을 튕겨냈다.

그러나 튕겨진 도풍은 도합 네 개, 마지막 하나를 막지 못했으며, 그것은 영활한 독사처럼 그의 심장을 노리며 파고들었다.

절체절명의 순간.

부웅!

신표의 창대가 허공을 가르며 무시무시하게 흑궁녀의 머리로 쪼개어갔다.

일곱 자 길이의 창대가 반월처럼 꺾이고 공기가 거세게 격탕되는 것이 다른 사람들에게도 여실히 느껴질 정도인 것으로 미루어 그 일격에는 그의 전력이 담겨져 있음을 짐작게 했다.

"……!"

중인의 표정이 급변했다.

신표가 나도 죽고 너도 죽자는 식으로 방어를 포기한 채 오히려 반격을 방어로 삼았기 때문이다.

이른바 동귀어진인 것이다.

신표의 심장에는 도풍이 꽂힐 것이다. 하지만 거의 같은 순간에 흑궁녀의 머리도 박살날 판국이었다.

현악과 초곤이 판단하기에 신표는 흑궁녀에 비해 반 수 정도 하수였다.

다만 그에겐 풍부한 싸움 경험과 근성이 있었다. 그것이 그의 모자라는 실력을 메워주고 있었다.

흑궁녀의 표정이 찰나지간에 여러 차례 급변했다. 당혹함과 분노와 갈등이었다.

차가운 이성으로 결정을 내릴 수 있는 여유가 없었다. 언제나 그렇듯이, 절체절명이나 절망적인 상황 앞에서는 그저 본능만이 남아 있을 뿐이었다.

그렇다고 이 급박한 상황을 현악이나 초곤이 해결해 줄 수는 없었다. 그러기에는 상황이 너무 급박했다.

중인들 눈에는 흑궁녀와 신표가 곧 피를 뿜으면서 죽어가는 모습이 선하게 그려졌다.

순간, 흑궁녀는 쇄도해 오는 신표의 눈빛을 발견했다.

그런데 그 눈빛은 죽음을 각오한 사람의 눈빛치고는 너무도 잔잔하고 맑았다. 마치 생사를 초월한 사람이나 득도한 고승의 눈빛을 닮아 있었다.

그리고 흑궁녀는 그 눈빛이 전하는 말을 환청처럼 들었다.

—둘이 동시에 공격을 거두자!

눈빛은 그렇게 말하고 있었다.

선택의 여지가 없었다. 흑궁녀는 신표의 눈빛을 믿기로 했다. 아니면 둘 다 죽거나, 흑궁녀 자신이 죽을 수밖에 없는 상황이었다.

휘익!

그녀는 도풍이 신표의 심장에서 채 한 뼘도 남겨두지 않은 상황에서 번개같이 도를 옆으로 비틀었다.

파아아—

도풍이 신표의 심장을 덮은 옷을 가로로 길게 베며 아슬아슬하게 스쳐 갔다.

부웅!

거의 같은 순간, 신표의 창대도 흑궁녀의 정수리 위 반 자 높이에서 직각을 이루며 옆으로 꺾이면서 흑궁녀의 머리카락을 흩날렸다.

그리고 약속이나 한 듯이 두 사람의 움직임이 뚝 멈추었다.

흑궁녀의 공격이 시작되고, 신표의 반격으로 이어졌던 싸움은 불과 눈을 몇 차례 끔뻑거리는 사이에 끝나 버렸다. 상황은 아무도 죽거나 다치지 않는 것으로 끝났다.

적사는 남몰래 안도의 한숨을 내쉬었다. 흑궁녀나 신표 둘 중 하나가 다치거나 죽었다면 필경 큰 후유증을 남겼을 것이다.

처음에 신표를 죽이려고 했을 때의 흑궁녀는 그에게 아무런 감정도 지니고 있지 않았었다. 그를 만나는 것이 이 방에서 처음이었으므로 어떤 감정이 있을 리 만무했다.

단지 그가 흑사신을 능멸했기에 그에 따른 응징을 가하려던 것뿐이었다.

그러나 몇 차례 눈을 끔뻑거릴 정도의 짧은 시간이 지난 지금은 그에게 없던 감정이 생겨 있었다.

그것은 말로는 설명하기 어려운, 무인들끼리만 느낄 수 있는 기묘한 공감대 같은 것이었다.

절체절명의 순간에 신표는 자신의 의지를 눈빛에 담아 보냈고, 흑궁녀는 그것을 읽어냈으며, 약속을 했다.

그리고 그 약속이 이루어진 것이다.

눈이 빠른 현악과 초곤을 제외한 다른 사람들은 일이 어떻게 된 상황인지 제대로 간파하지도 못했다. 그리고 현악과 초곤조차도 흑궁녀와 신표 사이에 오고 간 찰나지간의 눈빛 약속만은 감지하지 못했다.

"염교, 물러나라."

초곤이 꾸짖음을 조용한 음성에 묻혀서 흘려내자 흑궁녀는 즉시 뒷걸음질쳐서 물러났다.

슥.

현악은 느릿하게 일어섰다.

이어서 정색을 하고 신표를 꾸짖었다.

"신표, 부주(府主)께 무례하게 굴면 안 되네."

난데없는 그 말에 중인은 크게 놀랐다.

누구보다 놀란 사람은 초곤이었다.

무적부라는 방파명은 조금 전에 지어졌으며 누가 부주가 될는지 아직 정해지지 않은 상태였다.

최소한 현악을 제외한 모든 사람들의 생각은 그랬다.

"현 형!"

초곤이 놀라는 표정으로 벌떡 일어서며 현악을 불렀다.

현악은 손바닥을 펴 뻗으면서 짐짓 미소 지었다.

"초 형, 아니, 부주. 이 얘기는 다 끝난 게 아니오? 더 이상 재론하지 맙시다."

그의 말은 누가 부주가 될 것인지에 대해서 둘이 충분히 상의를 한 것 같은 느낌을 풍겼다.

또한 현악은 초곤을 부주라고 호칭했으며 말투마저도 정중하게 변했다.

"……."

초곤은 어이없는 표정을 가볍게 지었다.

적사는 그것을 놓치지 않았다.

중인들은 어떻게 된 일인지 나름대로 짐작했다.

그러나 중인들과 적사의 짐작은 각각 달랐으며, 결론적으로는 적사의 짐작이 옳았다.

중인들은 무적부주의 지위를 놓고 현악과 초곤이 이미 상의를 했으며, 그 결과 초곤이 부주가 된 것으로 짐작했다.

그러나 적사는 두 사람이 무적부주 지위에 대해서는 한마디도 상의한 적이 없으며, 현악이 갑자기 일방적으로 초곤을 추대한 것이라고 정확하게 간파했다.

원래 적사는 두 가지 문제에 대해서 현악과 초곤에게 상의하려고 했었다.

하나는 조금 전에 결정된 방파명이었고, 또 하나는 방파를 대표하는 우두머리, 즉 지존을 정하는 일이었다. 방파에 지존이 두 명일 수는 없었다.

전자는 여럿이 있는 곳에서도 논의할 수 있는 일이지만 후자는 현악과 초곤에게만 은밀히 상의할 일이어서 뒤로 미뤘던 것인데, 현악이 느닷없이 초곤을 무적부주라고 호칭하면서 나선 것이다.

"내 말 알아듣겠나?"

현악은 초곤이 뭐라고 말하기 전에 신표를 보며 엄중한 어조로 다짐을 두었다.

신표는 공손히 대답했다.

"명심하겠습니다. 앞으로 부주의 명령에 복종하겠습니다. 그러나 알아주십시오. 속하의 주군은 오직 당신이십니다. 그 점을 분명하게 해두고 싶습니다."

무적부에 충성은 하되, 자신의 생사여탈권을 지닌 사람은 현악뿐이라는 그의 말뜻을 알아듣지 못할 사람이 없었다.

그러자 난데없이 전굉과 방강도 걸어 나와서 신표 양쪽에 서서 현악에게 허리를 굽히며 공손히 아뢰었다.

"이 기회에 저도 이 사실을 분명히 해두고 싶습니다. 속하 역시 주군의 사람입니다."

"속하도 마찬가지입니다. 주군께서 무적부를 떠나신다면 속하도 주군을 따라가겠습니다."

현악은 적잖이 당황했다. 솔직히 기분이 좋은 것보다는 초곤에 대한 미안함이 앞섰다. 그가 그런 감정을 느낀다는 것은, 독불장군 같던 그가 어느덧 자연스럽게 사람들과 융화하고 있다는 사실을 의미했다.

"이것 참……."

현악은 난감한 표정을 지었다. 물론 신표나 전굉, 방강의 말은 움직일 수 없는 사실이다.

그런데 그것을 꼭 이런 자리에서 이런 식으로 밝혀야 하느냐는 것이었다.

적사는 슬쩍 초곤을 쳐다보았다.

그가 알고 있는 흑사신 초곤은 이 정도에 흔들리거나 감정이 상할 소인배가 아니었다.

하지만 언제라도 예외는 있는 법이다.

초곤은 적사가 예상했던 것처럼 담담한 표정이었다. 아니, 오히려 입가에 흐뭇한 미소마저 머금고 있었다.

그때 적사의 시야에 흑궁녀의 표정이 꽂혀들었다.

적사는 그녀의 얼굴에서 어떤 표정을 발견해 냈다.

'부러움이라는 말인가?'

적사의 눈이 틀리지 않았다면, 흑궁녀는 신표와 전굉, 방강을 부러워하고 있었고, 그 속내가 은연중에 얼굴에 드러나 있었다.

그것은, 그녀 또한 현악의 수하가 되고 싶은, 그게 아니더라도 최소한 그의 사람이 되고 싶어 한다는 뜻이 아닌가?

적사는 복잡한 기분에 사로잡혔다.

현악은 분명히 매력적인 사람이었다. 그에겐 사람을 사정없이 잡아끄는 묘한 마력이 있는 것 같았다.

아니, 그는 호불호가 분명한 사람이었다. 좋고 싫음, 적과 동지, 전진과 멈춤의 구분이 분명했다.

그런 것은 그의 속 깊은 곳에 잠재되어 있다가 무림을 경험하면서,

그리고 학문을 배우는 과정에 자연스럽게 도출되었다.

그러므로 그런 것은 인위적인 것이 아니라 그의 본성이라고 봐야 옳았다.

그래서 그는 싫은 것과 적이라고 인정하는 사람은 망설임없이 배격하고, 좋은 것과 동지는 목숨을 걸고 사수했다.

또한 전진할 때는 불길과도 같았고 멈춰 있을 때는 산처럼 고요하며 거대했다.

사람들은 그의 좋음, 혹은 동지로 인정받고 싶어 한다. 그러면 그의 끊임없는 관심과 애정을 받게 될 것이기 때문이다.

또한 사람들은 그에게서 무한한 가능성을 발견했다. 그래서 언젠가 그가 천하를 발 아래 두었을 때 자신도 그 옆에 서 있는 사람들 중 하나가 되고 싶어 하는 것이리라.

적사도 그들 중 한 명이 되고 싶었다. 그것이 그의 고뇌였다. 하지만 지금은 그것을 드러낼 때가 아니었다.

"하하하! 참으로 보기 좋은 광경이로군!"

그때 초곤의 호방한 웃음소리가 좌중을 흔들었다.

그는 신표와 전굉, 방강에게 두루 포권을 해 보이며 진심 어린 표정으로 당부했다.

"그대들의 충심! 진정 고맙소! 그대들은 이후로도 현 형을 잘 보필해 주기 바라오!"

그렇게 말하는 초곤의 모습에서는 대인의 풍모가 물씬 풍겼다.

중인들은 그의 언행에서 추호의 가식도 발견하지 못했다. 그것이 바로 그의 진면목이었다.

그래도 중인은 현악에게 더 높은 점수를 주었다. 초곤이 지니고 있는 것은 현악에게도 있었다. 그리고 현악은 초곤에게 없는 것들까지도 지니고 있었다. 사람들은 바로 그것에 매료되고 있는 것이었다.

기분이 한창 고조된 현악이 흡족하게 웃었다.

"하하하! 오늘 같은 날 술 한잔해야지! 그렇지 않소, 부주?"

초곤이 현악에게 엄숙한 표정을 지었다.

"내가 부주라면 현 형도 내 명령에 따라야 하는 것인가?"

현악은 고개를 끄덕였다.

"물론이오."

초곤은 조용히 말했다.

"그렇다면 현 형은 나를 예전처럼 대해주게."

"예전처럼?"

"응."

탁!

현악은 갑자기 손바닥으로 초곤의 어깨를 가볍게 치며 떠들었다.

"이봐, 초 형! 대체 술은 언제 마실 텐가, 엉?"

*   *   *

스릉!

이상한 기분을 느낀 청라는 자리를 박차고 일어서면서 재빨리 어깨의 검을 뽑았다.

아니, 검을 뽑으려는 것은 그녀의 의지였을 뿐, 팔에는 검을 뽑을 힘이 없었다. 검은 검집에서 절반쯤 뽑힌 채 멈춰 버린 것이다.

머리가 극도로 어지러웠고 눈앞이 뿌옇게 변했으며 온몸에서 삽시간에 힘이 쭉 빠져나갔다.

그녀의 지식에 의하면, 이런 현상은 한 가지 경우에 해당했다.

'독(毒)!'

그녀는 직감적으로 자신이 중독됐음을 느꼈다. 그녀는 태어나서 최초로 중독되었다.

일각 전, 관도변에 있는 이 주루에 들어섰을 때 주루 내의 분위기는 그녀의 마음에 들지 않았었다.

손님이라고는 몹시 음험하게 보이는 세 명의 사내가 술을 마시고 있는 것이 전부였었다.

그리고 그들은 주루 입구로 들어서는 청라를 발견하고부터는 한시도 그녀에게서 눈을 떼지 않았었다.

그들 중 두 명은 각각 어깨에 도검을 메었고, 다른 한 명은 자신의 앞 탁자에 낫처럼 구부러진 기형 무기를 얹어두고 있었다. 그로 미루어 무림인인 듯했으나 그들의 행색과 음험한 표정 따위는 정파인의 그것과는 거리가 멀었다.

그들은 게슴츠레하고 음탕한 눈빛을 발하며 노골적으로 청라의 온몸을 훑으면서 눈빛만으로 그녀의 옷을 벗기고 능욕했었다.

그래도 청라는 보지 못한 것처럼 꾹 참았다. 그녀에겐 막중한 임무가 있었기 때문이다.

그녀는 하남에 온 지난 열흘 동안 낙양과 개봉 사이 반경 이백여 리 일대 적당한 장소에 큼직한 장원을 한 채 구하려고 힘겹게 발품을 팔면서 돌아다니고 있는 중이었다.

낙양과 개봉 사이라면 하남에서도 노른자위에 속하며 수많은 방파와 문파들이 세력, 패권 다툼을 벌이는 한복판이었다.

그녀가 굳이 이 일대에 장원을 구하려는 것에는 그만한 이유가 있었다.

　장원을 구한 후에는 부친과 비검문의 수하들을 소규모로 여러 차례에 걸쳐서 불러들여야 하고, 그들이 모두 모인 후 이 일대에서 알음알음 세력을 키워 나가야만 한다.

　그녀와 부친의 최종 목표는 다름 아닌 하남 무림, 그것도 한복판인 이 일대에서 개파를 하는 것이었기 때문이다.

　하남 무림은 곧 중원이다. 그곳에 개파를 한다는 것은 천하무림에 출사표를 던지는 것이나 다름없었다.

　물론, 누구든 자유롭게 방파나 문파를 개파할 수는 있다.

　그러나 드러내 놓고 보란 듯이 개파를 할 경우, 아니, 개파를 준비하는 과정에서부터 예상되는 여러 가지 난관과 골치 아픈 일들이 벌어질 것이며, 또한 예상하지 못했던 일들까지 속속 나타나게 될 것이다.

　그런 것들을 미연에 방지하고, 개파와 동시에 어느 정도의 세력을 확보하려면 개파 자체를 철저하게 비밀에 붙일 수밖에 없는 일이었다.

　하남성 어느 지역이든, 하나의 현(縣) 내에 많게는 백여 개에서 적게는 수십 개씩의 방파와 문파들이 난립하여 북새통을 이루고 있는 실정이었다.

　그런 상황에서 자신들의 세력권 안에 또 하나의 방파가 개파하는 것을 달가워할 사람은 아무도 없을 것이다.

　개파를 공개적으로 추진하다가는 십중팔구 준비하는 과정에서 기존 방파와 문파들의 방해로 인해서 와해되거나 일패도지의 호된 신고식을 치르게 될 것이 명약관화한 일이었다.

　청라는 이 일대, 즉 광무현이 너무나 마음에 들었다. 광무현은 낙양과 개봉 사이에 위치했으며, 도도히 흐르는 황하를 끼고 있어 대부분의 농토가 기름져서 농산물의 수확이 풍성했고, 황하에서 생산되는 수산물, 그리고 토산물마저 풍성하여 현민들의 생활은 대체적으로 윤택했다.

무엇보다도 청라의 마음에 든 것은 이곳이 사통팔달 교통의 요지라는 점이었다.

장차 개파를 하여 세력을 넓히자면 무엇보다도 우선시돼야 하는 것이 교통이었다.

게다가 청라는 이미 점찍어둔 장원이 한 채 있었다. 위치도 좋았고, 규모도 훌륭했으며, 무엇보다도 주변의 경관이 수려해서 더욱 마음에 들었다.

그래서 오늘은 그 장원에 직접 찾아가서 흥정을 붙여보려고 가던 길이었다.

그러므로 괜히 싸움을 벌여서 좋을 게 없었다. 저들 세 명쯤이야 청라의 삼초지적도 못 될 것이다. 사파 무리 같은 저들의 음험한 눈빛 정도야 그저 못 본 척 무시해 버리면 그만이다.

예전의 깐깐한 비연검 청라의 성격으로는 있을 수 없는 일이지만, 지금의 그녀는 많이 변해 있었다.

그녀의 변화에 가장 큰 역할을 한 사람이 현악이라는 사실은 두말하면 잔소리다.

그런 변화는 나쁜 것이 아니었다. 오히려 그녀를 한층 성숙하게, 무림 여고수답게 만들어주었다.

예전의 그녀가 시퍼런 칼날 자체였다면 지금의 그녀는 그 칼날을 심중에 감추고 있었다. 쉽게 드러내지 않지만, 한 번 드러내면 반드시 일을 내고 마는 칼날인 것이다.

여하튼, 청라는 세 명의 사내를 무시하고는 국수 한 그릇과 만두 한 접시만 간단히 주문했었다.

바쁘기도 했지만 사내들의 눈길이 영 마뜩찮아서 얼른 먹고 일어서 야겠다고 생각한 것이다.

그런데 유난히 국물 맛이 좋아서 한 그릇을 깨끗하게 비웠던 국수 국물에 독이 들어 있었던 것이다.

"이, 이놈들……!"

청라는 비틀거리면서 몇 자리 건너에 앉아 있는 사내들을 쏘아보려 고 했지만 눈꺼풀이 천 근처럼 무거웠다.

하찮은 독 따위에 당하다니, 비연검 청라답지 않은 조심성없는 행동 이었다.

그녀가 중독된 독은 치명적이지는 않을 것이다. 독 따위로 여자를 중독시키는 사내들의 목적은 오직 하나, 목표로 삼은 여자의 몸뚱이뿐 이다.

죽은 여자의 몸, 즉 시간(屍姦)을 즐기는 변태가 아니라면 중독시키 는 여자를 죽이지는 않을 것이다.

그러므로 이 독은 단순히 정신만 잃게 하는 미혼약이거나 여자가 음 심을 주체하지 못해서 몸부림치다가 스스로 몸을 열게 만드는 춘약일 가능성이 높았다.

"킬킬킬킬! 쓰러진다, 쓰러져!"

"우헤헷! 꽤 오래 버텼다, 계집! 오빠들이 즐겁게 해줄 테니까 그만 자빠져라! 응?"

사내들이 와자하게 웃는 소리와 그들이 일어서며 의자가 덜그덕거리는 소리가 청라의 고막을 아련하게 두드렸다.

'아, 안 돼……'

청라의 정신이 아득하게 멀어져 갔다.

'아아… 모, 몸을 더럽히면… 안 돼……'

여자는 당연히 몸이 더럽혀지는 것을 죽기보다 원치 않는다.

그리고 청라가 정신을 완전히 잃기 직전에 마지막으로 떠오른 얼굴이 현악인 것은 순전히 우연이었을까?

털썩!

산서 무림의 철녀 비연검 청라는 그렇게 쓰러졌고, 그 순간 그녀의 꿈과 희망도 무너지는 것 같았다.

◆제42장◆
극쾌검식(極快劍式)

극쾌검식(極快劍式)

청라는 깨어났다.

그녀는 깨어나는 순간, 자신이 주루에서 당했던 일들을 반사적으로 떠올렸다. 그 악몽 같은 기억은 순식간에 그녀의 머리 속을 가득 채워 버렸다.

음탕한 눈빛으로 자신의 온몸을 훑던 세 사내의 모습과 그들의 저속한 웃음소리, 그리고 미혼약일지 춘약일지 모를 것에 중독되어 몽롱해지던 정신.

청라는 자신이 당연히 더럽혀졌을 것이라고 생각했다. 더럽혀지지 않을 가능성은 백분의 일도 없는 상황이었다. 한순간의 방심이 어처구니없는 결과를 낳게 했다.

그런데 정신이 말짱한 것을 보면 그녀는 죽지 않은 것 같았다.

왜 죽지 않고 살아났을까?

짐승 같은 사내들에게 몸을 더럽힐 것인가, 아니면 죽을 것인가를 선택하라면 그녀는 서슴없이 죽음을 택했을 것이다. 하지만 그 이유를 묻는다면 쉽게 대답하지 못하리라.

언젠가 비검문 자신의 거처에서 백정 놈에게 무참한 심정으로 강간 당했을 때와는 사뭇 다른 절망적인 기분이 그녀를 휩쌌다.

백정 놈에게 당했을 때에는 분노라는 것이 있었다. 걷잡을 수도 없었고, 드러낼 수도 없는 분노, 그놈을 잡아서 자신의 발 아래 무릎을 꿇리고 빌며 애원하는 모습을 본 후에 갈기갈기 찢어 죽이고 말겠다는 분노였다.

그러나 지금 그녀는 이상하게도 분노를 느끼지 않았다. 분노보다는 절망이 그녀의 머리와 가슴속에 가득 들어차 있었다.

그녀는 눈을 뜰 수가 없었다. 아니, 눈을 뜰 엄두가 나지 않았다. 자신이 어떤 험하고 몹쓸 꼴을 하고 있는지 확인할 용기가 없었기 때문이다.

여긴 어딜까?

얼마나 시간이 지났을까?

혹시 그놈들이 나를 실컷 농락한 후 무공을 폐지시키고 창루 같은 곳에 팔아넘긴 것은 아닐까?

머리 속이 마치 흙탕물 같았다.

청라는 우선 조심스럽게 운공을 해보았다.

"……!"

그런데 놀랍게도 공력이 모아졌다. 그뿐만 아니라 체내에서 추호의 독기도 느껴지지 않았다. 어떻게 된 영문인지 눈을 뜨고 확인하기 전에는 도무지 알 수 없는 상황이었다.

순간 그녀는 눈을 번쩍 떴다.

낯선 곳의 빛바랜 천장이 시야 가득 들어왔다. 그녀는 자신이 여태 누워 있었다는 사실을 깨달았다.

"오! 깨어나셨군요, 낭자!"

그때 가까운 곳에서 반가운 탄성이 들려왔다.

젊은 남자의 목소리로 적당한 저음이었고, 목소리에서 정기(正氣)가 물씬 느껴졌다.

청라는 튕기듯 벌떡 상체를 일으켰다.

그녀가 눈을 한껏 크게 뜨고 만면에 더할 수 없이 놀라는 표정을 짓고 있을 때, 그녀를 향해 한 청년이 천천히 걸어오고 있었다.

그녀는 크게 놀라는 표정으로 청년을 바라보았다.

청년은 비단 화의를 입었으며 눈이 번쩍 뜨일 정도로 준수한 용모를 지녔고 어깨에는 한 자루 검을 메고 있었다.

청라가 보기에 그 청년은 주루에 있던 세 명의 사내 중 한 명은 분명히 아니었다.

그녀는 급히 주위를 두리번거렸다.

그녀가 있는 곳은 화려하지 않은 평범한 객방이었고 실내 어디에서도 세 사내의 모습은 보이지 않았다.

이윽고 화의청년이 청라 앞에 멈춰서 부드럽게 미소 지으며 입을 열었다.

"어제 소생이 광무현 관도 변에 있는 주루에 들어가려고 했을 때 세 명의 사내가 낭자를 안고 막 주루에서 나오더구려."

"……."

"첫눈에 아무래도 그자들이 낭자에게 몹쓸 짓을 하려는 것 같아서,

낭자가 내 누이동생인데 무슨 짓을 한 것이냐고 호통을 쳤더니 그자들이 다짜고짜 내게 공격을 퍼붓지 않았겠소?"

잔잔하며 경망스럽지 않은 언행, 아니, 오히려 듣는 사람을 포근하게 만드는 감미로운 목소리였다.

"그래서 그자들을 죽인 후 낭자를 이곳으로 모시고 와서 살펴보니 미혼약에 중독되었기에 소생이 해독시켰소."

청라는 그제야 어떻게 된 일인지 깨달을 수 있었다.

"몸은 좀 어떠시오?"

청라는 몽연한 표정으로 화의청년을 바라보았다.

"어디 불편하시오?"

그는 청라의 그런 표정을 보고 그녀가 불편해서 그러는 것으로 생각한 모양이다.

청라는 퍼뜩 정신을 차리고 원래의 냉정한 표정을 되찾았다.

그녀는 조심스럽게 자신의 몸을 내려다보았다. 주루에서 중독되기 전과 별로 달라진 게 없었다.

하지만 그것만으로는 자신에게 아무 일도 없었다고 단정할 수는 없었다. 그렇다고 화의청년이 있는 곳에서 하의를 벗고 여자의 가장 은밀한 부위를 살피며 확인할 수는 없는 노릇이었다.

예전에 그녀가 순결한 몸이었을 때는 까맣게 몰랐던 일이지만, 백정 놈에게 두 차례 강간을 당한 적이 있는 지금은 사내의 그것이 자신의 몸속에 삽입된 후에 남겨지는 흔적이 어떤 것인지를 대충은 알고 있었다.

문득 그녀는 한 가지 사실을 기억해 냈다. 그때 백정 놈이 그녀를 짓밟은 후 며칠 동안은 음부가 찢어질 듯했고 허벅지 안쪽이 뻐근해서 걷는 것조차도 힘들 지경이었다.

그러나 지금은 그런 고통도 뻐근함도 전혀 느껴지지 않았다. 그래서 그녀는 비로소 혼절해 있는 동안 자신이 더럽혀지지 않았음을 확신할 수 있었다.

"어디 불편한 곳이 있으면 서슴지 말고 말씀하시오. 소생이 도울 수 있는 일이라면 돕겠소."

화의청년은 걱정스러운 표정으로 청라를 보며 진지하게 말했다.

그는 청라가 방금 전까지 무엇을 걱정했고, 또 확인했으며, 지금은 안도하고 있다는 사실을 전혀 모르는 것 같았다.

'이 사람은 순진한 사람인 것 같구나.'

그래서 청라는 슬쩍 화의청년을 보며 그렇게 생각했다.

"나는 괜찮아요."

그녀는 일어서며 차분하게 대답했다. 그녀는 어느새 평소 자신의 모습과 말투를 되찾았다.

하지만 그녀는 남의 도움을 받았을 때 어떻게 고마움을 표시하는지를 잘 몰랐다. 그런 경험이 한 번도 없었고, 도움받는다는 것을 수치라고 여기기 때문이었다.

"그렇다면 다행이오."

화의청년은 진심 어린 안도의 표정을 지었다. 그의 반듯한 언행과 가식없는 표정은 그가 더없이 정의로우며 순진무구한 청년이라는 사실을 대변하고 있었다.

청라는 반 장 거리에 서 있는 화의청년을 정면으로 주시했다. 남녀가 유별한데도, 더구나 자신을 구해준 은인인데도 눈 한 번 깜빡이지 않고 상대를 뚫어지게 주시하는 행동은 비연검 청라이기에 가능할 것이다.

"왜… 그러시오?"

오히려 남자인 화의청년이 청라의 무례한 시선에 얼굴을 붉히며 수줍어했다.

청라가 보기에 화의청년은 무림에서 짝을 찾기 어려울 정도의 미남자였다. 그녀가 알고 있는 유일한 남자인 백정 놈 현악보다 훨씬 더 준수했다.

뿐만 아니라 현악에겐 있지도 않은 다정다감함과 정의로움, 순수함이 있는 것 같았다.

화의청년에게 하나의 흠을 굳이 찾으라면, 왼쪽 뺨에 가로로 손가락한 마디쯤 나 있는 흐릿한 흉터를 들 수 있었다.

그러나 그런 흉터쯤은 그가 지니고 있는 수많은 장점에 비하면 아무것도 아니었다.

"나, 낭자가 무사한 걸 확인했으니 소생은 이만 가보겠소."

청라의 시선에 수줍어하며 눈 둘 곳을 몰라 하던 화의청년은 서둘러 방문으로 걸어가면서 말했다. 자신의 할 일을 마쳤으니 떠나겠다는, 정인군자다운 행동이었다.

청라는 퍼뜩 정신을 차렸다.

"기다려요."

그녀는 의아한 표정으로 돌아선 화의청년에게 두 손을 모아 포권지례를 하며 정중히 말했다.

"나는 비연검 청라라고 해요. 은공은 누구시죠?"

화의청년은 미소 지으면서 마주 포권했다.

"소생은 송세하(宋世河)라고 하오. 산동(山東) 출신이지요."

"송 소협이군요. 구명지은에 감사드려요."

단언하건대, 청라는 태어나서 지금처럼 이성에게 이끌려 본 적이 한 번도 없었다.

화의청년 송세하는 자신의 별호를 굳이 밝히지 않았다.

그의 별호는 꽤 유명했기에 누구든지 그 별호를 듣는 순간 그가 어떤 사람이라는 것을 단번에 알 수 있었다. 무림에서는 그를 '옥룡야풍'이라고 불렀다.

사실, 화의청년 옥룡야풍이 청라에게 밝히지 않은 것은 그것만이 아니었다.

주루에서 청라를 중독시켰던 세 명의 사파고수는 옥룡야풍에게 돈을 받고 그의 지시를 따랐을 뿐이라는 사실.

옥룡야풍이 산서에서부터 이곳까지 줄곧 청라를 미행했다는 사실이 그것이었다.

바야흐로 청라는 덫에 걸려든 것이다.

＊　　　　＊　　　　＊

무적부라는 방파가 옛 수룡채 자리에 개파했다는 소문이 주가구 일대로 순식간에 퍼져 나갔다.

적시는 소문을 일부러 크게 내려고 하지도 않았고, 소문이 나지 않게 하려고 애쓰지도 않은 채 그저 자연스럽게 내버려 두었다.

하지만 무적부가 개파했다는 소문은 마치 하나의 자그마한 지진 같았다.

진앙지(震央地)인 주가구에서 멀어질수록 소문의 여파는 점차 약해졌으며, 하남 무림의 한복판이라고 할 수 있는 낙양과 개봉 일대의 방파나 문파, 무림인들은 하남의 변두리인 주가구에서 무적부라는 방파가 개파했다는 사실을 거의 모르고 있었다.

아니, 소문을 들었다 하더라도 옛 수룡채 자리에 다른 방파가 개파한 것을 두고 그저 녹림 방파 하나가 자리바꿈을 한 것 정도로 치부해 버렸다.

그러나 무림은 까맣게 모르고 있었다.

하남의 변두리 주가구에서 시작된 그 작은 지진이 얼마간의 잠복 기를 거친 후 장차 천하무림을 뒤집어엎을 미증유의 사건으로 거대하게 변할 줄은.

하남 무림 전체로 봐서는 무적부의 개파에 별다른 관심을 보이지 않았다 하더라도 주가구 일대의 방파나 문파들은 결코 그럴 처지가 아니었다.

정파인 대홍방과 녹림 방파인 수룡채가 합쳐져서 하나의 방파 무적부로 탄생했다는 사실은 지역의 세력 판도가 지각 변동을 일으킨 것이나 다름없었다.

예전의 대홍방은 이십여 척의 큰 배를 보유하여 운송업을 했으며, 주가구 내에 중원표국(中原鏢局)이라는 표국을 운영했는데 그 두 업종이 대홍방의 주력 사업이었다.

간혹 수룡채의 가혹한 상납금과 폭정을 견디지 못한 주가구 번화가의 몇몇 업소와 점포들이 용기를 내어 대홍방에 보호를 청해 매월 바치는 상납금이 약간의 수입이 되어주기도 했다.

그러나 수룡채의 보복을 견디면서까지 그렇게 할 수 있는 점포들의 수효는 워낙 미미해서 그들의 상납금은 대홍방 전체 수입의 일 할에도 미치지 못했다.

그러한 대홍방과는 판이하게 수룡채는 그야말로 문어발식 사업을 하고 있었다.

그들이 관여하지 않는 업종이 거의 없었으며, 주가구 일대의 거의 모든 업소와 점포들이 수룡채에 상납금을 바쳤다. 그것도 그들 업소와 점포 수입의 절반에 해당하는 무거운 상납금을.

그랬으므로 무적부의 출범 이후 어떤 변화가 일어날 것인지, 과거보다 더 어려운 상황이 될 것인지, 나아질 것인지에 대해서 주가구 일대의 모든 방파나 문파, 수많은 업소와 점포들이 초미의 관심을 기울이는 것은 당연한 일이었다.

무적부가 개파한 이후 가장 먼저 한 일은 누구도 예상하지 못했던, 주가구 일대 오십여 리 이내에 뿌리내리고 있는 기존의 서른네 개 방파와 문파들을 모조리 흡수하는 일이었다.

그들 서른네 개 방·문파들은 하나같이 대홍방이나 수룡채보다 규모나 세력이 작았으며, 적사의 방파 분류에서도 팔등급 이하로 분류된 하류 방·문파들이었다.

무적부 개파 직후 사흘 동안 서른네 개 방·문파 중에서 서른두 개 방·문파의 우두머리들이 스스로 무적부에 찾아와 머리를 조아려 복종을 표했다.

예전의 대홍방과 수룡채가 지배하던 시절에도 그들 서른두 개 방·문파들은 스스로 무릎을 꿇고 복속을 자청했었다. 그것이 소규모 방·문파들의 운명이었다.

정파인 대흥방은 단지 그들 위에 군림하는 것으로 만족했지만, 수룡채는 그들 모두에게 과다한 상납금을 요구했고, 거부하거나 상납금을 내지 못할 경우에는 지나칠 정도의 가혹한 보복성 처벌을 가했다.

그들 서른두 개 방·문파들이 새로 개파한 무적부에 찾아와 스스로 굴복한 것은 그저 전례에 따른 예의일 뿐이었다.

그렇게 해야지만 자신들 방·문파가 구차하게나마 명맥을 유지할 수 있었기 때문이다.

또한 그들은 수룡채 시절의 상납금 수준을 유지하여 매월 무적부에 상납하겠다고 먼저 제의했다.

그 즈음, 적사는 무적부주 흑사신 초곤에 의해 무적부의 대총사(大總師)라는 직위에 임명된 상태였다.

대총사는 방파의 대소사를 총괄하는 총관이라는 직함에 대사부(大師父)라는 권위가 더해진 것이었다.

적사는 서른두 개 방·문파들의 제안을 단호히 거절했다.

잔뜩 어리둥절하면서도 그보다 더한 상납금을 요구할까 봐 은근히 두려워하는 서른두 개 방·문파 우두머리들에게 적사의 놀라운 요구가 떨어졌다.

―서른두 개 방·문파들을 모두 본부의 분타(分咤)로 삼겠다!

서른두 개 방·문파들의 우두머리들은 혼비백산했다.

그러나 그들에게 별달리 뾰족한 방법이 있을 리 없었다. 그들에겐 단 두 가지 선택뿐이었다. 거절해서 몰살당하느냐, 아니면 분타가 되어 살아남느냐는 것.

그렇게 무적부는 개파 사흘 만에 휘하에 서른두 개 분타를 보유하게 되었다. 그들에게 진실한 충성을 받아내느냐 아니냐는 그 다음 문제였다.

　무적부는 또한 주가구 일대의 모든 업소와 점포들이 놀라 자빠질 만한 폭탄선언을 했다.

　─모든 업소와 점포들의 상납금을 기존의 사분의 일로 줄여서 받겠다!

　당연히 주가구의 모든 업소와 점포들의 최초 반응은 불신과 반신반의였다.

　그러나 그들은 그로부터 한 달 후 정말 무적부에게 기존의 사분지 일의 상납금만을 바치게 되자 그동안의 불신을 한꺼번에 떨쳐 내고는 일제히 환호성을 터뜨렸다.

　주가구 일대의 업소와 점포들은 주가구가 나날이 번성을 누리는 데 반해서 자신들의 한 달 순수익 중 절반 이상을 수룡채에 바쳤기 때문에 점포를 운영하기는커녕 먹고살기에도 빠듯하여 하루에도 몇 군데씩 문을 닫는 업소와 점포들이 속출했었다.

　말 그대로 풍요 속의 빈곤이었던 것이다.

　성급한 사람들은 무적부의 개파로 인해 이제 살기 좋은 세상이 왔다고 만세를 불러댔고 곳곳에서 술렁거렸다.

　"잔지방(殘肢幇)과 유성보 주가구 분타 두 곳입니다."

　적사의 공손한 보고에 단상의 큼직한 태사의에 허리를 펴고 단정한 자세로 앉은 초곤은 고개를 끄덕였다.

"서른네 곳 중에서 그 두 곳만이 본부의 분타가 되기를 불복하고 있다는 것인가?"

"그렇습니다."

초곤은 흥미롭다는 표정을 지었다.

"유성보 주가구 분타라는 것은 말 그대로인가?"

그는 예전의 음습하고 어둡던 사파 우두머리의 분위기를 말끔히 걷어낸 상태였다. 그 대신 웬만한 사람들이 그 앞에 서면 그 즉시 위압감을 느끼고 오금을 저리고 말 정도의 위엄과 패도를 겸비한 대인의 모습으로 변모해 있었다.

시대와 환경은 사람을 변모시킨다. 게다가 적절한 환경과 잠재된 능력의 표출, 그리고 본인의 지대한 노력은 잠재적인 영웅을 현실적인 영웅으로 성장시키기 마련이다.

초곤이 바로 그랬다. 예전의 그는 사파라는 어둠에 감추어져 있던 영웅이었고, 흙탕물 속에 웅크리고 있던 거대한 이무기였다.

"그렇습니다. 조사한 바에 의하면 유성보는 무림에 백여 곳의 분타를 보유하고 있는데, 칠십 곳이 하남 무림에 집중되어 있으며, 그중 하나가 이곳 주가구에 있습니다."

대저 무림의 어떤 방파나 문파가 분타를 백여 개씩이나 보유하고 있다는 말인가.

그것은 오직 대유성보이기에 가능한 일이었다. 그로 미루어 유성보가 당금 무림에서 얼마나 대단한 방파이며 거대한 영향력을 행사하고 있는지를 쉽사리 짐작할 수 있었다.

"대총사 생각은 어떤가?"

초곤은 늠연한 표정으로 적사를 굽어보며 물었다.

적사는 대답 대신 오른쪽 벽을 등지고 우뚝 서 있는 전굉을 쳐다보았다.

"벽력대주께서 잔지방과 유성보 주가구 분타에 대해서 설명해 주시겠소?"

전굉은 초곤을 향해 정중히 입을 열었다.

"예전의 대홍방은 주가구 일대에 산재해 있는 서른네 개 방파와 문파 중에서 잔지방과 유성보 주가구 분타를 제외한 서른두 곳의 굴복만 받은 후 그들이 양민들이나 대홍방에 해를 끼치지 않는 한 일체 간섭하지 않았습니다."

대홍방은 과연 정파다운 처세를 했다.

혈창귀 신표는 왼쪽 벽을 등진 채 새로 만든 철창을 쥐고 우뚝 서 있었다.

신표는 초곤의 명령으로 과거 수룡채의 칠백여 명의 수하들 중에서 겨우 사십구 명만을 추려낼 수 있었다.

현악이 요구한 바 있는 첫째 충성심, 둘째 인품, 셋째 자질에 부합되는 인물들이 드물었기 때문이다. 녹림고수에게 그런 것들을 요구한다는 발상 자체가 지나친 무리였다.

그러나 신표는 군말없이 현악의 명령에 따랐으며, 최종적으로 선발된 사십구 명을 둘러보고는 만족한 표정을 지었다.

사십구 명이라면 '대' 아래의 '각'을 충원할 백 명에도 못 미치는 인원이었다.

그러나 신표는 실망하지 않고 그날부터 그들 사십구 명과 함께 지하 연공실에 틀어박힌 채 두문불출하였다.

신표와 사십구 명이 그곳에서 무엇을 하는지는 아무도 몰랐지만 아무도 간섭하지 않았다.

무적부주 초곤의 부름이 아니었다면 그는 이 자리에 오지도 않았을 것이다.

전굉의 설명이 이어졌다.

"유성보 주가구 분타는 대홍방이나 수룡채 모두 건드릴 수 없는 존재였습니다. 그 이유가 무엇 때문인지는 군이 말씀드리지 않아도 잘 아실 것입니다."

유성보의 분타가 아니라 유성보에서 키우는 개 한 마리라도 잘못 건드렸다가는 패가망신은 따놓은 당상이었다.

만약 유성보 분타를 건드린 것이 일개인이라면 마땅히 구족이 몰살될 것이고, 방파나 문파라면 주춧돌 하나 온전히 남기지 못하고 멸문지화를 당할 것이라는 사실은 너무도 자명했다.

"대홍방과 수룡채는 잔지방도 함부로 건드리지 못했습니다. 아니, 아예 주가구에 잔지방이라는 방파가 없는 것으로 간주했습니다."

초곤은 엷은 흥미를 느꼈다.

"이유가 무엇이오?"

"잔지방은 방명이 말해 주듯이 방도(幫徒)들 백오십여 명 전원이 몸의 일부가 없는 불구자들입니다."

웬만한 일에는 별로 놀라지 않는 초곤이지만 이 순간만큼은 얼굴에 가벼운 놀라움이 떠올랐다.

"불구자?"

"네. 그들 모두는 팔다리가 없거나 장님, 혹은 애꾸이거나 벙어리, 귀머거리들입니다."

"설마 잔지방이 불구자들로 이루어졌다는 사실이 그들을 건드리지 못하는 이유라는 것이오?"

초곤의 당연한 의문이었다.

"물론 그렇지 않습니다. 중요한 문제는 그들이 싸움에 있어서만큼은 상상을 초월할 만큼 잔인하며 스스로의 생사를 도외시한다는 사실에 있습니다."

초곤의 마음이 슬쩍 움직였다.

"어떤 식으로 싸우기에 그렇소?"

전굉은 약간 미간을 좁혔다. 잔지방 불구자들이 싸우는 광경을 상상하는 것만으로도 그는 기분이 우울해졌다. 그는 대홍방주였던 시절에 잔지방 사람들과 약간의 다툼이 있었던 것을 기억해 내고 설명을 이었다.

"잔지방도들의 무공 실력은 여느 소방파들과 다를 바 없을 정도로 하류입니다. 그러나 그들은 일단 싸움에 임하면 완벽하게 자신들의 생사를 도외시합니다. 아니, 아예 서로 먼저 죽으려고 몸부림치는 것처럼 싸웁니다. 언젠가 그들과 작은 다툼이 있었는데… 악다구니도 그런 악다구니가 없었습니다."

전굉은 방금 전보다 더 얼굴을 찌푸리며 생각하기도 싫은 듯 작게 넌더리를 쳤다.

잔지방은 누가 자신들을 건드리기 전에는 먼저 싸움을 거는 일이 일체 없었다. 하지만 일단 싸움이 벌어졌다 하면 믿을 수 없게도 언제나 잔지방의 승리로 막을 내렸다.

그렇다고 그들이 상대를 몰살시켰기 때문은 결코 아니었다. 대부분의 싸움에서 상대가 싸우는 도중에 겁을 집어먹고 싸움을 포기하고 말기 때문이었다.

어이없게도, 잔지방은 싸움을 자신들이 몰살당할 수 있는 절호의 기회로 삼는 것처럼 싸웠다.

그들이 싸우는 모습을 보면, 더 이상 살기 싫어서 제발 좀 죽여달라고 애원하는 것처럼 보였다.

상대가 휘두르는 칼에 절뚝거리면서 스스로 몸을 던져서 죽어가고, 장님은 허우적거리다가 죽어갔으며, 팔병신은 뒤뚱거리다가 그 역시 적에게 몸을 던져 제 스스로 칼에 찔려 죽어가기 일쑤였다.

싸움이 이쯤에 이르면 상대는 주춤거리기 마련이다. 그렇다고 잔지방도들의 몸을 내던지는 행동이 그치는 것은 아니었다. 그들은 계속 몸을 던졌고, 주춤거리며 물러서는 상대를 발견하면 가차없이 죽여 버렸다.

죽여도 그냥 죽이지 않았다. 일단 목을 베거나 심장을 찔러서 죽게 만든 후 쓰러진 적의 팔다리를 모두 잘라내고 눈알을 후벼 팠으며 혀를 뽑고 음낭마저도 잘라냈다. 상대가 여자일 경우에도 마찬가지였고 마지막에는 음부를 도려냈다.

싸움이 이 지경에 이르면 누구든 공포에 질리기 마련이다. 감정이 없는 목석이라면 모를까, 오욕칠정을 지닌 인간이라면 그 같은 참상을 두 눈으로 보는 것만으로도 살아 있는 것을 후회했다. 그러므로 잔지방의 상대가 됐던 무리들은 전의를 상실하여 앞 다투어 도망치기에 바빴다.

개중에는 무감각한 인물도 더러 있어서 무기를 휘두르며 잔지방도들에게 덮쳐 가기도 했지만, 그들 용감한 인물 몇몇이 잔지방도 전체를 상대할 수는 없는 노릇이었다.

그래서 그들도 사지가 잘리고 눈알과 혀가 뽑혔으며 마지막으로 음낭이 제거된 처참한 시체가 되어 들개 먹이로 아무렇게나 버려지기 마련이었다.

그뿐이 아니었다. 잔지방도들은 자신들이 잘라낸 적의 사지와 눈알 따위를 모조리 수거해서 귀환한 후 팔다리는 자신들의 몸에 꿰매어 붙이고 다녔으며, 장님이나 애꾸는 눈알을 자신의 눈에 박아 넣고 마치 보이기나 하듯 눈을 희번덕이면서 돌아다녔다.

물론 그것들이 제기능을 할 리는 없었지만, 그들은 덜렁거리면서 혹은 질질 끌면서 자신이 죽인 적의 사지육신을 제 몸에 붙이고 다니면서 킬킬거렸다.

그것은 그들 나름대로의 전리품이었다. 그들 사이에서는 얼마나 많은 적의 사지육신과 이목구비를 자신의 몸에 붙이고 다니느냐에 따라서 지위와 신분이 정해질 정도였다.

주가구 일대에서 그들은 악귀나찰로 통했다. 잔지방이 위치해 있는 몇 리 일대에는 아무도 접근하지 않았다. 울타리를 쳐놓은 것은 아니지만, 보이지 않는 공포의 울타리는 높은 담이나 철조망보다 더 큰 효력을 발휘했다.

잔지방의 일원이 되려면 자격이 있어야만 가능했다. 자격이란 다름 아닌 불구자여야 한다는 오직 한 가지였다.

설명을 모두 듣고 난 초곤은 작은 충격에 휩싸여 잠시 침묵을 지키고 있었다.

사실 초곤 역시 불구자였다. 육체적인 불구자가 아닌 마음의 불구자인 것이다.

그는 마음의 불구자와 육체의 불구자가 별반 다를 것이 없다고 생각하는 몇 안 되는 사람 중에 한 명이었다.

"내가 가보지."

이윽고 초곤이 묵직하게 입을 열었다.

"그러시겠습니까?"

적사는 초곤이 그렇게 하리라는 것을 이미 짐작하고 있었다는 듯 조금도 놀라지 않았다. 적사는 초곤의 마음을 가장 잘 이해하는 인물이었다.

반면에 놀란 사람은 전굉과 신표였다.

두 사람은 잔지방을 처리하라고 자신들 둘 중 한 명을 보낼 것이라고 예상했다. 그래서 찜찜한 마음 중에서도 과연 잔지방을 어떻게 처리해야 좋을까 나름대로 고심하고 있던 터라 초곤의 말은 놀라움 그 자체였다.

전굉은 초곤의 말에 얼굴에 놀라움을 가득 떠올렸고, 거의 감정을 드러내지 않는 신표조차도 움찔 놀라서 얼굴 표정이 변해 초곤을 쳐다보았다.

적사가 공손히 입을 열었다.

"하오면 유성보 분타는 내버려 두시겠습니까?"

그는 초곤이 뭐라고 말할지 이미 예상한 상태에서 물었다. 그의 대답은 적사의 생각과 같을 것이다.

"현 형에게 맡기게."

현악은 무적부의 일에는 전혀 관여하지 않은 채 밀실에 틀어박힌 지난 한 달간 한 번도 밖으로 나오지 않았다.

그가 밀실에서 거의 광적으로 쾌검 수련에 몰두해 있다는 사실을 알 만한 사람들은 다 알고 있었다.

초곤과 적사는 현악과 봉황일미가 어떤 관계라는 사실을 자세히는 몰라도 대충은 짐작하고 있었다.

봉황일미 단우옥의 남자가 유성추혼 혁련무룡이며, 혁련무룡이 유성보의 소보주라는 사실은 천하가 다 아는 사실.

그러므로 초곤은 유성보 주가구 분타의 일은 아무래도 현악이 직접 나서는 것이 좋을 것이라고 판단한 것이었다.

그렇다고 자신의 세력권 내에 굴복하지 않는 집단을 묵인한 채 그대로 놓아두고 싶은 생각은 초곤에게도, 적사에게도 없었다.

물론 현악도 같은 생각일 것이다.

아무 음향도, 아무것도 보이지 않았다.

팍!

단지 지독하게 빠른 발검과 동시에 전면에 세워진 석상(石像)의 목 부위에서 가벼운 격타음만이 터졌을 뿐이다.

석상은 사람과 비슷한 크기와 높이로 만들어졌으며, 팔다리는 없고 눈, 코, 입도 없었다.

그저 사람 크기에 얼굴과 목 부위만 구분해 놓은 모습이었는데, 그 이유는 현악의 섬쾌검식이 노리는 부위가 오직 목줄기 한복판이기 때문이었다.

현악은 발검과 동시에 착검한 후 일 장 남짓 거리인 전면의 석상을 유심히 살펴보았다.

굳이 가까이 다가가서 확인하지 않더라도 석상 목줄기 한복판에 한 치 깊이의 검흔이 새겨져 있다는 것을 알 수 있었다.

제자리에 우뚝 서서 발검했으므로 팔과 혈인검의 길이를 제하면 검기가 무려 다섯 자 가까이 발출됐다는 뜻이었다.

다섯 자면 반 장이다. 실전에서는 발검할 때 순간적으로 공격하는 방향을 향해 몇 자 정도 진행한다든지 상체를 약간 움직이기만 해도 검기를 일 장까지 뿜어낼 수 있을 것이다.

실로 놀라운 발전이었다.

그는 더 이상 산서 땅 운몽산에서 추적대와 무림고수들에게 쫓기며 절망에 빠졌던 애송이 쾌검왕이 아니었다. 그는 스스로 지은 별호에 점점 가깝게 다가가고 있었다.

그러나 석상의 목 한복판에 검흔(劍痕)이 패었으나 너무 작았다. 그 것은 마치 두부에 송곳을 찌른 것처럼 좁아서 자세히 보지 않으면 보이지 않을 정도였다.

현악은 자신의 공력이 더 증진되었고, 자나 깨나 미친 듯이 섬쾌를 연마했기 때문에 위력이 갈수록 강해질 것으로 기대했다.

그런데 얼마 전부터 석상의 검기가 적중된 구멍이 점차 좁아지더니 지금에 이르게 된 것이었다.

그러나 그는 실망하지 않았다. 적중 부위가 크든 작든 상대를 죽일 수만 있다면 상관없었다.

그러나 현악이 아직까지 모르고 있는 사실이 한 가지 있었다. 그것을 깨닫는다면 그는 한 걸음 더 발전하게 될 것이다.

그는 뒤로 반 자가량 물러선 후 석상을 마주하고 우뚝 섰다. 반 자 물러선 것은, 한계에 대한 계속된 도전이었다.

일 장 거리에서 석상에 한 치 깊이의 검흔을 새겼고, 이번에는 반 자 더 물러난 것이다.

반 자는 다섯 치다.

일 장 거리에서 석 상에 겨우 한 치 깊이의 검흔을 새겼는데, 한 치의 다섯 배인 반 자를 물러선다는 것은 어쩌면 어불성설일 수도 있었다.

그러나 이미 숱한 싸움을 경험했고, 여러 차례 죽을 고비를 넘겼던 현악은 검기를 한 치 더 발출하는 것과 하지 못하는 것의 엄청난 차이를 너무도 잘 알고 있었다.

실전에서는 그 한 치가 현악 자신을 죽일 수도, 살릴 수도 있는 것이다.

그의 야망, 천하를 발 아래 두겠다는 그 야망을 실현시키자면 그는 끝없이 발전해야만 했다.

노력하지 않고 고여 있는 물이 되면 썩고 만다.

썩으면 도태다.

그는 인생의 목표를 천하 위에 우뚝 서는 것으로 결정했다.

현악은 예전처럼 발검하기 전에 공력을 극한으로 끌어올리는 일을 더 이상 하지 않았다.

발검하기로 마음먹고 검을 뽑으면 자령신공이 자연적으로 운기되어 공력이 발출된다는 사실을 이미 터득했기 때문이다.

발검하기 위한 목표를 정하고, 그곳으로 마음을 보낸다.

마음[心]이 가면 검[劍]도 간다는 이치였다.

발검.

일체의 음향도, 빛조차도 없이 혈인검이 뽑혔다.

팍!

아니, 혈인검은 언제나처럼 그대로 현악의 오른쪽 어깨 검집 안에 있었다.

그렇다면 그는 발검하지 않은 것인가?

아니다. 석상에서 미약한 격타음이 터진 것으로 미루어 분명히 발검은 했다.

그는 어느새 발검과 동시에 착검을 한 것이었다. 그 동작이 워낙 빨랐기 때문에 육안으로는 거의 식별할 수 없었을 뿐이다. 아니, 그 일련의 동작은 단지 빠르다는 말로는 표현할 수 없을 정도의 쾌속함이었다. 예전보다 훨씬 더 빨라진 발검과 착검이었다.

석상에는 한 치에 훨씬 못 미치는 겨우 두어 푼[分] 깊이의 흐릿한 흔적이 새겨져 있었다.

이것이 바로 현악 자신조차도 모르는 그의 변모한 현실이었다.

방금 그가 전개한 검식은 더 이상 섬쾌가 아니었다.

이미 섬쾌의 한계를 훨씬 넘어선 새로운 경지였다.

원래 현악은 섬쾌를 죽도록 연마하여 극성에 이르면 쾌검마의 쾌검마류에 도달할 것이라고 단순하게 생각했다.

그러나 결과는 보다시피 그게 아닌 것으로 나타나고 있었다.

섬쾌는 이미 끝났다.

그리고 새로운 '쾌(快)'의 세계가 열렸다.

그것이 바로 '극쾌(極快)'의 경지인 것이다.

극쾌.

굳이 풀이하자면 쾌속함의 극이다. 즉, 쾌속함으로는 더 이상 도달할 수 없는 궁극(窮極)이었다.

바야흐로 창조였다. 마침내 현악은 섬쾌를 발전시켜 극쾌를 이루고 말았다.

쾌검마에게 쾌검마류가 있다면, 쾌검왕에겐 극쾌가 있는 것이다.

쾌검마조차도 전혀 예상하지 못했던 결과가 실현되고 말았다.

쾌검마는 단지 자신이 추적대에게서 탈출하기 위한 수단으로 현악에게 섬쾌를 전수했었다. 섬쾌를 전개하자면 자령신공은 필수이기 때문에 자령신공도 전수할 수밖에 없었다.

그리고 묵혈쌍검의 혈인검마저 주었다. 언제든 회수할 수 있다는 확신이 있었기에 가능한 행동이었다.

게다가 그는 이 두 가지 예측하지 못한 상황이 초래됐을 경우를 대비하여 무림에 쟁쟁한 쾌검마라는 명성에 위배되는 행위마저 저질렀다.

그것은 바로 현악의 누이동생 자운을 납치한 일이었다.

쾌검마에게 있어서, 자운이라는 존재는 천하에서 가장 신용도가 높은 낙양의 금룡전장(金龍錢場)에서 발행한 '어음'과 같은 효력이 있었다.

그럴 리는 없겠지만, 추후 현악이 절정고수로 성장하여 쾌검마로서도 골머리를 썩게 될 경우, 그래서 혈인검을 회수하기 어려운 상황이 됐을 때 그는 신용도 높은 자운이라는 어음을 아주 유효적절하게 써먹을 계획인 것이다.

천하인들이 알고 있는 쾌검마의 명성으로는 도저히 행할 수 없는 야비한 간계를 그는 획책하고 있었다.

하지만 그로서는 어쩔 수 없는 선택이었다. 그는 무슨 수를 써서라도 추적대의 손에서 살아남아야만 했다. 그러기 위해서 현악을 이용했다.

애초에 그는 현악이 추적대의 손에서 살아남을 것이라는 가능성을 일 할조차도 가늠하지 않았다.

추적대가 곰 사냥을 하듯 현악에게 우르르 몰려가 있을 때, 그는 태연히 안택현을 벗어나면 되었던 것이다. 그의 판단으론 현악이 추적대에게 죽는 것은 명백한 기정사실이었다.

그래서 기특하게도 살갑게 구는 현악에게 정을 주지 않았다. 정을 주면 현악을 사지로 떠밀어 넣어야 하는 일에 갈등을 느낄 것이기 때문이다.

실제로 쾌검마는 현악이 비검문의 뇌옥을 나간 사흘 후에 뇌옥을 나와 그 누구의 제지도 받지 않으면서 하남까지 무사히 당도할 수 있었다.

그동안에 현악은 운몽산에서 사투를 벌이고 있었다. 자기 혼자만 형으로 삼은 쾌검마의 탈출을 위해서 온몸에 수많은 죽음의 상처들을 새겨 넣으면서.

쾌검마는 어떻게 하든 살아남아야만 했던 이유는 자신의 목숨이 아깝거나 죽는 것이 두려워서가 아니었다.

벌레보다 못했던 자신을 구해주고 친아버지처럼 사랑을 쏟으며 무공을 전수해 준 다음에 죽은 사부의 피맺힌 원한을 갚아야만 하는 필생의 과업을 가슴속에 품고 있었기 때문이다.

그러나 쾌검마의 예상을 산산이 박살 내고 현악은 죽지 않았다. 아니, 죽지 않았을 뿐만 아니라 무럭무럭 성장하여 마침내 '극쾌검'의 경지에 도달하고 만 것이다.

그것은 쾌검마로서는 눈곱만큼도 예상하지 못했던 결과였다.

아니, 그는 섬쾌의 한계를 넘어서면 극쾌의 경지가 열린다는 사실 자체를 모르고 있었다.

쾌검마는 사부로부터 섬쾌와 쾌검마류를 전수받았다. 그래서 무림 초출 때 섬쾌를 사용했고, 이후 쾌검마류를 완전히 연성한 후부터 쾌검마류를 사용했다.

원래 무(武)의 뿌리는 하나지만 그 갈래는 수백, 수천으로 나누어지는 법이다.

섬쾌와 쾌검마류가 자령신공을 바탕으로 하여 '쾌검'에서 갈라진 한 유파(流派)이듯 말이다.

만약 쾌검마가 현악에게 쾌검마류를 전수했다면, 현악은 극쾌검을 창조하지 못했을 것이다. 섬쾌를 완성하고 나서 쾌검마류를 연마하면 되기 때문이다.

목마른 사람이 우물을 파듯이, 갈구하고 노력하는 사람에게 창조의 길이 열리는 법이다.

한 가지 중요한 사실이 더 있었다. 이것 역시 현악도, 쾌검마도 모르는 사실이었다.

무림의 대부분의 무공들이 그렇듯이, 섬쾌나 쾌검마류를 전개하기 전에는 반드시 자령신공을 끌어올려야만 한다.

쾌검마도 현악에게 그렇게 가르쳤고, 현악은 그 가르침에 충실하게 따르며 셀 수도 없을 정도로 많은 싸움에 임했다.

그런데 그 무수한 싸움을 통해서 현악이 터득한 여러 가지 중에서 괄목할 만한 한 가지가 있었다.

바로 '운공하지 않고 마음으로 공력을 일으켜 검에 주입시킨다'라는 사실이었다.

그는 여러 차례 죽음의 문턱을 넘나들면서 일 초, 아니, 백분의 일 초라는 찰나지간에 피아간(彼我間)의 목숨이 결정된다는 사실을 뼈저리게 깨달았다.

그러므로 일촉즉발의 위기의 순간에는 공력을 일으킬 여유조차 없었다.

그래서 그가 자연스럽게 터득한 요령이 '마음으로 공력을 일으키는 법'이었다.

지금 그는 발검할 때 굳이 공력을 일으키지 않았고, 발검하고자 하는 목표에 마음과 함께 검기를 보냈다.

어쩌면, 운 좋게도 그 결과가 극쾌검의 탄생으로 이어졌는지도 모르는 일이었다.

그리고 한 가지 더 중요한 사실이 있다.

소위 '마음으로 공력을 일으켜 발검한다'라는 그의 깨달음은 이후 더욱 발전하여 현악으로서는 상상조차 하지 못했던 결과를 탄생시키기에 이르게 된다.

바로 무심쾌(無心快)의 실현인 것이다.

현악의 쾌검은 그 뿌리를 쾌검마에게 두고 있으나, 거기에서 뻗어나온 줄기는 완전히 다른 방향으로 쭉쭉 뻗어나갔다가 땅속에 박혀서 전혀 새로운 나무로 성장하고 있었다.

"두 푼이라……."

현악은 석상 앞에 서서 미간을 좁히면서 마음에 들지 않는다는 표정으로 중얼거렸다.

두 푼의 검흔이면 사혈을 공격하지 않는 한 적의 몸에 아주 가벼운 상처 정도만 입힐 수 있을 뿐이었다.

현악은 눈살을 찌푸린 채 방금 새겨진 두 푼 깊이의 검흔을 응시하며 골똘히 생각에 잠겼다.

욕심 같아서는 검기를 일 장쯤 뿜어내고 싶었다. 그러나 무공이란 욕심으로만 이루어지는 것이 아니다.

"그렇지! 사혈이다!"

순간 그는 반색하며 나직이 외쳤다. 그의 입가에 만족한 미소가 피

어울렸다.

발검의 목적은 적을 즉사시키는 것이다. 그러므로 꼭 적의 목줄기만을 고집할 필요는 없는 것이다.

그가 검기를 목줄기 한복판에 적중시키려 하는 이유는, 적을 단번에 즉사시킬 수 있고, 또한 적이 고통을 덜 느끼게 되므로 적에 대한 최소한의 배려 차원이라고도 말할 수 있으며, 쾌검왕의 징표(徵表)로서의 의미도 있었기 때문이다.

그러나 절체절명의 위급 상황에 처해서까지도 목줄기 한복판을 고집하는 것은 실로 위험천만한 일이 아닐 수 없다.

스릉―

그때 연공실의 석문이 열리면서 적사가 조심스럽게 들어섰다.

"제가 방해했습니까?"

현악은 미소 지으며 손을 저었다.

"아니, 그렇지 않아도 자넬 만나러 가려던 참이었어."

과거 현악의 말투는 경망스럽다 못해서 듣는 이의 얼굴을 찌푸리게 할 정도였는데, 지금은 몰라보게 변해 있었다.

"자네, 혈도에 대해서 잘 아나?"

현악의 느닷없는 질문에도 적사는 놀라지 않았다. 사막의 모래밭 같은 이 어린 상전께서 또 어떤 깨달음이란 물을 흡수하셨군, 하고 생각할 뿐이었다.

"웬만큼은 알고 있습니다."

"좋아! 아는 대로 모조리 내게 가르쳐 주게!"

◆제43장◆
잔지극(殘肢戟)

잔지극(殘肢戟)

　　"푸핫핫핫핫!"

　　잔지방주 잔지극(殘肢戟)은 고개를 젖히고 대소를 터뜨렸다.

　　그러나 그 웃음소리는 손톱만큼도 유쾌하게 들리지 않았다. 마치 피를 토해내는 것처럼 원한에 사무쳤고, 상대에 대한 조소와 경멸이 가득 담겨 있었다.

　　그런 웃음은 그의 버릇인 것 같았다. 오랜 불구 생활 끝에 간직하게 된 비감함 같은 것이었다.

　　잔지방 총단 건물 안 대전에는 많은 사람들이 운집해 있었지만 잔지극의 웃음소리만이 공허하게 넓은 대전을 울릴 뿐 아무도 따라 웃지 않았다.

　　아니, 따라 웃기는커녕 모두들 눈에서 불을 뿜을 듯한 적개심으로 대전의 한복판을 쏘아보고 있었다.

그들의 시선이 멈춘 곳에는 작은 산 같은 한 사람, 초곤이 홀로 우뚝 서 있었다.

이곳에 있는 사람들 중에 성한 사람은 초곤 한 명뿐이었다.

이곳이 잔지방이고, 대전에 모여 있는 이십여 명은 잔지방의 간부급들이므로 그것은 조금도 이상한 일이 아니었다.

일반인들은 물론 무림고수들조차 근접하기 꺼려하는 잔지방이다. 그 한복판에 초곤은 아무렇지도 않다는 듯 초연하게 서 있었다.

"킬킬킬! 방금 본 방을 너희 수하로 거두겠다고 했느냐?"

잔지극이 독목(獨目)을 번뜩이면서 초곤을 쏘아보며 키득거렸다.

그러나 웃는 것은 그의 입뿐, 그의 눈과 온몸은 적의와 살기를 소나기처럼 뿜어내고 있었다.

그는 애꾸일 뿐만 아니라, 오른팔뿐인 독비(獨臂)에다가 왼발뿐인 독각(獨脚)이었다.

잔지방의 거의 모든 불구자들이 죽은 자에게서 몸의 일부분을 잘라내어 특별하게 약으로 처리해서 썩지 않게 만들어 자신의 부족한 부위에 붙이고 다니는 것에 반해서, 그는 거무튀튀한 윤기를 발하는 쇠팔[鐵臂]과 쇠다리[鐵脚]를 붙였다.

게다가 예전에 머리 위에서부터 뜨거운 쇳물을 뒤집어썼는지 머리카락이 한 올도 없는 머리는 온통 뒤틀리고 일그러졌는데, 그 아래의 얼굴 역시 끔찍한 모습이기는 마찬가지였다.

단지 쳐다보는 것만으로도 며칠 전에 먹은 음식이 넘어올 것 같은 그 얼굴에 하나뿐인 눈이 이글거렸고, 눈알이 빠져나간 다른 눈에는 검은 쇠 구슬[鐵目]이 박혀 있었다.

그리고 코가 있어야 할 자리에는 콧구멍만 두 개가 뻥 뚫려 있고 입술은 아예 없었으며, 입술 역할을 하는 뒤틀린 잇몸과 들쭉날쭉 자란 이가 뒤엉켜 있는 소름 끼치는 몰골이었다.

그러나 초곤은 어디까지나 태연자약했다.

"그렇게 들었다면 내 뜻이 제대로 전달된 셈이로군."

"넌 누구냐?"

"초곤."

잔지극은 하나뿐인 눈을 찌푸렸다.

"들어보지 못한 이름이로군!"

"실망인가?"

"큭큭! 허명뿐인 놈들의 이름이나 듣지 못한 자의 이름이나 다를 게 없지!"

그것은 천하를 온통 경멸과 비웃음과 원한으로만 보고 있는 자의 조소였다.

문득 초곤은 잔지극의 얼굴에 시선을 고정시킨 채 묵직하게 그를 향해 걸음을 옮기기 시작했다.

저벅저벅—

원래 초곤과 잔지극의 거리는 오 장여, 그것이 사 장, 삼 장으로 점점 좁혀졌다.

휘익!

획!

순간 사방에서 이십여 명의 잔지방 간부급들이 일제히 신형을 날려 초곤을 향해 쏜살같이 쏘아오며 수중의 무기를 당장이라도 발출할 듯이 치켜들었다.

그들의 무기라는 것은, 제대로 된 도검은 거의 없고 도끼나 낫, 철퇴,

칠절편 따위의 기형 무기들 일색이었다.

저벅저벅—

그러나 초곤은 추호도 동요하지 않고 걸음을 멈추지도 않았을 뿐 아니라 잔지극의 얼굴에서 시선을 떼지도 않으며 나직이 중얼거렸다.

"두려운가?"

꿈틀!

잔지극의 일그러진 뺨이 가볍게 흔들렸다. 남들에겐 소름 끼쳐 보이겠지만 그로서는 미소 짓는 것이었다.

"천만에."

잔지극의 명령이 없는 한 그 누구도 공격하지 않는다. 잔지방 간부급들이 초곤을 덮쳐 간 것은 그저 겁을 주기 위해서였지만, 당사자인 초곤에겐 통하지 않았다.

잔지방 간부급들은 초곤 주위에 포위지세를 형성한 채 내려서서 그가 걸음을 옮길 때마다 그를 따라 천천히 이동했다.

저벅저벅—

이윽고 초곤과 잔지극의 거리는 이 장으로 좁혀졌다.

그러나 초곤은 걸음을 멈추지 않았고, 잔지극은 미동조차 하지 않은 채 초곤을 주시했다.

잔지극은 처음부터 난데없이 불쑥 찾아온 이 산 같은 사내가 비범한 인물이라는 사실을 간파했다.

초곤이 기도를 애써 감추려고 하는데도 불구하고 미처 감추지 못한 그의 기도가 은은하게 뿜어지는 것을 느꼈던 것이다.

잔지극이 한 자루 먹처럼 검은 극(戟)을 지팡이처럼 세워서 잡고 있는 오른손에 힘이 잔뜩 들어가서 가늘게 떨리는 것이 초곤의 시야에 들어왔다. 겁먹은 것이 아니라 급습이나 일전에 대비하여 공력을 주입시키고 있는 모습이었다.

초곤이 걸음을 멈추지 않자 잔지극과 간부급들의 얼굴에 팽팽한 긴장감이 감돌았다.

간부급들은 공력을 잔뜩 끌어올려 무기를 움켜쥔 손에 주입시킨 채 잔지극의 입에서 명령만 떨어지기를 기다렸다. 명령 한마디에 이십여 자루의 무기가 허공을 가를 것이다.

뚝!

그때 초곤이 걸음을 멈췄다.

잔지극 전면 세 걸음 거리였다.

초곤을 제외한 모두의 긴장이 한층 더 고조되었다.

세 걸음이라는 거리는, 잔지극이 세운 채 잡고 있는 여섯 자 길이의 극을 슬쩍 눕히면서 앞으로 뻗기만 하면 초곤의 온몸 어느 곳이든 찌를 수 있는 거리이기도 했다.

다만 초곤이 반격하지도 피하지도 않은 채 그대로 서 있어준다면 말이다.

그러나 잔지극은 공격하지 않았다.

아니, 정확히 말하자면 공격할 수가 없었다.

초곤에게서 뿜어지는 잔잔한 기도가 흡사 거미줄처럼 잔지극 자신의 온몸을 친친 옭아맨 듯한 착각에 빠졌기 때문이다.

잔지극의 쭈글쭈글 일그러진 이마에 극도의 긴장으로 인한 굵은 땀방울이 돋았다.

처음에 그는 초곤을 작은 산처럼 느꼈는데, 세 걸음 앞에 서 있는 그를 보는 지금 이 순간은 그가 태산이라는 사실을 온몸으로 절감하고 있었다.

잔지극 혼자만이 초곤의 기도는 느끼고 있었으므로, 간부급들은 평소답지 않은 자신들의 방주를 보며 의아한 표정을 지으며 작은 동요를 일으켰다.

평소 주가구 일대에서 잔지극이라는 별호는 야차(夜叉)와 다름없는 의미로 통했다.

잔인, 독심(毒心)의 대명사였다. 그런 잔지극이 지금 일생일대의 난관에 봉착해 있었다.

초곤은 그저 묵묵히 서 있을 뿐이지만 잔지극은 시간이 흐를수록 땀을 더 흘렸고, 심지어는 몸을 가늘게 떨기까지 했다.

맹세코 그는 이런 경우를 생전 처음 당하는 중이었다.

만약 이 상태가 반 각만 더 지속된다면 아마도 잔지극은 기력이 탈진돼 제풀에 쓰러지고 말 것 같았다.

그는 전신공력을 끌어올려 초곤의 기도에 대항하고 있었기 때문에 시간이 지날수록 힘겨움이 가중될 수밖에 없었다.

그러나 그는 알지 못했다. 기도라는 것은 공력으로는 대항할 수 없다는 사실을.

"으으… 우라질! 무슨 사술을 부리는 것이냐?"

마침내 잔지극은 추악한 얼굴을 더욱 일그러뜨리면서 초곤을 쏘아보며 내뱉었다.

그는 예전에 이 정도의 기도를 대한 적이 없었으므로 사술이라고 생각하는 것도 무리는 아니었다.

문득 초곤은 조금 전에 했던 말을 반복해서 조용히 중얼거렸다.

"내 수하가 되지 않겠나?"

그는 잔지극이 압박을 받고 있는 것이 사술이 아니라고 굳이 변명하지 않았다.

그리고 잔지극은 방금 초곤의 말이 최후통첩일 것이라고 나름대로 해석했다.

만약 거절하거나 대답하지 않는다면 어떤 조치가 가해질 것이다. 이 정도의 대단한 인물이라면, 어쩌면 잔지방을 몰살시킬 수도 있을 것이다.

잔지극은 죽음을 두려워하는 것이 아니었다.

한 자루 칼날 위에서 곡예를 하는 대부분의 무림인들이 그렇겠지만, 잔지방의 불구자들 각자는 무림인들이 경험하지 못한 뼈아픈 경험들을 지니고 있었다. 그 경험으로 인해 그들은 소중한 사람들을 잃었고 자신은 불구가 되었다.

그런 사람들이 죽음을 두려워할 리 없었다.

그들이 진정코 두려워하는 것은 자신들이 세상으로부터 잊혀져 버린 존재라는 사실과 몸뚱이뿐 아니라 마음마저도 불구가 되어 세상과 격리된 채 더 이상의 희망도 꿈도 없이 벌레처럼 꿈틀거리면서 마지못해 생명을 이어가고 있는 이 현실이었다.

잔지방에는 잔지방 무사들뿐 아니라 그들이 불구가 된 후 새로 갖게 된 가족들도 함께 생활하고 있었다. 그들 모두는 삼백여 명에 달하는 대가족이었다.

잔지방에서는 하루에도 여러 명이 자살을 했다. 그러나 누구도 이유를 알려고 들지 않았고 놀라지도 않았다.

모두 같은 이유를 가슴에 품고 있었으며, 또한 모두 잠재적인 자살 유보자들이었기 때문이다.

"개소리!"

잔지극은 비틀릴 대로 비틀린 인물이다. 그깟 기도나 사술이라고 여기는 것 때문에 자신을 굴복할 정도의 여린 심성을 지니고 있지 않았다.

"……."

문득 잔지극은 초곤의 얼굴을 보다가 하나뿐인 눈빛이 가볍게 흔들렸다. 초곤의 얼굴에 아주 잠깐 어떤 표정이 떠올랐다가 사라지는 것을 발견한 것이다.

그 표정은 아쉬움이었다.

잔지극으로서는 실로 오랜만에 보는 표정이었다. 불쌍한 연민도 아니고, 두려움도 아니며, 벌레를 보는 듯한 역겨움은 더 더욱 아닌 아쉬움인 것이다.

아쉬움이란, 부모 형제나 연인, 사제지간, 친밀한 동기끼리나 통용되는 감정이며 표정인 것이다.

슥!

그때 초곤은 빙글 몸을 돌려 그대로 대전 입구를 향해 걸어가기 시작했다.

저벅저벅—

간부급들도 포위지세를 유지한 채 초곤을 따랐다.

"……!"

잔지극은 자신도 모르게 움찔 가볍게 몸을 떨었다.

초곤이 몸을 돌림으로서 지금껏 잔지극을 옭아맸던 거미줄 같은 기도는 씻은 듯이 사라졌다.

그러나 그는 또 다른 거미줄에 친친 묶여야만 했다.

방금 초곤이 보여주었던 아쉬운 표정이 그의 가슴속으로 스며들어와 스멀거렸다.

기이하게도, 초곤이 점차 멀어질수록 잔지극의 가슴속으로 들어온 아쉬움이란 놈이 더욱 요동쳤다.

방금 전 수하가 돼달라고 말하던 초곤의 요구가 최후통첩이며 그것을 거절하면 몰살당할 것이라던 잔지극의 추측은 잠시 동안의 착각이었다.

초곤은 선의(善意)로 와서 솔직한 제안을 한 후 거절당하자 조용히 물러가고 있었다.

잔지극의 생각이 변한 것은 바로 그때였다.

'이것은 설마 기회?'

십삼 년 전, 낙양의 어느 주루에서의 싸움에서 한 팔과 다리 하나, 그리고 눈 한쪽을 잃고 펄펄 끓는 기름을 뒤집어썼을 때 그의 꿈도 함께 사라져 버렸다.

무엇 때문에 최후통첩이 한순간에 '기회'로 탈바꿈했는지 생각할 겨를이 잔지극에겐 없었다.

그는 생각을 하는 대신, 이것은 자신이 죽는 날까지 결코 찾아와 주지 않을 기회가 분명하다고 확신했다.

그 기회가 막 대전의 문턱을 넘으려고 하는 게 잔지극의 시야로 아프게 쑤시면서 틀어박혔다.

"기다려라!"

순간 잔지극은 벌떡 일어서며 간부들은 물론 스스로도 놀랄 만큼 큰 소리로 외쳤다.

모두의 시선이 초곤에게서 잔지극에게로 옮겨졌다.

초곤은 걸음을 멈췄다.

그러나 돌아서지도 않았고 고개를 돌리지도 않았다. 그저 산처럼 그 자리에 서 있었다.

잔지극은 일어서서 초곤의 너른 등을 쏘아보면서 쥐어짜내듯, 그러나 또렷한 어조로 힘겹게 입을 열었다.

"너의 수하가 된다면… 내게 무엇을 약속할 수 있느냐?"

그 말에 초곤과 잔지극을 제외한 모두의 얼굴에 극도의 경악이 가득 떠올랐다.

야차 잔지극과 잔지방이 누군가의 수하가 된다는 사실은 있을 수도, 있어서도 안 되는 일이었다. 최소한 방금 전까지 잔지극과 간부급들은 그렇게 확신하고 있었다.

초곤의 묵직하고 조용한 목소리가 미풍처럼 잔잔하게 대전을 흔들었다.

"너희를 내 형제처럼 여기마."

"……."

단지 그 한마디에, 잔인과 원한으로 똘똘 뭉쳐진 야차 잔지극은 가슴속이 뭉클 하는 것을 느꼈다.

만약 초곤이 천하를 어쩌고저쩌고했다거나 막대한 이득 운운했다면, 잔지극은 초곤을 생애 마지막으로 찾아와 준 기회라고 결코 생각하지 않았을 것이다.

형제.

그 얼마나 가슴이 떨리고 눈시울이 축축이 적셔지는 말인가?

이제는 잔지극뿐 아니라 간부들조차도 가슴을 작게 떨면서 초곤을 주시하고 있었다.

"너는… 형제가 있느냐?"

그렇게 묻는 잔지극의 음성에는 추호의 경계심과 적의가 담겨 있지 않았다.

"나는 원래 형제가 없다. 그러나 피를 나누지는 않았으되 의(義)로서 맺어진 형제가 한 명 있지."

따각따각—

이후 말발굽 소리 같은 규칙적인 음향이 대전을 은은하게 울렸다.

한쪽 발이 철각인 잔지극이 초곤을 향해 걸어가면서 철각 밑 부분의 뭉툭한 쇠가 돌 바닥과 부딪쳐서 울리는 소리였다.

그는 철각임에도 불구하고 일반인이나 거의 다름없는 걸음걸이로 걸어가 초곤의 세 걸음 뒤에 우뚝 멈춰 섰다.

대전 안에 질식할 것 같은 적막감이 감돌았다.

순간 잔지극은 초곤의 뒷모습을 향해 그 자리에 무릎을 꿇고 머리를 조아렸다.

"속하 잔지극! 주군께 목숨을 맡기겠습니다!"

다음 순간 이십여 명의 간부도 초곤을 향해 일제히 부복하며 우레처럼 외쳤다.

"목숨을 바치겠습니다!"

비로소 초곤의 입가에 부드러운 미소가 떠올랐다.

'해냈다.'

싸우지 않고, 힘으로 정복하지 않고, 그저 몇 마디 말로써 상대를 굴복시킨 것이다. 아니, 그것은 감복이었다. 그뿐만 아니라 자신의 사람으로 만들어 버렸다.

병서(兵書)에서 말하는 최상책을 초곤은 실현해 냈다. 그는 어느새 대인이 되어 있었다.

"일어나게."

초곤의 나직하며 묵직한 음성에 잔지극과 간부들이 조심스럽게 몸을 일으켰다.

저벅저벅—

이어서 초곤은 대전 밖으로 묵묵히 걸어나갔다.

잔지극과 간부들이 의아한 표정으로 초곤을 쳐다보고 있을 때 그들의 뒤에서 묵직하며 조용한 음성이 들려왔다.

"가세."

중인은 흠칫 놀라서 다급히 뒤돌아보다가 더욱 놀라고 말았다.

'벽력도 전굉!'

잔지극은 자신의 다섯 걸음 전면에 우뚝 서 있는 전굉을 발견하고 놀라움과 함께 전율이 전신을 휩쓸고 지나는 것을 느꼈다.

난데없이 전 대흥방주인 벽력도 전굉이 이곳에 나타났기 때문이고, 그가 죽일 마음만 먹었다면 잔지극을 충분히 죽이고도 남음이 있었다는 사실 때문이었다.

전굉은 평소처럼 굳은 표정을 짓고 있었다. 하지만 잔지극은 그의 얼굴에서, 그리고 몸에서 추호의 적의를 찾아내지 못했다.

문득 잔지극은 방금 전굉이 했던 말을 기억해 내고 의아한 표정을 지었다.

"가자니, 어딜 가자는 말인가?"

전굉은 대전을 나가 꽃들이 만발한 정원을 가로지르고 있는 초곤을 보며 대답했다.

"자네는 방금 전에 부주의 수하가 되겠다고 하지 않았나?"

잔지극은 잠시 어리둥절한 표정을 짓다가 한순간 번갯불이 정수리에 꽂힌 듯한 표정으로 급변해서 초곤을 쳐다보았다.

"설마… 저분이 무적부주란 말인가?"

슉—

전굉은 놀라는 잔지극 옆을 스쳐 지나가며 실소를 흘렸다.

"이제야 눈이 제대로 보이는 것 같군."

"마, 맙소사……."

잔지극의 하나뿐인 눈과 입이 커다랗게 벌어졌다.

◆제44장◆
천상천(天上天)

천상천(天上天)

　"대주, 누가 찾아왔습니다."

　혈창귀 신표는 지하 연공실에 틀어박혀서 사십구 명의 수하와 함께 구슬땀을 흘리며 수련하고 있다가 보고를 받고는 가볍게 눈살을 찌푸렸다.

　"수련 중에는 주군과 부주를 제외한 그 누구도 만나지 않겠다고 한 말을 잊었느냐?"

　"알고 있습니다. 하지만 일단 만나보십시오."

　보고한 수하는 묘한 웃음을 지으며 나가 버렸다.

　<u>스르릉―</u>

　신표는 가볍게 이맛살을 찌푸린 채 연공실의 석문을 열고 복도로 나갔다.

　"너……."

순간 그는 복도에 서 있는 한 사람을 발견하곤 적잖이 놀라고 말았다. 웬만한 일로는 놀라지 않는 그로서는 의외의 반응이었다.

"사부님!"

복도에서 신표를 기다리고 있던 사내는 그 자리에서 무릎을 꿇고 신표에게 큰절을 올렸다.

"어서 일어나라!"

신표는 서둘러 그 사람을 일으켰다.

그 사람은 다름 아닌 강일조였다.

"일조, 네가 여기에는 웬일이냐? 게다가 다친 몸은 또 어떻게 된 게야?"

신표는 강일조의 양어깨를 잡으며 급히 물었다.

강일조는 신표의 제자였다.

오 년여 전의 강일조는 주가구 저잣거리에서 어물전을 하고 있던 상인이었다.

어물전이라고 해봤자 얄팍한 밑천을 갖고 기껏 생선 몇 짝을 도매로 떼어다가 파는 정도여서 근근이 가족들 입에 풀칠이나 하는 정도였다.

어느 날, 그는 지나친 상납금을 요구하는 하오문의 건달들에게 상납금이 과하다고 따졌다는 이유로 몰매를 당하게 되었는데, 때마침 그곳을 지나던 신표가 그 광경을 보게 되었다.

신표가 소름이 끼칠 정도로 냉정한 인물이라는 사실은 지금이나 그때나 변함이 없었다.

그는 자신과 친밀하지 않은 사람의 일에는 절대 참견하지 않는 성격이었다. 그런 그는 자신과 친밀하다고 인정하는 사람이 단 한 명도 없었으므로 오직 수룡채주 수룡사왕의 명령만이 그를 움직이게 할 수 있었다.

그저 힐끗 한차례 시선을 던지고 지나치려던 신표는 그 자리에 뚝 멈춰 서고 말았었다.

죽일 듯이 퍼부어지는 건달들의 주먹과 발길질을 고스란히 얻어맞고 있는 강일조가 웅혼한 외침을 터뜨렸기 때문이다.

"이놈들! 죄없는 나를 때렸으니 나는 네놈들의 우두머리를 죽이고야 말겠다!"

신표는 몰매를 그치게 하지 않았다. 그 대신 수하로 하여금 강일조를 지켜보라고 지시한 후 그 자리를 떠났다.

열흘 후, 신표는 강일조를 감시하던 수하의 보고를 받았다. 수하의 보고는 대충 이러했다.

몰매로 인해서 몇 군데 뼈가 부러지고 피투성이가 됐던 강일조가 칠일 동안 혼절해 있다가 깨어나서 가장 먼저 한 일은 어물전에서 생선을 다루는 몹시 예리한 칼 한 자루를 품속에 감춘 채 자신을 몰매놨던 건달들이 속해 있는 하오문, 즉 쌍월문(雙月門)으로 찾아갔다.

그는 쌍월문으로 들어가지 않고 입구가 잘 보이는 은밀한 곳에 웅크린 채 누군가를 기다렸다.

그렇게 나흘 동안 그는 끈질기게 기다렸다. 입에서 꾸역꾸역 피를 흘리면서 물 한 모금 마시지도 않고, 잠도 자지 않는 지독한 기다림은 계속됐다.

만신창이 상태인 그를 감시하기 위해서 신표의 수하 셋이 교대를 해야만 할 정도로 그는 끈질겼고 집요했다.

나흘 때 되는 날 어스름 땅거미가 지는 저녁나절, 마침내 쌍월문주가 두 명의 수하를 대동하고 쌍월문 입구를 나섰다.

쌍월문주는 곧장 자신이 단골로 다니는 기루로 향했고, 그곳에서 술을 마시고 나서 기녀를 품에 안고 한바탕 질펀한 정사를 치른 후 잠이 들어버렸다. 그를 수행했던 두 명의 수하도 술에 취해 잠에 떨어졌다.

일각 후, 기루를 떠들썩하게 만드는 돼지 멱따는 소리가 밤하늘에 울려 퍼졌으며, 그 직후 강일조가 손에 피 묻은 칼을 쥐고 비틀거리면서 기루에서 나왔다가 뒤쫓아 나온 쌍룡문주의 두 수하에게 붙잡히고 말았다.

강일조는 잠이 든 쌍월문주의 목을 생선 칼로 따버린 것이다.

보고를 듣고 난 신표는 즉시 쌍룡문으로 찾아가 반죽음이 되어 뇌옥에 갇혀 있는 강일조를 데리고 나왔고, 그의 의사를 물어 자신의 제자로 삼았다.

그때 강일조의 나이 삼십 세였고, 신표는 사십이 세였다.

원래 무가(武家)의 자손이었던 강일조는 가문이 몰락하는 바람에 천하를 떠돌다가 주가구로 흘러들어 갔고, 그곳에서 안주하여 혼인도 하고 가족을 이루며 살았다.

그는 비록 가족을 부양하기 위해서 여러 가지 허접한 일들을 전전했지만 언제나 가슴속에는 자신이 무가의 후예라는 사실을 한시도 잊지 않고 살았다.

그는 자신과 신표의 만남이 예견된 운명이라고 판단하여 제자가 되지 않겠느냐는 신표의 제의를 즉각 받아들였다.

신표 역시 아무나 제자로 맞이하는 사람이 아니었다. 그때까지 그에겐 단 한 명의 제자도 없었고, 이후로도 제자를 두지 않은 사실이 그것을 입증했다.

당연히 강일조는 어물전을 그만두고 수룡채의 일원이 되었다.

"일조, 너의 몸이 거의 완쾌됐구나."

정원의 돌 의자 위에 나란히 앉은 신표는 강일조의 온몸을 살피다가 적이 놀라며 말했다.

"그렇습니다. 사부님께서 걱정하실 것 같아서 이렇게 불쑥 찾아뵈었습니다."

강일조는 환한 미소를 지으며 대답했다.

그는 몇 달 전에 수룡채와 다른 녹림 방파와의 싸움에서 큰 부상을 입었다.

그대로 내버려 두면 죽을 수밖에 없는 상황이었는데, 신표가 위험을 무릅쓰고 데리고 돌아와 간신히 목숨을 건질 수 있었다. 물론 강일조는 신표의 휘하에 있었다.

하지만 운은 거기까지 뿐이었다. 원래 수룡채는 조속히 치료되지 않는 중상자들은 가차없이 내쳤다.

아무리 신표가 수룡채 수룡이십살 중 한 명이고 강일조의 사부라고는 하지만 강일조는 구하려는 그의 노력에도 한계가 있었다. 채주의 명령까지 거역할 수는 없는 일이었다. 그래서 강일조는 수룡채에서 방출되고 말았다.

며칠 후 짬을 낸 신표가 강일조의 집을 찾았을 때 그곳에는 강일조는 물론 가족들까지 아무도 남아 있지 않았다.

신표가 찾아올 것을 예측한 강일조는 그에게 폐를 끼치지 않으려고 아무도 몰래 이사를 했던 것이다. 그 정도로 그는 강직한 성품이었다.

신표는 백방으로 강일조의 행방을 수소문했지만 끝내 찾지 못했다.

그리고 강일조는 상처를 치료하느라 그나마 있던 재산을 다 까먹고 움막촌에서 죽지 못해서 사는 처지가 되고 말았다.

"이제 보니 너는 무슨 좋은 일이 있었던 모양이구나."

신표는 예전과는 전혀 다른 강일조의 환한 표정을 살피며 의아한 얼굴로 물었다.

"그렇습니다. 제자에게 일생에 한 번도 오지 않을 기회가 찾아왔었습니다."

이어서 강일조는 자신과 현악이 어떻게 만났는지, 어떤 연유로 그를 주군으로 섬기게 됐는지에 대해서 자세히 설명해 주었다.

"그런 일이!"

신표의 놀라움은 클 수밖에 없었다.

"설마… 네가 말하는 그분이 쾌검왕이시냐?"

강일조는 미소 지으며 고개를 끄덕였다.

"그렇습니다."

"어떻게 이런 일이……."

신표의 놀라움은 어이없음으로 변하고 말았다. 자신과 제자인 강일조가 평생에 단 한 번 주군으로 모시게 된 사람이 동일 인물이라니, 어찌 놀라지 않겠는가.

그러나 놀라움은 잠시, 신표는 의아한 표정을 지었다.

"너는 주군께 나에 대해서 말씀드리지 않았느냐?"

"당연히 말씀드렸습니다. 주군께서 수룡채를 접수하겠다고 말씀하셨을 때 저는 사부님에 대해서 말씀드리면서 도움을 받으라고 권했습니다."

그러나 현악은 수룡채를 접수하기 전에 신표를 찾지 않았으며, 그 이후 신표에게 도와달라고 부탁할 때에도 강일조에 대해서는 일언반구 말이 없었다.

만약 현악이 강일조를 거두었다는 얘기를 신표에게 했더라면, 신표는 두말 않고 앞장서서 그를 도왔을 것이다.

그런데도 현악은 쉬운 길을 놔두고 험한 길을 택했다. 그리고 신표를 감복시켜서 결국에는 수하로 삼았다.

신표는 현악의 진실한 의도를 뒤늦게야 깨달았다. 모든 사실을 알게 된 그는 참기 힘든 격동이 온몸으로 파도처럼 엄습하는 것을 느끼며 격동했다.

"아아! 그분은 진정한 태양이시다."

문득 신표는 먼 곳을 응시하며 열뜬 어조로 중얼거렸다.

태양은 어디에서도 태양이다. 손바닥으로도, 우산으로도, 집 안에 숨어 있다고 해도 영원히 가려지거나 피할 수 없는 존재가 바로 태양인 것이다.

강일조는 뭔가 퍼뜩 깨달아지는 것이 있어서 적잖이 놀라는 표정을 지었다.

"설마… 주군께서 사부님의 도움을 받지 않으신 것입니까?"

신표는 무겁게 고개를 끄덕였다.

"그렇다. 그래서 나는 어이없게도 그분을 공격까지 했었다."

"맙소사……."

강일조는 아연실색했다.

신표는 자신이 어떻게 해서 현악을 주군으로 모시게 됐는지에 대해서 간략하게 설명했다.

"아! 역시 주군께선……."

강일조는 찬탄을 금치 못했다.

"일조야."

신표가 조용히 강일조를 불렀다.

"말씀하십시오, 사부님."

강일조는 신표를 쳐다보다가 그의 얼굴에 한 번도 본 적이 없는 격동의 표정이 가득 떠올라 있는 것을 발견하곤 마음이 크게 흔들려 공손히 머리를 조아렸다.

"주군의 춘추 이제 겨우 열여덟이시다."

"알고 있습니다."

"너는 그것이 무얼 뜻하는지 알겠느냐?"

그것을 모를 리 없는 강일조다. 그는 지금 사부가 느끼고 있는 것을 공감하고 있었다.

"네. 주군의 일 년은 보통 사람들의 십 년, 아니, 백 년에 해당하는 것 같습니다."

"그렇다. 우리 같은 범부들은 도저히 그분의 능력을 측량하거나 범접할 수 없다."

지금 신표는 가슴이 벅차서 터질 듯한 것을 겨우 억누르며 조용히 말을 이었다.

"주군께서 이십 세, 삼십 세가 되셨을 때를 상상해 보아라."

"……"

강일조는 거기까지는 미처 생각지 못하다 신표의 말에 조심스럽게 상상해 보고는 마침내 입을 쩍 벌리고 말았다.

"주군께선 무적부주의 자리도 서슴없이 현 부주에게 양보하셨다. 그게 무슨 뜻이겠느냐?"

"주군께선 욕심이 없으십니다."

"아니다."

"……."

강일조는 눈을 크게 뜨고 신표를 쳐다보았다.

"주군께선 욕심이 있으시지만 그분의 욕심은 결코 평범한 욕심이 아니다."

신표는 묘한 말을 했다.

"그럼……?"

강일조는 얼굴 가득 의아한 표정을 떠올렸다.

대신 신표의 얼굴에는 현악에게 향한 가없는 존경과 흠모의 염이 가득 떠올랐다.

"주군께선 너무도 거대한 야망을 품고 계시다. 나는 그것을 느낄 수 있다. 그 야망에 비하면 주가구의 무적부주라는 지위는 하찮은 것일 뿐이다."

"아……!"

"너는 주군의 야망이 무엇인지 알겠느냐?"

강일조는 거센 흥분을 겨우 억누르면서 떨리는 어조로 대답했다.

"이제… 알겠습니다. 바로 천하가 아닙니까?"

신표는 대답하지 않았다.

몇 마디 말로 표현하기에는 그의 가슴속 격동이 너무 컸고, 온몸의 피가 너무 뜨겁게 들끓었다.

현악은 얼마 전에 신표에게 천하를 보여주겠다고 말했다. 지금 신표는 그 말이 결코 허언이 아님을 절감하고 있었다.

강일조도 똑같은 격동을 느끼고 있었다.

천하.

생각만 해도 가슴이 뛰고 피가 끓는 말이 아닌가.

"여어~ 여기들 있었군!"

그때 갑자기 두 사람의 등 뒤에서 현악의 목소리가 들려왔다.

현악으로 인해서 한창 격동하고 있던 두 사람은 갑자기 그의 음성이 들려오자 화들짝 놀라서 벌떡 일어났다가 허둥지둥하더니 현악에게 공손히 부복했다.

현악은 어리둥절한 표정을 지었다.

"뭐야? 나한테 갑자기 절을 다 하고. 왜들 그러나, 두 사람? 무슨 일이 있었어?"

현악은 두 사람을 스스럼없이 대했다.

신표와 강일조에겐 분명히 무슨 일이 있었지만 현악에게 곧이곧대로 말할 수는 없었다.

"어서 일어나게. 남들이 보면 내가 두 사제지간을 혼내는 거라고 오해하겠어."

두 사람은 공손히 일어나서 더없는 존경의 표정으로 현악을 쳐다보았다. 아니, 우러러 보았다.

현악은 의아한 표정으로 얼굴을 쓰다듬었다.

"왜들 그래? 내 얼굴이 이상하게 보이나?"

"그렇습니다."

현악은 한 번도 본 적이 없는 냉혈한 신표의 미소 짓는 얼굴을 보게 되었다.

"뭐가 이상해?"

"주군의 존안(尊顔)이 천하로 보입니다."

"예끼, 이 사람! 설마 내 얼굴이 그렇게 크다는 말인가?"

"네에?"

현악은 신표에게 넌지시 물었다.

"신 대주, 자네 요즘 바쁘지? 수하들과 연공실에서 살다시피 한다고 들었네."

신표의 목표는 자신을 포함한 혈귀대 오십 명을 환골탈태시키는 것이었다.

현악이 신표에게 천하를 보여주려고 한다면, 신표는 현악에게 충성과 능력을 보여주고 싶어 했다.

"자네, 바쁜가? 나와 갈 곳이 있네."

"속하가 모시겠습니다."

신표는 현악에게 어디로 가느냐고 묻지 않았다. 현악이 가면 자신도 간다. 그뿐이었다.

신표는 강일조를 쳐다보았다.

"일조도 함께 가자."

"아니, 일조는 할 일이 있어."

현악은 강일조를 보면서 손을 저으며 의미있는 미소를 지었고, 강일조도 미소를 지었다.

"다녀오십시오, 두 분."

강일조는 몸을 돌려 나란히 걸어가는 현악과 신표의 뒤에서 공손히 허리를 굽혔다.

한 사람은 주군이고 또 한 사람은 사부였다. 그러나 주군은 사부 위에 존재했다.

천상천(天上天)인 것이다.

그는 그 자리에 서서 두 사람이 시야에서 사라질 때까지 바라보다가 발길을 돌려 현무전(玄武殿)으로 향했다.

현무전은 무적부의 이십여 채 전각들 중에서 가장 벼랑에 가까운 곳에 위치해 있어서 경치가 그만이었다. 현악은 현무전을 자신의 거처로 삼았다.

강일조와 그의 가족들은 현악의 배려로 현무전에서 현악과 함께 기거하고 있었다. 그리고 강일조는 현악의 배려로 현무전을 총괄하는 현무전주로 임명되었다.

물론 무적부에 '전주'라는 직함은 없다. 현무전주라는 지위는 현악이 강일조를 위해서 만들어낸 이름뿐인 지위였다.

현악은 무적부의 그 어떤 지위마저도 고사했으므로 그에겐 따로 배당된 수하가 없었다.

단지 현무전을 지키는 호위 고수 열 명이 전부였고, 강일조의 일이라는 것은 그들 열 명과 이십여 명의 하녀, 숙수들을 총괄하는 것이 주된 업무였다.

강일조의 썩어가던 상처는 거의 다 나은 상태였다.

그는 며칠 전에 현악에게 한 권의 책자를 받았는데, 거기에는 삼초구식(三招九式)으로 이루어진 검법이 적혀 있었다.

현악은 강일조가 다 나으면 그 검법을 익혀보라고 했는데, 마음이 급한 강일조는 이미 사흘 전부터 검법을 수련하고 있었다. 수련을 시작한 순간부터 그는 거기에 푹 빠져 버렸다.

그가 서둘러 현무전으로 가고 있는 이유는 연공실에서 검법을 수련하기 위해서였다.

◆제45장◆
유성보 분타를 방문하다

유성보 분타를 방문하다

　　　　　　　　유성보 주가구 분타는 주가구에서도 가장
번화한 심곡포 대로변에 위치해 있었다.

　대방파의 분타들은 통상적으로 여러 가지 기능과 업무를 담당하고
있기 마련이다.

　첫째가 정보 수집이고, 둘째가 자파에 볼일이 있는 사람들을 위한
창구 역할을 하는 것이며, 셋째가 자파의 사업을 돕거나 분타의 독자적
인 사업으로 이익을 창출하는 것 등이 주된 기능이며 업무라고 할 수
있었다.

　예전 대홍방과 수룡채가 주가구 일대를 지배하고 있던 시절에도 그
두 방파는 유성보 주가구 분타를 함부로 대하지 못했었다. 아니, 매사
에 무조건 한 수 양보를 해야만 했다.

　비록 유성보 주가구 분타의 세력은 대홍방의 일개 전에도 미치지 못

할 정도로 별 볼일 없었지만, 그 위세만큼은 두 방파를 합친 것보다 막강했던 것이다.

북풍검(北風劍) 한등(韓騰).

그것이 유성보 주가구 분타 분타주의 별호와 이름이었다.

그는 서른두 살의 나이였고, 약간 작달막하지만 어깨가 떡 벌어진 당당한 체구에 흡사 떡가루를 바른 듯 허여멀근한 둥근 얼굴을 지니고 있었다.

그가 삼 년 전에 자파인 유성보에서 천오백여 리나 멀리 떨어진 주가구 분타에 임명됐을 때에는 좌천당했다는 것 때문에 죽고 싶은 심정이었다.

그러나 막상 임지에 부임하여 반년이 지나기도 전에 그는 이곳이 너무나 마음에 들어 오히려 유성보에서 자신을 중앙으로 불러들일까 봐 전전긍긍하게 되었다.

애초에 무림에 대한 그럴싸한 야망이나 정의감, 협의 같은 것이라곤 없던 그였다. 그의 목표라는 것은 그저 돈 잘 벌고 별 탈 없이 호의호식하면 그만이었다.

그런데 주가구 분타라는 것이 알고 보니까 돈방석도 이런 돈방석이 없었다.

그래서 그는 지난 삼 년 동안 수하들이 놀랄 정도로 대단한 수완을 발휘하여 엄청난 재물을 비축했으며, 현재도 끊임없이 재물을 모으는 중이었다.

물론 그가 무슨 방법으로 돈을 긁어모으고, 그 절반을 유성보에 보낸 후 나머지 절반을 자신이 착복한다는 것을 유성보가 알 턱이 없었고 알려고 들지도 않았다.

지금 북풍검 한등은 자신에게 중요하게 상의할 일이 있다면서 찾아온 낯선 손님과 일각 동안 마주 앉아 있는 중이었다.

그런데 그 손님이라는 자가 일각 동안 한 일이라고는 한 주담자의 차를 홀짝홀짝 다 비운 것뿐이었다.

그리고 북풍검은 묵묵히 차만 마시고 있는 그 손님을 멀뚱하게 쳐다만 보고 있었다.

그 손님은 일개 소년이었다. 산뜻한 백의단삼을 입었고 이마에는 흰색 비단 띠를 두른 제법 준수한 용모였다.

소년의 오른쪽 어깨에는 피칠을 한 것처럼 붉은 검이 메어져 있어서 눈에 확 띄었다.

하지만 북풍검은 설마 그 검이 전설의 묵혈쌍검 중 하나인 혈인검이라고는 상상조차 하지 못했다.

손님은 현악이었고, 그의 뒤에는 신표가 창을 쥐고 장승처럼 우뚝 서 있었다.

불행하게도 북풍검은 현악이 누군지는 고사하고 신표의 신분조차도 알아보지 못하는 실수를 범하고 말았다.

현악은 쾌검왕의 신분으로 주가구에 얼굴을 드러낸 적이 거의 없었고, 신표 역시 싸움터로만 전전했지 수룡채 수룡이십살의 신분으로 주가구를 횡행한 적이 드물었기 때문에 이 두 사람을 알아보는 사람은 전무한 상황이었다.

물론 북풍검이 쾌검왕이나 혈창귀라는 별호를 모를 리 없었다. 다만 그들의 얼굴을 본 적이 한 번도 없을 뿐이었다.

그러나 북풍검은 주가구 일대의 모든 정보를 수집하여 유성보에 보내야 하는 분타주의 신분이었다.

그런데도 지금 자신의 눈앞에 앉아 있는 현악이 어깨에 메고 있는 혈인검이나, 신표가 쥐고 서 있는 자신의 성명무기인 흑창을 한눈에 알아보지 못했다는 사실은, 그가 무능한 인물이라는 사실 말고는 달리 해석할 방도가 없었다.

게다가 그는 재물만 밝히는 사람들이 그렇듯이 인내심도 강하지 못하다는 단점까지 지니고 있었다.

마침내 그는 일각 만에 자신의 인내심을 거두어들이고 첫마디부터 언성을 높였다.

"대체 중요한 일이라는 것이 뭐요?"

그는 현악이 겉보기에는 일개 소년이지만 그의 키가 보통 어른들보다 두어 뼘은 더 크고 체구도 당당하며, 무엇보다도 전신에서 단아한 기품이 잔잔하게 풍기는 것을 보고는 그의 신분이 범상하지 않을 것이라고 나름대로 추측했기 때문에 더 발작하고 싶은 것을 꾹 눌러 참았다.

게다가 현악의 뒤에 우뚝 서 있는 인물은 쳐다보는 것만으로도 등골이 서늘해지는 한기를 풍기고 있었다.

그런 자를 수하로 거느릴 정도의 소년이라면 더 더욱 함부로 대할 수 없는 일이었다.

현악은 대답 대신 쥐고 있는 찻잔을 들어 보이며 호기심 어린 표정을 지었다.

"이 차 맛있는데, 이름이 무엇이오?"

그가 유성보 주가구 분타주에게 입을 뗀 첫마디였다. 그의 말은 북풍검의 조금 전 질문을 일축했다.

"모르오. 그보다, 나와 상의할 일이 무엇이오?"

북풍검은 정말 차의 이름을 몰랐다. 아니, 알았다 하더라도 치솟는 짜증 때문에 대답하지 않았을 것이다. 그의 목소리에는 약간의 신경질이 섞여 있었다.

현악은 아쉬운 표정으로 찻잔을 이리저리 흔들며 조금밖에 남지 않은 찻물이 찰랑거리게 했다.

"나는 요즘 차에 대해서… 그러니까 다도(茶道)에 심취해 있소. 이 차의 이름을 꼭 알고 싶소만."

현악은 정말로 요즘 다도에 빠져 있었다. 그에게 다도를 가르쳐 준 사람은 강일조의 부인이었다.

"차 이름을 알고 싶은 것이 중요한 일이오?"

결국 북풍검은 참지 못하고 노골적인 짜증을 터뜨리고 말았다. 짜증을 터뜨리는 순간 너무 시원해서, 그는 자신이 여태까지 왜 참고 있었는지 바보 같았다는 생각마저 들었다.

어찌 보면 유성보 주가구 분타의 분타주야말로 주가구 일대의 진정한 지배자라고 할 수 있었다.

대홍방과 수룡채가 제아무리 위세를 떨쳐도, 아니, 이제는 그 두 방파가 합쳐서 무적부라는 새 방파로 탄생했지만, 명실 공히 주가구의 절대자는 유성보 주가구 분타의 분타주인 북풍검 한등 바로 자신인 것이다.

북풍검은 그 사실을 뒤늦게 재인식하고 나서 자신이 이따위 소년 앞에서 지나치게 조심하고 있다는 사실을 깨닫고는 실소를 금치 못했다.

"더 이상 할 말이 없다면 그만 가주게!"

북풍검은 입구를 가리키며 단호하게 축객령을 내렸다. 말투도 '하게'로 변했다.

그러자 현악의 입가에 흐릿한 미소가 피어올랐다. 본색을 드러낼 때가 된 것이다.

"요즘 무룡은 잘 있나?"

"……!"

순간 북풍검의 안색이 확 굳어졌다. '무룡'이 유성보의 소보주인 혁련무룡을 가리킨다는 것을 그가 모를 리 없었다.

현악이 혁련무룡의 이름을 마치 친구처럼 부르자 북풍검의 태도가 급변했다.

그는 더없이 공손한 태도와 어조, 그리고 극도로 긴장하는 표정을 지으며 조심스럽게 물었다.

"소보주를 아십니까?"

현악은 가볍게 고개를 끄덕였다.

"알지."

"어떤……."

"그는 옥아와 함께 있나?"

현악은 절반의 궁금증을 섞어서 슬쩍 물었다.

"옥아라니 누구를……."

북풍검이 '옥아'라는 이름을 알 턱이 없었다.

"봉황일미 말이야."

현악은 거침없이 하대를 했다.

북풍검은 봉황일미라는 휘황찬란한 별호는 알아도 그녀의 이름은 알지 못한다.

또한 봉황일미가 혁련무룡의 연인이며 장차 유성보의 안주인이 될 것이라는 사실 정도는 알고 있었다.

"제가 알기로는 소주모(小主母)께선 지금 유성보에 계시지 않는 것으로……."

북풍검은 감히 앉아 있지 못하고 즉시 일어서서 두 손을 맞잡은 채 정중히 말하다가 말끝을 잇지 못했다.

탁!

"누가 소주모라는 거지?"

순간 현악은 찻잔을 탁자에 소리나게 내려놓으며 나직한 호통을 쳤다.

"저, 저는……."

북풍검은 당황해서 어쩔 줄 몰라 했다.

현악은 단우옥이 혁련무룡의 부인인 것처럼 스스럼없이 말하는 북풍검 때문에 기분이 뒤틀렸다.

적사에게 학문을 배워서 자신을 다스리고 덕목을 쌓기 전의 그였다면 벌써 검을 뽑았을 것이다.

북풍검은 현악에 대해서 갈피를 잡지 못했다. 현악이 혁련무룡이나 봉황일미 운운하는 것으로 미루어 친분이 있는 것 같기는 한데, 봉황일미를 '소주모'라고 부르자 발끈하는 걸 보면 그것도 아닌 것 같았기 때문이다.

척!

"자네, 혈창귀 신표로군!"

그때 북풍검 뒤쪽의 입구 반대편 문이 열리면서 한 사람이 들어서며 걸걸한 목소리로 말했다.

그는 갈의장포를 입은 삼십오륙 세가량의 인물이었는데, 살짝 곰보로 얽은 말상 얼굴에 키가 컸으며 오른쪽 어깨에는 한 자루 대감도를 메고 있었다.

그는 원래 북풍검과 대화를 하고 있던 중에 북풍검이 손님을 맞이하러 나가서 오랫동안 돌아오지 않자 대체 어떤 손님인지 궁금증이 생겼다.

그래서 방문 밖에서 문틈으로 실내를 살펴보다가 신표의 얼굴을 보는 즉시 들어선 것이었다.

신표는 갈포장한이 누군지 단번에 알아보았다.

그는 주가구를 휘돌아 흐르는 영하의 칠십여 리 상류 서화현(西華縣)에 근거지를 둔 오룡채(五龍寨)의 다섯 명의 채주 중 사룡(四龍) 유룡도(幽龍刀) 방산흠(方山欽)이었다.

오룡채는 장강 수계(水系)의 녹림을 총지배하고 있는 장강수로채 휘하 칠십이 개 수로채 중 하나였다.

녹림 고수인 그가 무슨 일로 정파인 유성보 주가구 분타에 와 있는지는 알 수 없는 일이지만, 뭔가 구린내를 풍기는 일인 것만은 틀림이 없을 듯했다.

유룡도는 곧장 걸어와서 놀라고 있는 북풍검 옆에 섰다. 그러는 동안에 그는 시선을 신표의 얼굴에서 떼지 않았다.

"방 형, 방금 저자를… 혈창귀라고 불렀소?"

북풍검 역시 신표 얼굴에 시선을 못 박은 채 적잖이 놀라는 표정으로 물었다.

그는 유룡도를 친구처럼 방 형이라고 불렀다.

"그렇소. 한 달 전까지는 수룡채 수룡이십살 중 한 명이었지만 현재는 무적부의 혈귀대주의 신분이오."

무적부는 그런 사실을 외부에 공포한 적이 없는데, 유룡도는 마치 자기 눈으로 본 것처럼 정확하게 알고 있었다.

북풍검은 어이없는 표정으로 신표를 쳐다보다가 그 앞에 앉아서 아직도 찻잔을 만지작거리고 있는 현악을 보는 순간 눈이 쭉 찢어지며 씹어 뱉듯이 말했다.

"무적부의 개 따위가!"

신표가 상전으로 모시는 인물이라면 무적부 인물이 틀림없다고 북풍검은 판단했다.

예전의 그는 대흥방이나 수룡채를 발가락 사이의 때만큼도 여기지 않았으니 무적부라고 다를 게 없었다.

북풍검은 일각 동안 자신이 놀아났다는 사실 때문에 더 울화가 치밀어 정신을 잃을 지경이었다.

"흐흐… 잠시 화를 가라앉히고 이 두 마리 개 같은 놈들이 무엇 때문에 이곳에 왔는지 알아나 봅시다."

유룡도는 느물느물하게 웃으며 말했다.

그는 예전에 신표와 한차례 싸운 적이 있었다. 그 싸움에서 신표는 유룡도의 대감도에 옆구리를 베였었다.

그 싸움으로 인해서 유룡도는 신표가 자신보다 한 수 아래라는 사실을 확인하게 됐다.

그러므로 유룡도는 신표쯤은 언제라도 죽일 수 있다는 자신감을 갖고 거침없이 모습을 드러낸 것이다. 그는 애송이로 보이는 현악에겐 아예 신경조차 쓰지 않았다.

"그래, 너희 두 마리 개는 무얼 구걸하러 왔느냐?"

평소의 모습을 되찾은 북풍검은 한껏 비아냥거렸다.

차 한 주담자를 모두 마셔 버린 현악은 찻잔 바닥에 조금 남은 이미 식어버린 차를 홀짝 입에 쏟아 붓고는 중얼거렸다.

"신 대주, 북풍검이라는 자, 역시 쓸모없는 놈이지?"

"주군 말씀대로이십니다."

신표는 정중히 허리를 굽혔다.

두 사람이 무슨 말을 하는 것인지 북풍검이나 유룡도로서는 알 턱이 없었다.

그러나 그들이 가볍게 놀란 것은 신표가 현악에게 깊숙이 허리를 굽혔기 때문이다.

혈창귀 신표라는 이름은 주가구 일대에서는 꽤나 알려져 있었다. 그러므로 녹림인들은 그가 얼마나 무심하며 잔혹한지, 또한 오만한 인물인지 잘 알고 있었다.

오죽하면 수룡채주에게도 고개만 숙일 뿐 허리를 굽히지 않는 인물로 정평이 났겠는가.

그런 그가 일개 소년에게 거의 직각으로 허리를 굽힌 것이다. 게다가 주군이라는 호칭까지.

"둘 중 누가 센가?"

현악이 두 손을 깍지 낀 채 손가락으로 손등을 가볍게 두드리면서 또 알 수 없는 말을 입 밖에 꺼냈다.

신표는 무심한 표정으로 북풍검과 유룡도를 쳐다보고 나서 망설임 없이 대답했다.

"유룡도 방산흠입니다."

신표는 원래 '것입니다' 라든지 '생각합니다' 라는 식의 말투를 사용하지 않는다.

그렇게 말할 바에는 아예 모른다고 대답한다.

현악은 무적부가 개파된 후 적사에게 틈틈이 중원의 거의 모든 방파와 문파들, 그리고 이름깨나 날리고 있는 무림고수들에 대해서 강론을 들었다.

특히 주가구 일대의 방파와 실력자들에 대해서는 더욱 자세히 들었기 때문에 신표가 유룡도 방산흠이라고 말하자마자 그가 누군지 대번에 알 수 있었다.

현악은 우연찮은 기회에 대홍방주 벽력도 전굉이라는 썩 괜찮은 수하를 얻고 나서부터 인재의 등용(登用)에 대해서 관심을 갖기 시작했었다.

그 후 적사로부터 학문을 배우는 과정에서 일개 평범한 필부(匹夫)가 천하를 주유하면서 많은 영웅호걸들과 인연을 맺든지, 혹은 자기 사람으로 만들어 훗날 일국의 황제나 군왕이 되었다는 고사들을 많이 접하게 되었다.

그래서 그는 깨달았다, 천하를 발 아래에 두는 것은 혼자 힘만으로는 불가능하다는 사실을.

명성은 혼자서 날릴 수 있을 테지만, 거대한 세력이나 지배력을 소유할 수는 없었다.

그래서 원래 그가 품었던 '천하를 발 아래에 두겠다' 라는 다분히 무모한 계획을 제대로 실현시키기 위해서 자신도 소위 '인재 등용' 이라는 것을 할 필요가 있다고 판단했다.

그때부터 그는 만나는 사람마다 그가 어떤 종류의 인물인지, 내게 필요한 사람인지 아닌지, 수하로 거두면 어떤 쓰임새가 있는지 하는 것들을 꼼꼼하게 따지기 시작했다.

그 결과 그는 강일조와 화룡문주 방강, 혈창귀 신표 등을 수하로 거두게 되었다.

요즈음의 현악은 '인재 등용'에 톡톡히 재미를 붙이고 있는 중이었다. 유성보 주가구 분타에 와서까지도 상대의 사람됨을 살피고 있으니 알조였다.

"자네는 누굴 상대하고 싶은가?"

현악은 마치 주루에서 무슨 요리를 먹을 것인가를 고르는 것처럼 신표에게 태연히 물었다.

그는 일각 동안 북풍검을 유심히 관찰한 결과 그가 소인배라는 판단을 내렸다.

만약 그가 마음에 드는 인물이었다면, 현악은 그의 신분이 유성보 주가구 분타주임에도 불구하고 수하로 거둘 용의가 있었다. 물론 그러려면 그에 따르는 노력이 있어야 하겠지만, 그마저도 감수할 생각이었다.

"유룡도로 하겠습니다."

신표는 깊숙이 가라앉은 눈빛으로 유룡도를 주시하며 대답했다. 그의 눈 속에서 흐린 살기가 번뜩였다.

수하는 주군을 닮는 것인가? 신표 역시 요리를 고르듯이 자신이 싸우고 싶은 상대를 골랐다. 하지만 요리를 고르느라 오래 고심하지는 않았다.

그런데 그는 북풍검보다 유룡도가 강하다고 평가하고서도 누구와 싸우겠느냐는 물음에 선뜻 유룡도를 선택했다.

그것은 두 가지 이유 때문이었다. 신표는 과거 유룡도에게 옆구리를 베였던 약간의 구원(舊怨)이 있었으니 이 기회에 그것을 되갚고 싶었으며, 또 한 가지는 유룡도를 죽임으로써 주군에게 자신의 실력을 입증하고 싶었다.

스릉!

"미친……."

북풍검은 눈에서 분노의 불길을 확 뿜으며 어깨의 검을 뽑다가 말을 끝까지 잇지 못했다.

그의 검은 검집에서 절반쯤 뽑히던 중에 뚝 멈춘 상태였고, 그의 두 눈에서 뿜어지던 분노의 불길은 어느새 불신의 불길로 변해 있었다.

유룡도는 뭔가 말하려던 북풍검이 말을 잇지 않자 의아한 표정으로 그를 쳐다보았다.

스르르—

유룡도가 쳐다보고 있는 동안에 북풍검의 몸이 묵직하게 뒤로 넘어가고 있었다.

그 광경을 보며 유룡도의 눈이 커지고 얼굴에 크게 어리둥절해하는 표정이 떠올랐다.

꿍!

북풍검이 묵직하게 바닥을 울리면서 쓰러지고 나서도 유룡도는 그를 굽어보며 일순간 어떻게 된 영문인지 갈피를 잡지 못하는 것 같았다.

"한 형!"

유룡도는 억눌린 듯한 목소리로 쓰러져 있는 북풍검을 다급히 불렀다. 그들이 서로 호형하는 것을 보면 그들 둘은 보통 사이가 아닌 듯했다.

유룡도는 현악과 신표가 있는 탁자 맞은편 정면에 마주 보고 서 있었기 때문에 두 사람 중 누군가 출수를 했다면 누구보다 똑똑하게 목격할 수 있는 상황이었다.

그러나 그는 두 사람이 출수하는 것은 고사하고, 그들이 손가락 하나 까딱하는 것조차 보지 못했다.

유룡도는 현악과 신표, 그리고 쓰러져 있는 북풍검을 다급하게 번갈아 쳐다보았다.

북풍검이 쓰러진 영문을 모르자 그의 머리 속이 엉킨 실타래처럼 마구 헝클어졌다. 심지어 그는 북풍검의 생사 여부조차도 아직까지 알지 못했다.

한순간, 그는 눈을 크게 뜨며 북풍검의 목 한복판에 시선을 고정시켰다.

북풍검의 목 한복판에는 좁쌀 크기만한 상흔이 하나 새겨져 있었는데, 자세히 보지 않으면 발견하지 못할 정도로 미세했다.

그러나 유룡도는 그것이 원래 있던 상흔인지 방금 생긴 것인지를 알 수가 없었다.

게다가 마치 슬쩍 긁힌 듯한 그 좁쌀만한 상흔 때문에 북풍검이 신음 소리조차 내지 못하고 쓰러졌으리라고는 상상조차 할 수 없는 일이었다.

유룡도는 약간 허리를 굽힌 자세로 북풍검 목의 상흔을 유심히 살펴보았다.

만약 그 순간에 현악이나 신표가 유룡도를 공격한다면 속수무책으로 당할 수밖에 없었지만, 너무 놀란 그는 그런 것까지 신경 쓸 겨를이 없었다.

그러나 현악도 신표도 공격하지 않았다. 그것은 아무나 부릴 수 없는 여유라고 할 수 있었다.

한순간 유룡도는 크게 떴던 두 눈을 더욱 부릅떴다. 무언가가 흐릿하게 보였다.

그는 한껏 안력을 돋운 후에야 북풍검 목의 좁쌀만한 상흔이 안쪽으로 깊이 뚫려 있다는 사실을 발견할 수 있었다. 하지만 기이하게도 그 상흔에서는 한 방울의 피도 흘러나오지 않았다.

그것이 어떤 수법인지는 알 길이 없었지만, 두 가지 사실만은 분명했다.

그 수법 때문에 북풍검이 즉사했으며, 현악이나 신표 둘 중 하나가 그 수법을 전개했을 것이라는 사실이었다.

북풍검 목 한복판에 생긴 좁쌀만한 상흔은 물론 현악의 솜씨였다.

그의 쾌검식은 더 이상 예전의 섬쾌가 아니었다.

일 갑자 공력이 발출되는 쾌검식의 새로운 경지인 극쾌인 것이다.

게다가 극쾌검식은 예전 섬쾌처럼 상대의 몸에 손톱만한 구멍을 뚫지도 않았고 핏물을 뿜어내지도 않았다.

신표는 현악의 뒤에 서 있으면서도 그가 언제 발검하고 또 착검했는지 제대로 보지 못했다. 그 정도니 유룡도가 현악의 발검을 보지 못한 것은 당연했다.

유룡도는 크게 놀라는 얼굴로 현악과 신표를 번갈아 쳐다보면서 온몸에 소름이 쫙 끼쳤다.

획!

차앙!

순간 그는 위기감을 느끼고 번개같이 뒤쪽으로 몸을 날리면서 대감도를 뽑았다.

그는 현악과 신표로부터 삼 장여나 물러난 후에야 스스로 생각하기에도 부끄러운지 얼굴을 확 붉혔다.

현악과 신표가 급습을 하려고 마음만 먹었으면 언제라도 가능했다는 사실을 그제야 깨달은 것이다.

"신 대주, 저놈을 죽이진 말게. 물어볼 것이 좀 있으니까."

쉬이익!

현악의 조용한 말이 미처 끝나기도 전에 신표는 일직선으로 쏘아져나갔고, 현악의 말이 끝났을 때는 그가 내뻗은 창끝이 어느새 유룡도의 전면 반 장 거리에 이르러 있었다.

창!

그러나 유룡도는 결코 만만한 상대가 아니었다.

그는 상체를 옆으로 틀면서 번개같이 도를 뽑아 찔러오는 신표의 창을 쳐내고는 오히려 그의 상체를 통째로 베어갔다.

쉬아악!

아마 예전의 신표였다면 지금 유룡도의 이 공격에 큰 낭패를 당했을 것이다.

그러나 그는 지난 한 달여 동안 그야말로 분골쇄신, 뼈를 부수고 살을 조각 내는 고통을 감내하면서 창술을 연마했다.

모든 것은 마음에서 일어나서 마음에서 죽는다. 마음이 일어나면 일체의 것이 일어날 것이며, 마음이 죽으면 일체가 죽는 것은 만고의 진리.

신표는 더 이상 예전의 수룡채 수룡이십살 중 한 명이 아니었다.

그는 쾌검왕의 진정한 심복이 되기 위해서 거듭나려고 몸부림쳤으며, 이제 그 몸부림의 작은 결과가 드러나고 있었다.

차창!

신표는 허공 중에서 허리를 비틀어 대감도를 막아내고는, 그 반탄력을 이용해서 반 장쯤 더 높이 떠올랐다가 빙글 한 바퀴 공중제비를 넘으면서 유룡도의 뒤로 날아 내리며 그의 뒤통수를 향해 번개같이 창을 찔러냈다.

슈욱!

"......!"

유룡도는 적잖이 놀랐다. 신표의 무위가 예전보다 약간 강해진 것을 깨달은 것이다.

아차 하는 순간에 유룡도의 뒤통수에 창이 꽂히고 말 위급한 순간이었다.

쉬쉬쉭!

그는 다급히 바닥으로 몸을 날리면서 신표를 향해 도풍을 쏟아내는 것으로 반격하며 위기를 모면했다.

신표는 천근추의 수법으로 바닥에 뚝 떨어져 내리면서 유룡도의 도풍을 피하는 것과 동시에 미끄러지듯이 유룡도를 덮쳐 가며 오히려 다섯 차례나 창을 찔러냈다.

슈슈숙!

유룡도는 창졸간에 나려타곤이라는 수법으로 바닥에 데구루루 구르는 중에 신표가 그림자처럼 따라붙으면서 공격을 퍼붓자 누운 자세에서 황급히 대감도를 뻗어 방어했다.

차차차창!

신표의 실력은 오히려 유룡도를 약간 능가하고 있었다. 그는 궁지에 몰려 누운 채 등으로 기며 방어하기에 급급한 유룡도를 마음껏 농락했다.

급기야 유룡도의 얼굴에 다급함이 가득 떠올랐다.

스웃—

그는 바닥에 등을 대고 누운 자세에서 머리 쪽으로 빠르게 미끄러졌다가 황급히 벌떡 일어서며 벽을 등진 채 방어하는 자세를 취했다.

슈슈슈슉!

"허엇!"

그러나 어느새 따라붙은 신표가 전면에서 덮치며 연달아 창을 찔러가자 다급히 헛바람을 들이켜야만 했다. 신표의 창끝은 영활한 몇 마리의 독사처럼 유룡도의 급소로 파고들었다.

차차차창!

퍽퍽퍽!

유룡도는 미친 듯이 도를 어지럽게 휘둘러 절반의 공격을 막아내는 것과 동시에 상체를 이리저리 흔들어 나머지 절반의 공격을 간신히 피했다. 신표의 창은 유룡도의 몸을 아슬아슬하게 스치며 벽을 마구 찍었다.

차차차창!

카카캉!

두 사람은 순식간에 치열하게 이십여 합을 나누었다. 아니, 신표의 일방적인 공격을 유룡도가 급급히 막아내는 것이었다.

녹림 고수들이 사용하는 수법은 대부분 일정한 초식이나 변화 따위가 없었다. 그들의 목적은 상대에게 치명상을 입히거나 죽이는 것이기 때문에 현란한 변화나 허초를 필요로 하지 않았다.

그러므로 전개하는 수법 하나하나가 모두 치명적이며 악랄한 살초

뿐일 수밖에 없었다.

그런 점에서 녹림 고수들의 수법은 무공이라기보다는 군사나 산적들의 수법이 오랜 세월 동안 실전을 거치면서 발전됐다고 보는 편이 옳았다.

반 각이 지났을 때까지도 두 사람은 온몸이 땀에 흠뻑 젖은 채 거친 숨을 몰아쉬며 치열하게 싸우고 있었다.

유룡도는 공격다운 공격은 한차례도 펼치지 못하고 방어하기에만 급급한 형편이었다.

신표의 창은 일반 창보다 훨씬 더 긴 아홉 자 길이다. 유룡도의 대감도에 비해서 두 배하고도 반이나 더 길었다.

창이 원거리에서 유리하고 도가 접근전에 강하다는 사실은 기초적인 상식이다. 그러나 도를 사용하는 사람이 지척까지 접근하여 공격을 퍼부으면 창을 쥔 사람은 속수무책이 돼버린다.

하지만 창을 쥔 신표가 일곱 내지 여덟 자 정도의 거리를 유지한 채 소나기처럼 찔러대자, 유룡도는 피하거나 막기에 급급할 뿐 신표의 지척으로 접근조차 하지 못하고 있었다.

그렇다고 대감도를 아무리 길게 뻗어봤자 신표에게 절반도 미치지 못했다.

채채채챙!

하지만 유룡도는 만만한 인물이 아니었다. 그는 신표의 소나기 같은 공격을 힘겨워하면서도 모조리 막아내거나 피하고 있었다.

상대의 허점을 찾아내는 것과 동시에 그 부위를 공격하는 것도 힘들지만, 소나기처럼 쏟아지는 공격을 막아내는 것도 힘들었다.

이대로 가다가는 누가 먼저 지치느냐에 따라서 승패가 좌우될 상황까지 갈 것 같았다.

현악이 유룡도를 죽이지 말라고 했기 때문에 신표로서는 한층 더 힘이 들었다.

상대를 죽이는 것보다 제압하는 것이 더 어렵다는 사실은 누구나 알고 있는 상식이었다.

현악은 팔짱을 낀 채 묵묵히 관전할 뿐 신표를 돕지 않았다.

신표는 재빨리 염두를 굴렸다.

이대로 가다가는 유룡도보다 공력이 약한 자신이 먼저 지치고 말 것이고, 그것은 곧 위기로 이어지게 될 것이다. 뭔가 수를 써야만 한다라고.

캉!

일순, 자신의 얼굴을 노리고 찔러온 창을 튕겨낸 유룡도의 눈이 번쩍 빛을 발했다.

기력이 빠진 신표가 균형을 잃고 가볍게 비틀거리는 것을 발견했기 때문이다.

순간 유룡도의 눈빛이 먹이를 발견한 맹수의 그것처럼 변했다.

위기 뒤에는 기회가 오기 마련이다. 그는 결국 기회를 포착했다. 그의 수백 차례의 싸움 경험이 그것을 일러주고 있었다.

휘익!

순간 유룡도는 번개같이 앞으로 쇄도하며 신표의 머리를 향해 세로로 도를 그어 내렸다.

순간적으로 전신의 모든 공력을 대감도를 쥔 두 손에 모았으므로 그 빠르기와 위력이 대단한 것은 당연지사.

유룡도의 눈에 당황하는 신표의 얼굴 표정이 쏘아져 들어왔다. 유룡도의 입가에 섣부른 승리의 미소가 흐릿하게 떠올랐다.

하지만 그것으로서 유룡도는 신표가 판 함정에 걸려들고 말았다.

후우웅!

한차례 파공음이 허공을 떨어 울렸다.

유룡도는 그 파공음 때문에 찰나지간 아주 미미하게 움찔했지만 개의치 않고 계속 쏘아갔다.

유룡도 자신은 이미 신표의 반 장 전면까지 쇄도하고 있었고, 자신의 도가 신표의 정수리 위 한 자 높이에서 그어져 내리고 있었기 때문에 어느 정도 마음의 여유까지 생겼다.

방금 전의 그 파공음이 신표의 어떤 술수라고 해도 상관없었다. 그 술수가 어떤 결과를 나타내는 것보다 자신의 도가 신표의 정수리를 쪼개는 것이 더 빠를 것이라고 판단했다.

그런 생각을 하고 있는 유룡도의 입가에 회심의 미소가 떠오르다가 어느 순간 떠오를 때보다 더 빨리 사라져 버렸다.

"……!"

신표의 눈에서 한줄기 잔혹한 살광이 번뜩이는 것을 발견했기 때문이다.

이제 곧 유룡도 자신의 도에 의해서 머리가 쪼개질 놈이 눈에서 살광을 뿜어낸다는 말인가?

그 의문에 대한 대답은 그 즉시 드러났다.

푹!

다음 순간 유룡도는 자신의 오른쪽 어깨 뒤쪽으로 뭔가 날카로운 것이 쑤시고 들어오는 듯 화끈한 것을 느꼈다.

신표의 정수리를 쪼개가던 대감도에서 쾌속함과 위력이 순식간에 사라졌고, 신표는 상체를 약간 비트는 간단한 동작만으로 대감도를 어깨 옆으로 흘려냈다.

순간적으로 그는 현악이 암습을 했다고 판단하여 즉시 뒤돌아보면서 얼굴을 일그러뜨렸다.

"으으… 비겁한……"

그러나 그는 현악이 여전히 탁자 앞 의자에 팔짱을 긴 채 앉아 있는 것을 발견하고 얼굴이 흐려졌다.

유룡도는 급히 자신의 오른쪽 어깨 앞쪽을 굽어보았다.

하나의 뾰족한 금속이 피를 흠뻑 묻힌 채 한 뼘쯤 튀어나와 있는 게 보였다.

그것은 다름 아닌 신표의 창끝이었다. 창자루를 잡고 있는 사람은 신표다. 그런데 앞에 서 있는 그가 어떻게 창으로 자신의 등을 찌를 수 있었던 것인지 유룡도로서는 이해불능이었다.

문득 유룡도의 시선이 무표정한 신표의 얼굴에서 그의 오른손으로 흘러내렸다.

신표의 오른손에는 예의 그의 먹처럼 검은 창이 단단하게 움켜쥐어져 있었다.

그런데 평소에 그는 창의 끝 부분 한 자 남짓을 손목 안쪽으로 뻗어서 끝을 팔꿈치 안쪽에 붙인 채 지지대 역할을 하게 하여 사용하는데, 지금은 창끝이 그의 손 안에 잡혀 있었다.

그것은 그가 창을 앞으로 한 자쯤 더 빼내어 길게 잡아 사용했다는 뜻이었다.

평소보다 창이 한 자나 더 길어야 하는 이유는 무엇인가?

유룡도의 흔들리는 눈동자가 신표의 손에서 뻗어나간 창대를 타고 이동했다.

그런데 놀랍게도 창은 거의 부러질 듯한 곡선을 그은 채 창의 앞부분이 유룡도 자신의 뒤쪽을 향해 휘어져 있는 것이 아닌가.

그리고 그 끝이 유룡도 자신의 오른쪽 어깨 뒷부분을 깊숙이 찔렀고, 창날이 어깨 앞쪽으로 튀어나와 있었다.

"이런 우라질……."

유룡도는 얼굴을 심하게 일그러뜨렸다.

방금 전 신표가 균형을 잃고 가볍게 비틀거렸던 것은 미끼였던 것이다.

그렇게 수세에 몰려 전전긍긍하던 유룡도는 별다른 의심도 없이 그 미끼를 덥석 물어버리고 말았다. 한순간의 판단 착오가 돌이킬 수 없는 낭패로 이어졌다.

"……!"

그 순간, 유룡도는 신표의 창날이 뾰족하지만은 않다는 사실을 기억해 냈다.

신표의 창끝은 뾰족한 첨봉(尖鋒) 양쪽에 언월도처럼 생긴 두어 뼘 길이 반원형의 칼날이 달려 있었다.

유룡도는 얼굴 가득 불안한 표정을 떠올린 채 급히 신표의 창을 쥔 오른손을 쳐다보았다.

불끈!

그리고 신표가 오른손에 가볍게 힘을 주며 슬쩍 바깥쪽으로 당기는 것을 발견했다.

"안 돼!"

파악!

그러나 유룡도의 급박한 외침은 자신의 오른팔이 몸에서 분리되는 처절한 고통 속에 파묻혀 버렸다.

그렇지 않아도 기형적일 정도로 많이 휘어져 있던 신표의 창끝이 그가 가볍게 힘을 주자 휘었던 창이 퍼지려는 탄성과 신표의 힘이 합쳐져서 유룡도의 오른팔을 몸에서 잘라내며 원래대로 곧게 펴진 것이다.

팍!

유룡도의 대감도가 허공을 붕 날아서 사 장여 떨어진 벽에 깊숙이 꽂혔다. 그리고 아직도 자신이 주인의 몸에서 분리된 줄 모르는 듯한 그의 오른손은 대감도 손잡이를 잔뜩 움켜잡은 채 그 아래에서 그네를 타듯이 좌우로 흔들거렸다.

"크으으……"

유룡도는 샘물처럼 피가 솟구치는 어깨를 움켜잡고 비틀거리며 고통스러운 신음을 흘렸다.

슥—

이윽고 현악은 일어나서 문 쪽으로 걸어가며 나직이 입을 열었다.

"신 대주, 그놈을 데리고 가세."

예전의 현악은 적에 대해서 제압이니 생포 같은 것은 생각하지도 않고 무조건 죽이기 바빴다. 그러나 지금의 그는 우선 상대가 쓸모있는 인물인지 아닌지를 생각한 후 그의 생사를 결정할 정도로 영리해져 있었다.

신표는 방문 쪽으로 걸어가는 현악의 뒷모습을 보면서 죄스러운 마음이 들었다.

자신이 유룡도를 제압하는 데 너무 많은 시간을 허비해서 현악을 실망시킨 것은 아닐까 하는 우려 때문이었다.

신표는 벽에 기대어 헐떡이고 있는 유룡도의 혼혈을 제압해서 일단 쓰러뜨린 후, 아직도 피를 뿜어내고 있는 그의 어깨를 지혈시키고는 그를 어깨에 들쳐 메고 현악의 뒤를 따랐다.

방문을 열고 나가면 아마도 싸우는 소리를 듣고 몰려온 유성보 고수들이 진을 치고 있을 것이라 신표는 짐작했지만, 굳이 입을 열어 현악에게 주의를 시키지 않았다.

◆제46장◆

무적혈창대(無敵血槍隊)

무적혈창대(無敵血槍隊)

척!

현악은 태연히 방문을 열고 나갔다.

쉬이익!

쐐애액!

순간 현악의 전면과 좌우에서 기다렸다는 듯이 다섯 자루의 검이 그의 몸으로 소나기처럼 쏟아져 왔다.

방문 밖에 대기하고 있던 유성보 검수들 중 다섯 명이 일제히 덮쳐 오며 급습한 것이다.

그러나 그들은 덮쳐 오던 속도보다 더 빠르게 튕겨져 날아갔다.

아무런 음향도 없었고 빛살도 없었다.

공격하던 다섯 명은 마치 줄에 묶여 있다가 뒤에서 누군가 갑자기 줄을 잡아당긴 것처럼 튕겨졌다.

쿠쿠쿵!

다섯 명의 유성보 고수는 더러는 낭하에, 더러는 정원에 어지럽게 나뒹굴었다.

신표는 유룡도를 어깨에 메고 현악 뒤에 서 있었지만 역시 이번에도 현악이 발검하는 것을 보지 못했다.

다만 현악이 어깨의 혈인검 손잡이를 움켜잡고 있는 것을 지금에야 봤을 뿐이었다.

얼핏 보기에는 현악을 공격하던 다섯 명이 동시에 튕겨진 것 같았지만, 사실은 다섯 명 모두 아주 미미한 간발의 차이가 있었다.

현악은 최초에 발검하여 정면에서 가장 가까이 쇄도한 한 명의 목 한복판에 좁쌀 구멍을 새겨 넣은 후, 착검하지 않은 상태에서 곧바로 왼쪽의 두 명과 오른쪽 두 명의 목에도 연이어 똑같은 좁쌀 구멍을 뚫어주었다.

그 일련의 동작들이 상상을 초월할 정도로 쾌속했기 때문에 공격하던 다섯 명이 거의 같은 순간에 목에 좁쌀 구멍이 새겨지며 튕겨진 것처럼 보인 것이다.

이 과정에서 현악은 검기를 발출하기 위해서 검을 거두었다가 뻗는 동작을 굳이 취하지 않았다.

최초의 발검으로 정면의 한 명을 죽인 이후부터 그는 단지 자신이 죽이고자 하는 자를 향해 검을 뻗어서 목을 가리키기만 했다.

그 동작만으로 검봉(劍峰)에서 뿜어진 검기가 적의 목줄기에 꽂히게 한 것이다. 물론 그 다섯 차례의 검기 발출에서 최초 발검했을 때 뿜어진 검기가 가장 강력했고, 나머지 네 개의 검기는 상대적으로 약하며 사정거리도 점차 짧아졌다.

그래서 최초의 검기에 적중된 자의 목 한복판은 좁쌀 구멍이 완전히 관통되었고, 나머지 네 명은 절반의 깊이, 즉 네 치 정도의 구멍이 패었다.

쉬익!

쉭! 쉭!

또다시 유성보 검수들이 현악을 향해 합공해 왔다.

이번에도 역시 다섯 명이었고, 그들의 공격은 최초에 공격했던 다섯 명의 유성보 검수가 나뒹구는 것과 거의 동시에 이루어졌다.

원래 첫 번째 다섯 명이 공격하자마자 두 번째 다섯 명이 연이어 공격하기로 되어 있었기 때문이다.

두 번째 공격하는 다섯 명에게 만약 약간의 시간적 여유가 있어서 첫 번째 공격자들이 튕겨지는 광경을 제대로 목격했더라면, 결코 두 번째 공격은 이어지지 않았을 것이다.

이들 두 번째 공격자들은 그저 그렇게 공격하기로 했었기 때문에 첫 번째 공격자들에 이어서 그저 얼떨결에 신형을 날렸다. 그래서 얼떨결에 세상을 하직하게 되었다.

신표는 이번만큼은 현악의 발검을 제대로 보기 위해서 눈을 부릅뜨고 바로 앞의 혈인검에 시선을 고정시켰다.

일순, 신표의 눈이 번쩍 기광을 발했다.

발검을 봤다.

아니, 착검을 본 것인가?

그것도 아니다. 어쩌면 아무것도 보지 못한 것일 수도 있었다.

현악의 등 뒤 한 걸음 거리에 서 있던 신표는 다만 자신의 눈앞에서 흐릿한 붉은 빛이 어른거리는 것을 촌각을 백으로 쪼갠 듯 찰나지간에 간신히 목격했을 뿐이다.

게다가 신표는 합공해 오는 유성보 검수가 다섯 명이었기 때문에 현악이 다섯 차례 발검할 것이라고 예측했다가 보기 좋게 빗나가고 말았다.

역시 일체의 음향도 없었고, 다섯 명의 유성보 검수가 허공 중에서 뚝 정지하는 것 같더니 한꺼번에 뒤로 확 튕겨져 날아가는 광경도 처음과 다를 바 없었다.

쿵! 쿵! 쿵!

둔탁한 음향을 내며 유성보 검수 다섯 명이 산지사방으로 나뒹굴었다.

현악이 너무 강하다는 이유도 있었지만, 두 번에 걸쳐서 현악을 공격하다가 죽은 자들은 너무 약했다.

무림인들은 무림 한복판을 낙양이나 개봉으로 꼽지만, 유성보는 달랐다.

그들은 무림의 정중앙을 자파가 위치해 있는 하남의 난봉으로 정했고, 모든 대소사를 그것을 기준으로 삼아서 처리했다.

그래서 유성보가 보유하고 있는 백여 개의 분타들의 실력은 난봉을 중심으로 해서 가까울수록 강했고 멀수록 약했다.

그런 이유 때문에 난봉에서 천여 리나 떨어진 이곳 주가구 분타의 실력이 중앙 쪽에 비해서 형편없이 열세인 것은 두말하면 잔소리였다.

주가구 분타 같은 경우에는 분타주와 부분타주 정도만이 유성보에서 파견된 인물이었다. 나머지는 주가구 현지에서 수십 명의 무사들을 모집하여 유성보의 하급 수준 검법을 가르친 정도에 불과했다.

그러니 그들은 정식으로 수련을 받은 검수라기보다는 차라리 무사에 가까운 실력이었다.

다시 말하지만, 유성보 주가구 분타가 대흥방의 일개 전에도 미치지 못하는 실력으로 대흥방이나 수룡채 위에 군림할 수 있는 이유는 순전히 유성보의 위명 덕분이었다.

그런 자들이 현악의 극쾌검을 피하거나 막을 수 있다는 자체가 어불성설인 것이다.

두 번의 공격으로 도합 열 명의 검수를 순식간에 잃고 살아남은 유성보 검수들은 더 이상 세 번째 공격을 해오지 않았다. 그제야 사태의 심각성을 어느 정도 깨달았기 때문이다.

생존자들은 낭하의 아래와 정원에 반원의 형태로 포위망을 구축하고 있었는데 대략 삼십 명 정도였다.

그들 중 몇 명은 활짝 열린 방문을 통해서 실내 바닥에 북풍검이 쓰러져 있는 것과 신표가 한쪽 팔이 잘라져 나간 유룡도를 어깨에 메고 있는 것을 발견하고는 크게 놀라는 표정을 지었다.

그리고 그들은 곧 얼굴 가득 두려움을 가득 떠올렸다. 그것은 현악과 신표가 북풍검과 유룡도를 죽이거나 제압했을 것이라는 사실을 뒤늦게 추측한 결과였다.

저벅저벅.

현악은 느긋한 걸음으로 낭하에서 정원으로 뻗은 몇 개의 나무 계단을 내려갔다.

그러자 유성보 고수들이 만든 포위망이 주춤거리면서 현악이 전진하는 만큼 뒤로 물러나기 시작했다.

이런 상황에서 유성보 본파의 정예 고수들이었다면, 아니, 본파에서 오백여 리 정도 떨어진 분타의 고수들이었다고 해도 결코 이런 식으로 겁을 집어먹고 물러나지는 않았을 것이다. 오히려 맹공격을 퍼부었을 것이다.

하지만 유성보주의 얼굴조차 한 번도 본 적이 없는 이들에게 충성심이나 사명감을 기대한다는 것은 지나친 일이었다.

그러나 물러나지 않는 한 사람이 있었다.

현악은 걸음을 멈추지 않고 정원을 걸으면서 그자의 얼굴을 슬쩍 쳐다보며 그가 부분타주쯤 될 것이라고 판단했다.

"물러서지 마… 컥!"

그자는 계속 물러서는 검수들을 향해 신경질적인 표정으로 손을 저으면서 막 소리를 지르던 중에 마치 목에 뭐가 걸린 듯한 답답한 신음을 터뜨렸다.

주춤거리며 물러서던 검수들의 시선이 일제히 그자, 부분타주에게 집중됐다.

부분타주는 고함을 지르던 중에 목 한복판에 좁쌀 구멍이 새겨졌기 때문에, 앞서 죽은 열 명과는 달리 유독 혼자만 비명을 지를 수 있는 행운을 잠깐 누리고는 묵직하게 쓰러졌다.

저벅저벅.

현악은 정원의 좁은 소롯길을 걸어가며 거역할 수 없는 어조로 나직이 중얼거렸다.

"모두 이곳을 떠나라. 지금 이 순간부터 주가구에 더 이상 유성보 분타 따위는 없다."

비록 작은 소리였지만 그 말을 듣지 못한 사람은 없었다.

유성보에는 한 번도 가본 적도 없는 이곳의 검수들에게 유성보 본파의 정예 고수들이 지니고 있는 투철한 정신 무장 같은 것은 애초부터 존재하지도 않았다.

그들은 유성보 주가구 분타의 무사를 모집한다는 소문을 듣고 우르르 모여들었던 것처럼, 흩어질 때에도 누가 먼저랄 것도 없이 우르르 흩어져 버렸다.

그 광경은 마치 파리 떼가 잔뜩 모여 있는 웅덩이에 돌 하나를 던졌을 때 파리 떼가 한꺼번에 사방으로 흩어져 날아가 버리는 것과 같은 광경이었다.

지금의 현악은 비단 상대를 가려서 죽일 수 있게 되었을 뿐만 아니라 자비를 베풀 줄도 알게 되었다.

게다가 적절한 자비가 쓸데없는 공력의 낭비를 막아준다는 사실도 깨달았다.

주가구 일대 서른네 개의 중소방파 중에서 무적부에 굴복하지 않은 두 개의 방파, 즉 잔지방과 유성부 주가구 분타는 결국 이렇게 처리됐다.

초곤이 유성보 주가구 분타를 현악에게 처리하게 한 것에는 나름대로의 배려가 있었다.

현악이 자신의 아내로 인정하고 있는 소녀는 봉황일미 단우옥이었다. 그러나 천하인들은 단우옥이 유성추혼 혁련무룡의 여자라고 알고 있었다.

물론 초곤은 단우옥이 현악의 여자라고 알고 있으며, 장차 그렇게 되기를 바라고 있었다.

그래서 초곤은 유성보 주가구 분타의 처리를 현악에게 일임했던 것이다.

유성보의 분타를 건드린다는 것은 유성보에 대한 명백한 도전이었다.

사실, 과거 산서 무림에서 사파의 절반을 장악했던 경험이 있는 초곤은 그것 때문에 잠시 망설였다.

유성보 분타를 그대로 두고 과거 산서 무림에서처럼 절름발이 지배자가 될 것인가. 아니면 전쟁을 불사하더라도 비록 한 지역이지만, 완벽한 지배자가 될 것인가 하는 갈림길에 선 것이다.

현악에게 유성보 분타의 존폐를 맡긴다는 것은, 유성보 분타의 괴멸을 의미하는 것이나 다름없는 일.

마침내 초곤은 결정했다.

어차피 뽑은 칼이다.

칼은 찌르거나 베라고 존재하는 것이었다.

그리고 그 칼은 유성보 주가구 분타를 잘라 버렸다.

그로부터 일각 후에 현악과 신표는 주가구 심곡포 대로에 모습을 나타냈다.

무적부에서 늦은 아침에 출발했는데 유성보 분타의 일을 처리하고 나니 이미 오후가 되어 있었다.

심곡포 대로는 여느 때와 마찬가지로 몹시 붐볐다. 거리를 걷자면 행인들과 어깨를 부딪치는 경우는 다반사일 정도였다.

거리를 오가는 사람들 대부분이 주민들이거나 장사치들이었지만 무림인들도 더러 보였다.

주가구가 상업이 번성한 곳이라 뭔가 건수를 노리는 떠돌이 무사들이 도처에서 몰려들었기 때문이다.

이권이 있는 곳에는 반드시 힘과 세력이 뒤따랐고, 좀 더 많은 이득을 차지하기 위해서 중소방파와 문파들은 경쟁적으로 무림인들을 거두어들였다.

하다못해 잘나가는 전장(錢場)이나 기루, 도박장에서도 자신들의 업소 경비와 확장을 위해서 삼류무사들을 고용할 정도였으니, 꽃을 찾아 벌과 나비가 모이듯 무림인들이 주가구로 모여드는 것은 당연했다.

심곡포 대로상을 현악이 앞서고 신표가 두어 걸음 뒤에서 따르고 있었다.

신표는 오는 길에 대기하고 있던 수하에게 유룡도를 넘겼기 때문에 빈 몸이었다.

그때 현악의 전면에서 세 명의 무림인이 서로 대화하면서 마주 걸어오고 있었다.

그러다가 그중 한 명이 무심코 현악을 보다가 눈에 띌 정도로 움찔 몸을 떨며 적잖이 놀라는 표정을 지었다.

다음 순간 그의 시선이 급히 현악의 어깨로 향하는가 싶더니 동공이 크게 확장되며 만면에 경악이 가득 떠올랐다.

그는 처음에 현악의 얼굴을 보고는 긴가민가했다가 혈인검을 본 후에야 현악이 누구라는 것과 거기에 따른 소름 끼치는 기억들을 빠르게 되살려 냈다.

그 직후 그의 얼굴에 가득 떠오른 것은 공포였다.

그러나 그는 자신의 얼굴에서 공포의 표정을 황급히 지워 버려야만 했다. 서너 걸음 앞에서 마주 걸어오는 현악에게 자신의 표정을 들키기라도 하는 날에는 결코 살아남지 못할 것이라고 판단했기 때문이다.

그러나 현악도 신표도 이미 그의 표정을 발견한 후였다.

하지만 현악은 못 본 체 그냥 지나쳤다.

그들을 지나친 후 신표가 슬쩍 뒤돌아보니 현악을 알아본 인물이 흥분한 표정으로 현악을 가리키면서 다른 두 명에게 뭐라고 급하게 설명하다가 신표를 보고는 움찔 놀라서 급히 외면하면서 딴청을 부렸다.

"방금 그자가 주군을 알아본 것 같습니다. 하명하시면 속하가 처리하고 오겠습니다."

신표가 깊숙이 가라앉은 눈빛으로 현악에게 공손히 말하자 그는 고개를 설레설레 가로저었다.

"부질없는 일이니 그만두게. 날 알아보는 자들을 모두 죽일 순 없지 않겠나?"

현악의 말이 옳았다. 산서 안택현이나 운몽산에서 현악을 봤던 자들은 의외로 많을 것이다.

또한 그들의 입을 통해서 현악의 자세한 용모가 퍼져 나갔을 것이며 혈인검을 알아보는 자들도 있을 텐데, 그들을 모조리 죽일 수는 없었다.

그렇다고 현악이 사람들 눈에 띄지 않는 은밀한 장소에 꼭꼭 숨어 살 수는 없는 노릇이었다.

게다가 현악이 앞으로 무림에서 활동하다 보면 그런 자들을 자주, 그리고 많이 마주치게 될 것이다.

그래서 일단은 상대가 먼저 시비를 걸지 않는 한, 그대로 놔두는 편이 좋을 것이라고 현악은 생각했다.

척!

현악은 대로변의 작은 점포 안으로 들어섰다.

"악 오빠!"

가게 일을 돕는답시고 땀을 흘려가면서 부지런히 빈 그릇을 나르고 있던 여섯 살 소영이 현악을 발견하고는 비명 같은 소리를 지르면서 달려와 그에게 안겼다.

"하하하! 잘 있었느냐, 영아!"

현악은 밝게 웃으며 소영을 번쩍 안아 올렸다. 혈향 자욱한 쾌검왕에서 인정 많은 오라비로 변하는 순간이었다.

"들어오게."

현악은 소영을 안은 채 탁자 앞에 앉으며 가게 밖 문 옆에 장승처럼 서 있는 신표에게 말했다.

현악의 부름을 받은 신표는 실내로 들어와서도 현악의 맞은편에 우뚝 서 있었다.

"앉게."

현악은 미소 지으면서 소영의 머리를 쓰다듬으며 신표에게 맞은편 자리를 가리켰다.

신표는 쭈뼛거렸다. 그의 상식으로는 주군과 대좌하는 수하는 상상조차 할 수 없었다.

"하명하실 일이라도……."

현악은 태연히 말했다.

"없네. 시장하니까 식사를 하자는 걸세."

"……."

이런 일에 익숙하지 않은 신표는 엉거주춤 서 있다가 주군의 명령이기 때문에 하는 수 없이 앉았다.

현악은 소영을 바닥에 내려놓으면서 엉덩이를 툭툭 두드렸다.

"영아, 엄마에게 계탕면 두 그릇 맛있게 말아달라고 말씀드려 주겠느냐?"

"네, 악 오빠."

목을 빼고 병아리처럼 대답한 소영은 아까부터 현악에게 눈인사라도 하려고 잔뜩 벼르고 있는 모친에게 쪼르르 달려갔다.

현악은 비로소 소영 모친을 쳐다보며 부드러운 미소를 지으면서 가볍게 고개를 숙여 보았다.

현악의 말은 무조건 명령으로 받아들이는 신표는 그가 앉으라고 해서 앉기는 했지만 하늘 같은 주군과 마주 앉아 있자니 그야말로 가시방석이 따로 없었다.

"이 집 계탕면을 한 번 맛보면 그 맛을 죽어도 잊지 못할 걸세. 하지만 다음부터는 자네가 직접 돈을 내고 사 먹도록 하게."

현악은 김이 무럭무럭 나는 차를 한 모금 마시고 나서 신표에게 넌지시 계탕면 자랑을 했다.

한 척의 잘 빠진 흑선이 심곡포 포구에 정박한 채 누군가를 기다리고 있었다.

보통의 배보다 더 갸름하고 선고가 낮았으며, 배의 크기에 비해 돛을 두 배나 더 달았고, 배의 좌우와 선미에 커다란 노까지 달린 이 흑선은 포구에 정박해 있는 수십 척의 크고 작은 배들 속에서도 바로 눈에 띄었다.

포구의 뱃사람들치고 이 흑선이 심곡포에서 가장 빠른 쾌속선이며 무적부 소속이라는 사실을 모르는 사람은 없었다.

흑선의 가장 크고 높은 중앙 돛대 꼭대기에는 하나의 삼각 깃발이 미풍에 펄럭이고 있는데, 깃발에는 크고 뚜렷한 글씨체로 '무적(無敵)'이라는 두 글자가 적혀 있었다.

현악은 규칙적인 보폭으로 흑선을 향해 걸어갔고 그 뒤를 신표가 따랐다.

현악이 배에 오르자 뱃전에 늘어선 열 명의 흑의고수가 일제히 직각으로 허리를 접었다.

흑의고수들은 과거 수룡채 수하였다가 신표에게 선발되어 무적부 휘하 혈귀대 수하가 된 자들이었다.

쏴아아—

현악과 신표가 타자 흑의고수들, 즉 혈귀고수들은 일사불란하게 움직여서 흑선을 즉시 출발시켜 강의 중심으로 쏘아가게 했다.

흑선의 여섯 개의 돛이 활짝 펼쳐졌고, 때마침 알맞게 불어온 강한 바람을 받아 달리는 말보다 더 빠른 속도로 강을 거슬러 오르기 시작했다.

현악은 뱃전에 우뚝 서서 강 건너로 펼쳐지는 풍경에 시선을 주고 있었다.

하지만 그는 풍경을 보고 있지 않았다. 머리 속에는 두 여자, 단우옥과 자운에 대한 생각이 가득 담겨 있었기 때문이다.

그가 거의 광적으로 무공 연마에 몰입해 있을 때나 적과 싸울 때는 그녀들에 대한 생각을 잊고 있다가도, 그 외의 시간에는 언제나 그의 머리 속을 가득 채우고 있는 것이 그녀들이었다.

촤악!

그때 물결이 뱃전에 부딪쳤다가 튀어 올라 현악의 얼굴에 몇 방울이 튀었다.

그 바람에 현악은 상념에서 깨어나 가볍게 고개를 가로저었다.

"신 대주."

그는 아까부터 생각했던 것을 얘기하려고 말문을 열었다.

"말씀하십시오."

"자넨 싸울 때 지나치게 많은 공격을 남발하더군."

신표는 움찔했다.

그렇지 않아도 그것 때문에 현악에게 죄스러운 마음을 금치 못하고 있던 그였다.

신표는 부끄러운 마음에 허리를 굽혔다.

"죄송합니다."

"죄송할 것까진 없네. 하지만 이거 하나는 말해 줄 수 있네."

신표는 바짝 긴장했다.

"사람이든 물건이든 각자의 쓰임새에 따라서 적시 적소에 쓰여진다는 사실을 알아두게."

"……."

신표가 그 말뜻을 모를 리 없다. 신표의 능력이 다섯밖에 안 되면 현악에 의해서 다섯에 맞게 쓰여질 것이고, 열이면 열만큼 쓰여질 것이라는 뜻이었다.

또한 그 말속에는 현악이 신표의 능력에 만족하지 않았다는 뜻도 내포되어 있었고, 그것 또한 신표는 알아들었다.

현악은 신표에게 천하를 보여주겠다고 했었다.

그러나 천하는 아무에게나 보여줄 수 있는 것이 아니다. 그것을 볼 자격이 있는 사람에게만 보여줄 수 있는 것이다.

문득 신표의 눈동자가 가볍게 흔들렸고 창을 쥔 손에 잔뜩 힘이 들어갔다.

자신의 감정을 일체 드러내지 않는 그가 그 정도의 반응을 보인다는 것은, 그가 지금 온몸의 피가 한꺼번에 증발되는 것 같은 절망감을 느끼고 있다는 뜻이었다.

"주군… 속하가 어찌하면 되겠습니까? 가르침을 주십시오!"

신표는 현악을 향해 무릎을 꿇고 이마를 바닥에 대며 공손히 가르침을 청했다.

현악이 그렇게 말했을 때에는 뭔가 대책이 있을 것이라고 신표는 굳게 믿었다.

"내 생각은 말일세, 일 대 일의 싸움은 단 일 초식 만에 승부를 결정지어야 한다는 걸세."

지금의 신표로서는 불가능한 일이었다. 그는 유룡도를 제압하는 데 거의 삼십 초 이상을 허비했다.

게다가 그는 예전 유룡도에 비해서 반 수 정도 하수였다. 그런 그가 유룡도를 제압할 수 있었던 것은 지난 한 달간의 피나는 수련 덕분이었다.

"더욱 열심히 수련하겠습니다."

신표는 머리를 더욱 조아렸다.

흑선을 몰던 혈귀고수들은 신표가 부복하고 있는 광경을 똑똑히 볼 수 있었다.

과거에 그들은 신표의 그런 모습은커녕 그가 누군가에게 고개를 숙이는 모습조차도 본 적이 없었다.

신표는 사십구 명의 혈귀고수와 한 몸, 한마음이 되어 수련을 하면서 그들의 귀에 못이 박히도록 말했다.

"나의 주군은 곧 너희들의 주군이시다! 그분을 위해서 목숨을 바치는 것은 영광이다!"

현악이 비록 열여덟 살 소년이지만, 지금 이 순간 모두의 눈에는 그가 하늘로 보였다.

"틀렸네."

현악은 신표가 더욱 열심히 수련하겠다는 말을 간단하게 일축해 버렸다.

그의 눈에는 신표의 단점과 장점이 일목요연하게 보였다. 무공이 일취월장한다는 것은 그만큼 눈이 빨라지고, 다른 사람의 장단점도 그만큼 쉽사리 간파할 수 있다는 것을 의미한다.

또한 그의 머리 속에는 신표가 버려야 할 것이 무엇이며 취해야 할 것이 무엇인지 뚜렷하게 구분되어 있었기 때문에 신표의 말을 일축할 수 있었던 것이다.

현악은 원래 선천적으로 훌륭한 자질을 갖추고 있었다. 그 자질이 백정이라는 신분 때문에 억눌러져 있었지만, 이후 쾌검마와 적사에 의해서 갈고닦여져 빛을 발하기 시작했다.

지금도 그의 자질은 다 드러나지 않은 상태였다. 쾌검마와 적사는 그에게 무공과 학문의 길을 터주기만 했을 뿐, 이제 그 길을 가야 하는 것은 현악 혼자의 몫이었다.

그는 과거 십칠 년 동안 자신의 눈에 씌워져 있던 뿌연 막 때문에 자기 자신과 세상을 제대로 보고 판단할 수 없었다.

그러나 지금은 뿌연 막이 벗겨진 상태였다. 그의 눈에는 자신의 모습과 현재의 상황, 자신이 어디쯤 와 있으며, 어디로 가고 있는지가 뚜렷하게 보였다.

그리고 어둠 속에 감춰져 있던 세상이 한 겹씩 그 신비한 껍질을 벗고 그의 앞에 모습을 드러내고 있는 광경도 생생하게 보였다.

그런 그의 눈에 하물며 아끼는 수하의 장단점이 보이지 않을 리 없는 것이다.

현악은 강 건너를 응시하며 조용한 어조로 말을 이었다.

"내 짐작으로는, 지금 자네가 오르고 있는 산꼭대기에서는 천하가 보이지 않을 것 같네만."

"……."

많은 의미가 함축된 말이었다.

그것은 목표를 잘못 정했다는 뜻이었다. 또한 신표가 오르고 있는 산이 현악이 오르는 산과 다르다는 뜻이었으며, 신표의 무공 수련 방법이 잘못됐기 때문에 그 끝에 도달한다고 해도 만족할 만한 결과를 기대하지 못할 것이라는 의미이기도 했다.

현악은 변했다.

변해도 너무 빨리, 그리고 많이 변해 버렸다.

신표는 고개를 들고 현악을 올려다보았다. 그의 얼굴에는 엷은 절망감이 깔려 있었다.

"주군, 가르침을 하교해 주십시오."

"일어나서 자네 무기를 내게 주게."

신표는 일어나서 공손히 자신의 창을 현악에게 바쳤다.

현악이 왼손을 내밀어 창을 잡았다.

팍!

다음 순간 가벼운 음향이 창에서 터졌다. 물론 신표는 아무것도 보지 못했다.

그리고 신표는 자신의 두 손에 여전히 창이 잡혀져 있는 것을 적잖이 놀라는 얼굴로 내려다보았다.

그러나 그 창은 원래 아홉 자 길이에서 여섯 자 길이로 짧아져 있었다.

게다가 창날이 사라졌고, 대신 반듯하게 베어져 나간 자국만 남아 있었다.

잘려져 나간 창의 앞쪽 석 자는 현악의 손에 쥐어져 있었다.

슥—

신표가 적이 놀라는 표정으로 쳐다볼 때 현악은 창을 오른손에 쥐고 천천히 들어올렸다.

순간 창이 현악의 손을 떠났다. 그는 별로 힘도 주지 않고 겨냥도 하지 않은 채 전면을 향해 창을 던졌다.

신표와 혈귀고수들은 창이 날아가는 궤적을 좇아 쳐다보다가 의아한 표정을 지었다.

창이 보이지 않았기 때문이다.

"……!"

문득 신표는 창이 어느새 이십여 장 거리 강기슭의 한 그루 나무 한복판에 적중되어 있는 것을 발견했다.

쐐애애!

팍!

그때 귀청을 찢을 듯한 파공음과 멀리서 전해지는 둔탁한 음향이 들려왔다.

'맙소사! 얼마나 빠르면 파공음과 적중음이 나중에 들려온다는 말인가!'

그렇다. 현악은 극쾌검식을 응용하여 창을 던져 냈다. 검이 아니라 창이기 때문에 비록 그 속도가 극쾌검에는 못 미친다 하더라도, 설명하기 어려운 속도임에는 분명했다.

오죽하면 창이 쏘아가고 표적에 적중된 후에야 뒤늦게 소리가 들리겠는가.

"알겠나?"

현악은 팔짱을 끼고 허공을 응시했다.

"죄송합니다. 속하가 우매하여… 창을 빠르게 던지라는 뜻으로밖에는 모르겠습니다."

무표정과 무심함의 대명사였던 혈창귀 신표는 새로 주군을 모시게 된 후 죄송하다는 말을 입에 달고 살게 되었다.

"발창식(拔槍式)만을 뜻하는 게 아닐세."

발창식, 굳이 풀이하자면 순간적으로 창을 던져 내는 기술이다. 그러나 원래 발검이나 발도는 있어도 발창이라는 말은 없다. 현악에게서 새로운 병기술 하나가 탄생되고 있는 순간이다.

"하오시면……."

"적이 한 명일 경우에는 빠른 발창식만으로도 충분하겠지. 그러나 적이 둘 이상이라면 어떻게 하겠나?"

신표는 뭔가 퍼뜩 깨달아지는 것이 있었다.

"그럴 경우 창을 두 개 이상 지니고 있으면 되겠군요."

"그렇지. 하지만 하나만 맞혔네."

"……."

"하하하! 신 대주를 보니 예전의 나를 보는 것 같군."

갑자기 현악이 명랑하게 웃었다. 신표를 보니 얼마 전까지 아무것도 모르고 좌충우돌하면서 우매하기만 했던 자신의 모습이 생각났기 때문이다.

그것을 짐작한 신표는 가볍게 얼굴을 붉혔다.

현악은 웃음을 그치고 나직이 입을 열었다.

"신 대주, 같은 힘으로 던진다면 긴 것과 짧은 것 중에 어느 것이 빠를 것 같은가?"

신표는 가볍게 놀라며 눈을 크게 떴다. 현악이 왜 창을 잘랐는지 깨달은 것이다.

"당연히 짧은 것이 빠르겠지요."

그는 적잖이 감탄하는 표정으로 대답했다.

"자네 한 몸에 몇 개의 창을 지닐 수 있겠는가?"

학문을 무공에 접목시킨 것도 아닌데, 학문을 배우기 시작한 이후의 현악의 머리는 자신도 놀랄 정도로 활발하게 회전하고 있었다.

신표는 애매한 표정을 지었다.

"아무리 많아도 한 손에 하나씩, 두 개 이상은 곤란할 것이라는 소견입니다. 여러 개를 지니고 있다가는 그것들을 간수하느라 접근전을 해야 할 경우에 불리합니다. 창이라는 것은 검이나 도처럼 몸의 어디에 부착할 수 있는 것도 아니어서……."

어느덧 배를 모는 데 필요한 세 명의 혈귀고수를 제외한 모두가 주위에 모여들어 잔뜩 귀를 기울이고 있었다.

"그런 것이 바로 고정관념일세."

현악은 태연히 말했다.

"……?"

"왜, 창은 도검처럼 몸에 부착시킬 수 없다고 단정하는 것인가?"

"하지만……."

신표는 애매한 표정을 지었다. 그가 알고 있는 상식으로는 창은 손에 쥐고 다니며 한 자루를 지니는 것이다. 그것이 그의 고정관념이었다.

슥―

현악은 신표의 손에서 대뿐인 창을 건네받아 자신의 등 뒤에 일자로 세워 아랫부분을 허리춤에 꽂았다.

그러자 검이나 도를 어깨에 멘 것처럼 창을 등에 멘 것 같은 모습이 되었다.

"아!"

"오오!"

신표의 입에서도, 혈귀고수들의 입에서도 한결같이 탄성이 터져 나왔다.

"등에 창을 꽂을 수 있는 창집을 만들면 되겠군요!"

신표가 적이 흥분한 표정으로 낮게 외쳤다.

현악은 빙그레 미소를 떠올렸다.

"이렇게 하면 몇 개를 꽂을 수 있겠나?"

신표는 잠시 현악의 등에 꽂혀 있는 창대를 유심히 살펴보더니 진중히 대답했다.

"최대한 다섯 개는 가능하겠습니다."

"다섯 개라……."

현악은 뭔가 생각하는 듯한 표정으로 중얼거렸다.

"달리 복안이 계십니까?"

신표는 어린 주군이 또 무슨 기발한 생각을 하려는지 잔뜩 기대하는 표정으로 지켜보았다.

현악은 눈을 빛내면서 신표를 보며 넌지시 의견을 물었다.

"다섯 개 중에 세 개는 비창(飛槍)으로, 나머지 두 개는 투창(鬪槍)으로 하는 것은 어떻겠나?"

"......!"

또다시 신표와 혈귀고수들은 눈을 크게 뜨고 입을 쩍 벌리며 경악과 감탄을 동시에 얼굴 가득 떠올려야만 했다.

기가 막힌 발상이었다.

비창은 던지는 창이고, 투창은 말 그대로 접근전에서 사용하는 싸움용 창이다.

"이렇게 해보지."

신표와 혈귀고수들은 바짝 긴장하여 귀를 기울였다.

"세 개의 비창은 끝을 뾰족하게, 두 개의 투창은 양날에 도를 부착한다. 그리고 한 번 던진 비창을 회수할 수 있도록 해보게."

회수라니.

"어떻게 말입니까?"

복잡한 생각으로 머리가 막히고 나면, 단순한 것에서도 막히기 마련이다.

"비창 끝에 강사(鋼絲)를 묶으면 되겠지."

"그… 렇군요!"

신표의 입이 함지박만하게 벌어졌다.

강사, 즉 육안으로 거의 보이지 않는 가느다란 강철 줄을 묶으면 그 길이에 따라서 얼마든지 멀리 보냈다가 다시 모조리 회수할 수 있을 것이다.

간단한 듯하면서도 처음부터 그걸 생각해 내려면 맨땅에 머리를 부딪치는 것처럼 암담할 것이다.

현악의 마지막 말이 그의 입을 아예 찢어지게 만들었다.

"관건은 빠름이야. 발창이든 투창이든 승부는 순식간에 결정돼야 하네. 그러기 위해서는 모두들 공력과 근력을 키우는 일에 전력을 기울이도록 하게."

무림에 쾌검이나 쾌도라는 말은 있어도, 쾌창이라는 말은 전무후무했다.

그러나 결론은 났다.

석 자 길이의 짧은 창 다섯 자루를 등에 나란히 멘다.

그중 세 자루는 비창으로 앞이 뾰족하며 뒤에는 긴 강사를 묶어 던진 후 회수할 수 있도록 하고, 나머지 두 자루는 칼날을 달아서 접근전에 사용한다. 그리고 공력과 근력을 최대한 키워서 빠른 비창술(飛槍術)과 투창술(鬪槍術)을 익힌다.

이렇게, 장차 무림을 공포 속으로 몰아넣게 될 무적혈창대(無敵血槍隊)가 영하의 강상에서 탄생되었다.

◈제47장◈
단우옥, 쾌검마를 만나다

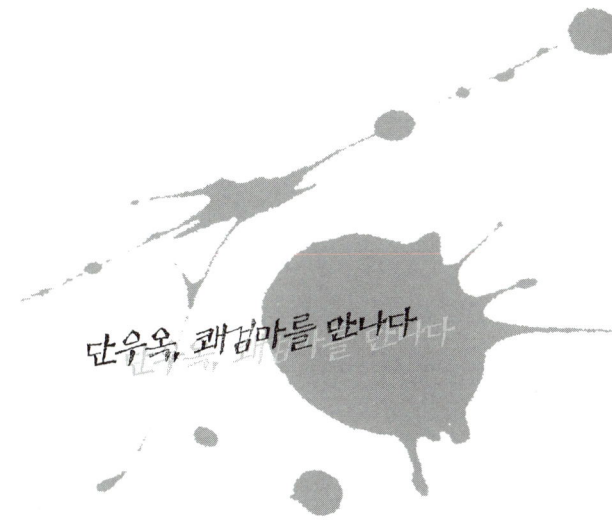

단우옥, 쾌검마를 만나다

'또 저런 모습이야.'

사흘 만에 장원에 돌아온 단우옥은 자운을 발견하고 복잡한 표정을 지었다.

자운은 전각의 낭하에서 정원으로 뻗은 돌계단 위에 앉아 망연한 표정으로 먼 하늘을 바라보고 있었다.

단우옥이 외출에서 돌아올 때면 자운은 늘 저 자리에 저런 모습으로 앉아 있었다.

'얼마나 오라버니가 보고 싶으면……'

단우옥은 자운이 그러는 것이 현악을 그리워하기 때문이라고 생각했다.

그러나 단우옥의 생각은 칠 할 정도만 맞았다.

물론 자운은 현악을 너무나도 그리워했다. 그것이 칠 할이었다. 나머지 삼 할은 그녀로서도 제어할 수 없는 무의식 중에 떠오르는 상념이었다.

그리고 그 상념의 한가운데에 흑포인이 있었다.

물론 자운은 흑포인의 진정한 신분을 모른다. 그러므로 단우옥도 흑포인의 신분을 모르는 것은 당연했다.

자운은 자신이 그토록 그리워하는 오빠 현악의 운명을 송두리째 바꾸게 한 장본인이 흑포인이라는 사실을 꿈에도 몰랐고, 단우옥은 그가 자신의 부친을 죽인 철천지원수라는 사실을 까맣게 모르고 있었다.

자운은 태어나서는 부모와 현악, 그리고 이웃하고 있는 철물점의 몇 안 되는 외가 친척들의 틈바구니 속에서 자랐으며, 부모가 죽은 후에는 오직 현악만을 의지한 채 살아왔다.

게다가 그녀는 살아오면서 안택현 저잣거리를 벗어나 본 적이 한 번도 없었다.

그랬던 그녀가 흑포인에게 납치를 당해 본의 아니게 수천 리 먼 길을 함께 여행했으며, 깊은 산중 오두막에서 두어 달 동안 함께 생활을 했다.

자운은 세속의 때라고는 한 올도 묻지 않은 순백의 소녀다. 그런 그녀에게 흑포인은 지극정성으로 잘 대해주었다. 그가 자운을 납치했다는 사실 하나만을 제외한다면, 그는 현악 다음으로 자운에게 잘해준 사람이었다.

그러니 자운이 현악을 그리워하는 마음에 굳이 무게를 주어 칠 할이라고 한다면, 나머지 삼 할로 흑포인을 생각하는 것은 어쩌면 인지상정이 아니겠는가.

"운 매."

"아앗!"

단우옥은 자운을 놀라게 하지 않으려고 조심스럽게 불렀지만 자운은 언제나처럼 화들짝 놀라 날카롭게 비명을 터뜨렸고, 안색까지 창백하게 변했다.

"하아아… 하아… 옥 언니군요……."

자운은 식은땀을 흘리면서 손으로 가슴을 지그시 누르고 비틀거리면서 일어섰다.

"미안해요, 운 매."

단우옥은 급히 자운을 부축하며 미안한 표정을 지었다.

번번이 이런 식이었다.

자운이 넋을 놓고 앉아 있을 때 단우옥이 어떤 방법으로든 자신이 가까이 왔다는 사실을 알리려고 하면 꼭 이런 식의 한바탕 난리가 벌어져야만 했다.

한 번은 이런 적이 있었다.

단우옥은 자운이 또 놀랄까 봐 아예 먼저 아는 체를 하지 않고 무작정 기다리기로 마음먹었다. 그러기를 두 시진여, 이윽고 자운이 돌계단에서 일어나 몸을 돌리다가 대여섯 걸음 떨어진 곳에 말없이 서 있는 단우옥을 발견했다.

자운을 놀라게 하지 않으려고 단우옥이 온화한 미소를 지은 것은 당연했다.

그런데도 자운은 마치 귀신이라도 본 것처럼 소스라치게 놀라서 그자리에 쓰러져 버렸던 것이다.

자운을 먼저 아는 체해도 안 되고, 그녀가 발견하게끔 가만히 있어도 안 됐다.

'안 되겠어. 이러다가는 운 매가 큰 병에 걸리고 말겠어.'

심약한 사람은 자주 놀라다가 그것이 누적되어 나중에 큰 심화가 되는 법이다. 더구나 자운처럼 심약함의 도가 지나친 경우에는 더욱 그렇다.

단우옥은 자운을 부축하여 방으로 향하면서 속으로 한 가지 결심을 하였다.

"설마 두 번 듣고 다 외웠다는 건가요?"

단우옥은 다소곳이 앞에 앉아 있는 자운을 보며 놀라움을 금치 못했다.

"네."

자운은 수줍은 듯 얼굴을 붉히면서 고개를 끄덕였다.

단우옥은 자운에게 한 시진에 걸쳐서 가문의 심법인 주천심결(週天心訣)의 구결을 두 번 불러주었다.

그런데 자운이 그 긴 구결을 단 두 번 듣고는 모두 외웠다고 하니 놀랄 수밖에 없는 일이었다.

예전에 현악은 단우옥이 구술해 주는 경신술 표허무종의 구결을 단 한 번 듣고 모두 외웠다.

심법구결이 경신술 구결보다는 훨씬 길고 난해하다는 점을 감안한다면, 자운의 기억력은 거의 현악과 비슷한 수준이었다.

단우옥은 미소를 지었다.

"남매가 머리 좋은 것은 집안의 내력인가 보군요."

자운은 눈을 빛냈다. 현악에 대한 말만 나오면 그녀는 생기를 되찾는다.

"옥 언니, 오라버님 얘기를 해주세요."

"또? 지겹지 않아요?"

"조금도."

단우옥은 자신과 현악의 많지도 길지도 않았던 만남에서 일어났던 일들을 벌써 자운에게 열 번도 넘게 해주었다.

물론 두 사람이 길고도 깊은 입맞춤을 했던 일이나, 현악이 크게 중상을 입어 죽을 위기에 처했던 일들은 말하지 않았다.

전자는 수줍음 때문이었고, 후자는 자운을 위해서였다. 심약하기 짝이 없는 그녀가 비록 과거의 일이기는 하지만 현악이 그처럼 처참한 상황에 처했다는 사실을 알게 되면 필시 큰 충격을 받을 것이 분명했기 때문이다.

이상한 일이었다.

단우옥 역시 추억이 돼버린 현악과의 일들을 얘기해 주는 것이 조금도 싫지 않았다. 아니, 오히려 즐거웠다.

이상한 일은 그것만이 아니었다.

사람이 혼자 있는 시간이 되면 누구에게나 찾아오는 상념이라는 것이 그녀에게도 찾아오는데, 그럴 때면 어김없이 가장 먼저 현악의 얼굴이 떠오르는 것이었다.

해남도에 계신 어머님도, 돌아가신 부친의 모습도 아니었다. 더구나 혁련무룡의 얼굴은 억지로 노력해야만 흐릿하게 떠오르는 데 반해서 현악의 얼굴, 그의 순진하면서도 짓궂은 미소는 아무 때나 불쑥불쑥 떠올라서 그녀를 놀라게 하였다.

"운 매, 다리를 이렇게 하고 앉아보세요."

단우옥은 자운의 손을 잡고 침으로 이끈 후 자신이 먼저 가부좌의 자세를 취해 보였다.

"좋아요. 이제 눈을 감은 후 아까 가르쳐 준 구결을 속으로 외우면서 그대로 실행해 봐요."

단우옥은 자운이 제대로 자세를 잡도록 도와준 후 운공하는 방법을 친절하게 설명해 주었다.

단우옥은 자운이 해남도의 주천심법을 운공하게 되면 심약한 심성이 점차 강건해져서 더 이상 놀라거나 시름시름 앓지 않아도 될 것이라고 판단했다.

해남도는 무림의 여느 문파나 방파들보다 더 엄격한 규율과 규제로 유명했다.

해남도주를 제외한 문파의 어느 누구라도 해남도의 무공을 외부인에게 전수하면 중형을 모면키 어려웠다.

단우옥이 현악과 자운에게 자파의 독문무공을 전수할 수 있는 이유는 그녀가 바로 해남도주이기 때문이다.

부친 남해신검 단우헌이 쾌검마에게 죽은 후 단우옥은 해남도의 법에 따라 해남도주로 등극했다. 그러므로 그녀가 외부인에게 자파의 독문무공을 전수하는 것은 죄가 아니었다.

단우옥은 자운이 두 번째 운공조식에 들어간 것을 확인하고 조용히 밖으로 나왔다.

벌써 밤이 이슥했다.

계절은 늦가을에서 초겨울로 접어들고 있어서 밤바람은 선뜻선뜻 옷 속으로 스며들었다.

단우옥은 자운과 함께 있을 때와는 달리 착잡한 심정으로 조각달을 바라보았다.

고향 해남도를 떠나온 지가 이미 일 년 하고도 석 달이 넘었는데, 원수 쾌검마와 마주 대한 적도 없으니 지하에 계신 부친을 볼 면목이 없었다.

더구나 지난 두 달 동안은 자운과 함께 보내느라 쾌검마에 대한 정보 수집이나 조사도 변변히 하지 못했다.

이러다가는 원수를 갚기는커녕 쾌검마의 얼굴조차 한 번 못 보고 고향으로 돌아갈 처지에 놓이고 말았다.

그렇다고 자운을 데리고 다니면서 쾌검마를 찾을 수도 없는 일이고, 그녀를 혼자 내버려 둔다는 것은 상상조차 못할 일이었다.

그래서 오랜 고심 끝에 단우옥은 한 가지 결정을 내렸다. 그것은 자운을 믿을 만한 곳에 잠시 맡겨두는 것이었다.

단우옥의 부친, 남해신검은 정인군자로서 무림에 친구가 많았고, 그의 일이라면 누구라도 앞장서서 도우려고 했다. 다만 단우옥이 타인의 도움을 바라지 않았을 뿐이다.

하지만 쾌검마를 찾아내고 자운을 안전하게 보호하려면 그 방법뿐이었다.

'호위 무사를 붙여달라고 부탁하면 큰 문제는 없을 거야.'

그녀는 자운 문제를 그렇게 결정했다.

단우옥은 불길한 꿈을 꾸다가 잠에서 깨어 자리에서 일어났지만 한참이나 어수선한 마음이 가라앉지 않았다.

꿈속에서 현악이 예전처럼 또다시 중상을 입은 채 무림고수들에게 쫓기고 있었다.

그녀가 아무리 큰 소리로 외쳐도 현악은 듣지 못했고, 그녀가 그에게 달려가려고 해도 두 발이 땅에 붙어버린 것처럼 제자리에서 꼼짝도 할 수 없어서 안타까움에 눈물만 흘려야 했다.

그래서 그녀는 다시 잠이 들면 그 꿈이 계속 이어질까 봐 두려워서 그저 망연히 창문만 응시할 뿐이었다.

꿈이 무서워서가 아니라, 현악이 정말 그 꿈처럼 생사의 위기에 처해 있게 될까 봐 겁이 났던 것이다. 혹여 그 꿈이 무언가를 암시하는 것은 아닐까 하고 단우옥은 잠시 생각했다가 고개를 세차게 가로저어서 그 생각을 떨쳐 버렸다.

그때였다.

"언니에게 인사나 하고 갈게요. 그 정도는 괜찮겠지요?"

밤바람을 타고 귀에 익은 여린 음성이 들려왔다. 그 목소리는 백 년이 지난다고 해도 결코 잊을 수 없는 음색을 지니고 있었다.

'운매!'

그것은 분명히 자운의 음성이었다.

단우옥은 적잖이 놀랐다. 이것도 혹시 꿈의 연장이 아닐까 하고 잠시 생각했지만 정녕 꿈은 아니었다.

'삼백 장 밖이다!'

공력을 끌어올린 그녀는 그 목소리가 삼백여 장 밖에서 들려온 것을 감지했다. 마땅히 옆방에서 자고 있어야 할 자운이 어째서 삼백 장 밖에 있는 것인가.

더구나 삼백 장 거리라면 지금 그녀들이 묵고 있는 장원을 훨씬 벗어난 숲 속이라는 뜻이다.

짧은 순간에 여러 가지 사실들이 단우옥의 머리 속을 가득 채웠다가 정리되며 결론지어졌다.

첫째, 자운은 혼자가 아니었으며 제압된 상태가 아니다.

둘째, 자운이 한 말로 미루어 그녀는 상대를 잘 알고 있을 뿐만 아니라 그를 따라갈 의사가 명백한 듯했다. 단우옥과 현악의 관계를 알고 있는 그녀가 말이다.

또한 그녀는 자신이 단우옥과 함께 있으면 안전할 것이고, 언젠가는 현악을 만나게 될 것이라는 사실을 알고 있으면서도 지금 함께 있는 사람을 따라가려 하고 있었다.

그것은 자운이 단우옥보다도 그 사람과 함께 있고 싶어 한다는 뜻이기도 했다.

셋째, 자운과 함께 있는 사람은 고수가 분명했다.

비록 잠들어 있었다고는 하지만 단우옥은 백 년 내공을 소유하고 있었다.

그런 그녀의 이목을 감쪽같이 속이고 지척인 옆방에서 자운을 데리고 나갈 수 있었다는 것, 그리고 지금 삼백 장 밖에 있는 그에게서 일체 아무것도 감지되지 않고 있다는 사실이 그것을 입증하고 있었다.

"그녀는 누구요?"

그때 그 사람의 음성이 단우옥의 귀에 들렸다. 전음이 아니라 육성이었다. 낮은 저음에 어떤 감정도 섞이지 않은 약간 갈라진 듯한 음성이었다.

"이름은 단우옥이고, 오라버님의 친구예요."

"현악의 친구?"

그 사람의 약간 놀라는 듯한 음성이 다시 들려왔다.

'악 가가를 알고 있는 사람이라는 말인가?'

순간 단우옥은 그가 최초에 자운을 납치했던 '흑포인'이라는 사실을 깨달았다.

자운의 설명으로는, 흑포인은 그녀를 납치했다는 사실 하나만 제외하곤 그녀를 정성껏 위해주었다고 했다.

문득 단우옥은 여태 흑포인에 대해서 품고 있던 의문을 한 번 더 떠올려 보았다.

'그렇게 운 매를 위하면서 왜 납치했을까? 운 매를 납치하는 것이 그녀를 그녀가 알고 있는 몇 안 되는 사람으로부터 떼어내고, 그것이 그녀를 절망에 빠지게 한다는 사실을 알면서도 꼭 그래야만 했을까? 대체 무엇 때문에……'

그녀는 내심으로 말하다가 말끝을 흐려야만 했다. 말을 하는 도중에 한순간 어떤 사실을 깨닫고는 너무 놀랐기 때문이다. 그래서 그녀는 하마터면 입 밖으로 외침을 터뜨릴 뻔했다.

'쾌검마!'

틀림없다.

흑포인이 고수이며, 그가 현악을 알고 있고, 현악을 쾌검왕이라고 부르기보다는 친근하게 이름을 불렀다는 것, 그리고 무엇보다도 중요한 것은 그가 자운을 납치했다는 사실이 그를 쾌검마라고 단정하게 만든 중요한 단서였다.

단우옥은 예전에 쾌검마가 산서 비검문의 뇌옥에 숨어 있다가 현악을 만나 자신의 탈출을 위해서 그에게 쾌검식을 전수하고 혈인검을 주었다는 사실을 유추해 냈다.

그런 그가 현악의 누이동생인 자운을 납치했다.

'혈인검 때문일 거야. 만약 쾌검마가 악 가가에게서 혈인검을 순조롭게 되돌려 받지 못하게 될 경우, 쾌검마가 운 매를 볼모로 데리고 있으면 악가로서도 어쩔 수 없이 혈인검과 운 매를 교환해야만 할 테니까.'

총명한 단우옥은 결국 그런 결론을 내렸다.

그녀는 어느새 침상에서 내려온 후 최대한 기척을 내지 않으면서 옷을 갈아입고, 어깨에 검을 묶은 후 방문을 열려다가 뚝 손을 멈추었다.

쾌검마 정도의 고수라면 삼백여 장 거리에서 방문 여는 소리쯤은 대번에 간파할 것이다.

슷—

단우옥은 약간 열려 있는 창을 슬며시 조금 더 열고 소리없이 밖으로 쏘아져 나갔다.

"당신… 어떻게 우리 오라버님 이름을 알고 있죠? 저는 말한 적이 없는데…….."

단우옥이 장원의 담을 향해 전력으로 쏘아가고 있을 때 자운의 적잖이 놀라는 음성이 들려왔다.

"나는…….."

"말씀해 보세요. 어떻게 오라버님을 알죠?"

쾌검마라고 추측되는 인물은 실언을 했고, 자운은 그것을 놓치지 않았다.

쏘아가는 도중의 단우옥은 흥분 때문에 심장이 마구 뛰고 맥박이 거칠어지는 것을 가라앉히려고 무던히 애를 썼지만 흥분은 좀처럼 가라앉지 않았다.

쾌검마 정도의 절정고수라면 자신을 향해 쏘아오고 있는 단우옥의 존재를 감지하는 것 정도는 어렵지 않을 것이다.

더구나 지금 단우옥은 흥분 때문에 심장 박동과 맥박이 거칠어지기 기까지 했다.

그러나 쾌검마가 자신의 실언 때문에 적잖이 당황하고 있고, 자운의 날카로운 물음에 일순간 어쩔 줄 모른 채 주위의 경계를 약간 소홀히 했다면 단우옥의 접근을 눈치채지 못할 수도 있었다. 그러나 그럴 가능성은 희박했다.

단우옥은 속으로 그러기만을 간절히 빌었다. 그녀는 삼백여 장의 거리가 삼백 리처럼 멀게만 느껴졌다.

그녀는 거리가 점차 좁혀질수록 쾌검마를 어떻게 상대할 것인지 머리 속으로 빠르게 궁리했다. 숲 속은 칠흑처럼 어두웠지만 단우옥에겐 조금도 문제되지 않았다.

슈우우—

표허무종을 전개하여 전력으로 쏘아가는 그녀는 전신의 공력을 끌어올려 오른손으로 어깨의 검을 잡았다.

'쾌검마!'

마침내 발견했고 만났다.

흑포를 입고 뒷모습을 보인 채 서 있는 후리후리한 키에 당당한 체구를 지닌 사내였다.

그의 오른쪽 어깨에 한 자루 먹처럼 검은 검이 메어져 있는 것이 손에 잡힐 듯이 또렷하게 보였다.

묵혈쌍검의 하나인 묵영검이 분명했다.

단우옥은 쾌검마를 한 번도 본 적이 없었지만, 그가 쾌검마라는 사실을 믿어 의심치 않았다.

자운의 모습은 보이지 않았다. 그녀가 쾌검마 앞쪽에 서 있다면, 그에 비해서 상대적으로 자그마한 체구의 그녀가 쾌검마에 가려서 보이지 않는 것은 당연했다.

단우옥과 쾌검마의 거리는 이십여 장으로 좁혀들었다.

단우옥은 지면에 한 번도 발을 딛지 않은 채 허공을 격하여 쾌검마를 향해 일직선으로 쏘아갔다.

"당신이 저를 데려온 것은 오라버님과 관계가 있는 거로군요? 정말 그런가요?"

보이지 않는 자운의 목소리가 들려왔다. 원망과 안타까움이 담겨 있는 음성이었다.

"자운 소저, 사실 나는……."

쾌검마의 적잖이 당황하는 목소리가 뒤를 이었다. 아마도 그를 당황하게 만들 사람은 천하에 자운뿐일 것이다.

거리는 십여 장으로 좁혀졌다.

쾌검마가 지금처럼 당황한 상태가 아니라면 단우옥이 이처럼 가까이 접근하는 것은 꿈조차 꾸지 못할 일이었다.

오 장.

차앙!

드디어 단우옥은 검을 뽑자마자 쾌검마의 등 한복판을 향해 전력으로 십자를 그었다.

쐐애액!

봉황십이검법의 최후의 절초인 봉황단천이 벼락같이 펼쳐졌다. 예전보다 훨씬 강해진 십자검기가 눈부신 빛과 함께 일직선으로 뿜어져 나갔다.

정파 중에서도 정파인 그녀가 암습을, 그것도 등 뒤에서 공격한다는 것은 평소라면 있을 수 없는 일이겠지만, 상대가 쾌검마고, 불공대천지수라면 어쩔 수 없는 상황이었고, 누가 봐도 이해할 수 있을 것이다.

쾌검마는 움찔 놀랐다.

비록 지척에서의 급습이라고 하지만, 그의 능력이라면 반격은 힘들지 몰라도 간발의 차이로 피할 수는 있을 것이다. 그러나 그는 피하지 않았고, 뒤돌아보지도 않았다.

뿌악!

십자검기가 그의 등 한복판에 정통으로 적중되며 폭죽과도 같은 빛살이 사방으로 확 퍼졌다.

찌릿! 찌릿!

단우옥은 반탄지기 때문에 오른팔이 떨어져 나갈 것처럼 저린 것을 느꼈다.

그녀가 반탄지기를 느꼈다는 것은 쾌검마가 호신강기를 펼쳤다는 뜻이었다.

쾌검마의 등 뒤 오 장 남짓한 거리에서 급습을 가했는데도 불구하고 그는 어느새 호신강기를 일으켜 자신의 몸을 보호했다. 그게 아니었다면 그의 몸은 산산조각났을 것이다.

호신강기라는 것은 내공을 발출하여 자신의 몸 주위에 보이지 않는 투명의 막(幕)을 형성함으로써 적의 공격으로부터 자신을 보호하는 상승 수법이다.

내공이 높을수록 더욱 두꺼운 호신강기를 펼칠 수 있는 것은 당연했고, 오히려 상대의 공격이 호신강기에 적중됐다가 되튕겨지는 반탄지기를 만들어냄으로써 종종 공격을 가한 사람을 중상 입히거나 죽이기도 한다.

슉!

단우옥은 그 짧은 순간에 쾌검마가 호신강기를 펼칠 줄은 예상하지 못하고 있다가 자신의 급습이 실패하자 순간적으로 쾌검마의 반격에 대비하느라 허공으로 솟구쳤다.

쾌검마의 쾌검마류가 일단 발출되면 단우옥으로서는 피하거나 방어할 수 있는 확률이 백분의 일도 되지 않을 것이다.

그러나 어떻게 된 일인지 쾌검마는 쾌검마류를 발출하지 않았다.

슈욱!

단우옥은 그의 머리 위 이 장 높이로 솟구쳤다가 쏜살같이 아래로 하강하며 검을 그어댔다.

파아앗!

그녀의 검에서 마치 그믐달 같은 새하얀 백색의 검기가 뿜어지며 세로로 쾌검마의 머리를 베어갔다.

봉황참혼(鳳凰斬魂).

호신강기만을 전문으로 파훼하는 검초식이었다.

쾌검마의 오른손은 어깨의 묵영검을 움켜잡고 있었지만 웬일인지 발검하지 않았다.

호신강기의 취약 부위는 머리 위였다. 더구나 호신강기만을 전문으로 파훼하는 봉황참혼 초식으로 공격하고 있는데도 쾌검마는 피하지도, 반격을 하지도 않았다.

"……!"

내리 꽂히던 단우옥은 아래를 쳐다보다가 한순간 눈을 커다랗게 뜨며 놀랐다.

쾌검마가 피하지도, 반격하지도 않은 이유를 마침내 발견했기 때문이다.

그는 호신강기를 펼친 상태에서 자신의 품속에 자운을 꼭 끌어안고 있었다.

급습으로부터 자운을 보호하고 있었던 것이다. 그는 자신의 안위보다는 자운을 더 염려하고 있었다.

단우옥이 최초에 급습했을 때에도 그는 충분히 피할 수 있었지만 자운을 보호하느라 피하지 않았던 것이다.

단우옥은 크게 당황해서 초식을 거두려 했지만 이미 늦었다.

반월 같은 백색의 검기는 이미 쾌검마의 머리 위 한 자쯤에 도달하고 있었다.

검기의 각도로 미루어 만약 검기가 쾌검마의 정수리를 쪼갠다면 그 여세를 몰아 자운까지도 일도양단 베어버릴 것이 분명했다.

갈등의 여지도 없었다. 쾌검마를 죽이자고 자운을 다치게 하는 일은 꿈조차 꿀 수 없었다.

단우옥은 급히 검기의 방향을 비틀었다.

팍!

검기가 호신강기의 가장 취약한 위쪽을 뚫고 들어가 쾌검마의 정수리를 아슬아슬하게 비껴지나 왼쪽 어깨 뒤쪽을 찌르듯이 베자 핏물이 확 뿜어졌다.

과연 무림오대검법 중 하나인 봉황십이검법다운 위력이었다.

단우옥은 쾌검마의 뒤쪽 이 장 거리에 내려서자마자 그를 향해 재차 봉황참혼을 발출했다. 그 방향에서 공격한다면 자운을 다치지 않게 할 수 있었다.

쉬이익!

그녀는 자신이 검기를 발출한 직후에 쾌검마가 약간 돌아서는 자세를 취하면서 발검하는 것을 발견하고 깜짝 놀랐다.

어떤 상황에서도 쾌검마에게 발검할 기회를 줘서는 안 된다.

그의 발검이 아무리 늦게 펼쳐졌다고 하더라도, 단우옥의 검기가 그의 몸에 닿기 전이라면, 아니, 닿은 후라도 결국 그의 발검이 빠를 수밖에 없다.

지금 단우옥이 발출한 검기가 그녀와 쾌검마의 이 장 거리 중에서 사분의 일만 남겨놓은 상황이라고 해도 달라질 것은 없다.

쾌검마류가 현존하는 검법 중에서 가장 빠른 이유는 달리 있는 게 아니다.

"안 돼요!"

순간 쾌검마의 품속에서 자운이 날카롭게 외쳤다.

쾌검마의 눈빛이 가볍게 흔들렸다.

째앵!

처음에 단우옥의 미간을 겨냥했던 쾌검마류는 약간 방향을 틀어 단우옥이 발출한 검기를 튕겨냈다.

단우옥과 쾌검마는 이 장 거리를 두고 마주 섰다.

단우옥은 공격에도 실패했으며, 쾌검마류의 사정권 밖으로 피하는 것도 실패했다.

쾌검마류는 십 장 밖에서 대치 중이던 상대의 미간을 정확하게 관통시킬 정도로 강력하고 정확하다.

하물며 이 장 거리에 있는 단우옥의 생사는 쾌검마의 수중에 있다고 해도 과언이 아닐 것이다.

자운이 아니었다면 단우옥은 쾌검마류에 죽었을 것이다. 단우옥은 그 사실을 알고 있었다.

"언니를 다치게 하면 안 돼요!"

자운이 쾌검마의 품에서 빠져나오며 경고하듯이 다시 말했다.

쾌검마는 묵묵히 단우옥을 주시했다.

단우옥도 그를 마주 바라보았다.

그녀의 표정이 더할 수 없을 정도로 싸늘하게 변했고 눈에서 서리서리 한광이 뿜어졌다.

그녀는 쾌검마가 부친의 원수라는 사실보다 그가 현악을 이용하고 농락했다는 사실에 더 분노했다.

"비열하군요, 당신은."

단우옥이 차갑게 말하는데도 쾌검마는 음울한 얼굴로 대답하지 않았다.

"현악, 악 가가가 당신을 살리느라 몇 차례나 죽을 고비를 넘겼는지 아세요?"

자운으로서는 처음 듣는 얘기였다.

"그는 피해갈 수도 있었지만 그러지 않았어요. 그는 비검문 뇌옥에 숨어 있는 당신에게 탈출할 기회를 만들어주려고 일말의 망설임도 없이 자신을 지옥불에 내던졌어요."

자운은 원래 큰 눈을 더 크게 뜨고 단우옥을 바라보았다.

"그런데 당신은 오히려 그의 누이동생을 납치하다니, 정말 인면수심이군요!"

자운은 경악하는 표정으로 쾌검마를 바라보았다.

"당신……."

쾌검마의 표정이 미미하게 흐려졌다.

단우옥은 얼굴 가득 경멸의 표정을 지으며 쾌검마를 쏘아보며 냉갈을 이었다.

"당신은 악 가가에게 뭘 해주었죠? 그깟 일초식의 검법과 심법을 전수한 것과 혈인검을 준 것? 하지만 그것은 당신 자신이 살기 위해서, 순전히 필요에 의해서 주었던 거였어요! 당신은 악 가가의 생사 따위에는 처음부터 조금도 관심이 없었어요! 아니라면 아니라고 대답해 봐요!"

"……."

쾌검마를 바라보는 자운의 표정이 경악에서 실망으로 변해갈 때 쾌검마의 눈빛이 가벼이 흔들렸다.

"그런데 이제 보니 혈인검마저도 회수하려고 운 매를 납치했군요? 주고 나니까 아깝던가요? 정말 당신이라는 사람은 내 아버님을 죽인 원수이기 전에 정말 상종 못할 저질이군요!"

자운은 후드득 몸서리를 쳤다.

"아아… 정말 당신이 언니의 아버님을 죽였나요?"

쾌검마는 무심한 얼굴로 단우옥을 쳐다보았다.

"너는 단우헌의 딸이냐?"

그는 단우옥이 전개하는 봉황십이검법을 간파하고 그녀의 신분을 유추한 것이었다.

"그래요!"

자운은 쾌검마에게 다시 물었다. 아니, 그것은 물음이라기보다는 확인이었다.

"정말 당신이 언니의 아버님을 죽였어요?"

쾌검마는 부인하지 않았다.

"그렇소."

"아아……."

자운은 두려움과 경악의 표정으로 쾌검마를 바라보았다.

"언니 말이 모두 맞나요? 당신… 우리 오라버님과 그런 관계였어요?"

쾌검마의 표정이 복잡하게 변했다.

"그… 렇소."

"당신……."

자운은 비틀거리면서 쾌검마로부터 뒷걸음질쳤다.

쾌검마는 자운에게 손을 내밀면서 다가가며 약간 안타까운 표정을 지었다.

"자운 소저, 그러지 마시오."

"가까이 오지 말아요!"

자운은 두 손으로 자신의 뺨을 감싸면서 날카롭게 외쳤다.

쾌검마의 얼굴이 더욱 착잡하게 변했다.

"운 매, 이리 와요."

단우옥이 자운에게 손을 내밀었다.

자운은 원망에 가득한 눈빛으로 쾌검마를 바라보다가 몸을 돌려 단우옥에게로 걸어갔다.

쾌검마의 표정이 복잡하게 변했다.

휙!

순간 그는 쏜살같이 자운에게 쏘아갔다.

"멈춰랏!"

쌔액!

깜짝 놀란 단우옥은 반사적으로 쾌검마를 향해 필사적으로 봉황단천을 펼쳤다.

쾌검마는 왼손을 뻗어 자운을 잡아가면서 동시에 오른손으로 어깨의 묵영검을 잡았다.

백 년 공력의 단우옥조차도 쾌검마가 발검하는 것을 흐릿하게만 볼 수 있었다. 그의 발검은 그 정도로 빨랐다.

쩌정!

"음!"

단우옥은 검을 쥔 오른팔이 어깨에서 떨어져 나가는 것 같은 고통을 느끼면서 뒤로 비틀비틀 물러났다.

쾌검마는 단우옥을 공격한 것이 아니라 그녀가 발출한 검기를 차단한 것이다.

그녀는 물러나는 중에 쾌검마가 왼팔로 자운의 허리를 안고는 숲 속으로 쏜살같이 쏘아가는 것을 발견하고 급히 외쳤다.

"멈춰라!"

그녀는 자세를 바로잡자마자 전력으로 쾌검마를 뒤쫓았다.

그러나 그녀는 곧 멈춰야만 했다. 쾌검마의 모습이 유령처럼 사라졌기 때문이다.

그렇다고 쾌검마가 도주한 방향도 모른 채 무턱대고 아무 데로나 쫓을 수도 없는 노릇이었다.

낭패도 이런 낭패가 없었다.

원수도 갚지 못했을뿐더러 두 눈 뻔히 뜨고서 자운마저 납치당하게 하고 말았다.

스사사사—

밤바람이 불어와 나뭇가지와 그녀의 옷자락을 나부끼게 했다.

그녀는 온몸에 맥이 풀리는 것을 느꼈다.

◆제48장◆

파죽지세(破竹之勢)

파죽지세(破竹之勢)

유룡도는 자신이 알고 있는 모든 정보들을 깡그리 털어놓을 수밖에 없었다.

그는 오룡채의 다섯 우두머리, 즉 오룡 중에 한 명의 신분이었지만, 자신이 오른팔이 잘린 채 무적부에 잡혀 있다는 정보가 오룡채에 전해진다고 해도 그들이 자신을 구하러 오지는 않을 것이라는 사실을 잘 알고 있었다.

유룡도가 오룡채에 남아 있는 상황이고, 오룡 중에 다른 자가 지금 그와 같은 상황에 처했다고 해도 유룡도 역시 그를 구하려 들지 않았을 것이다.

녹림인들은 아주 특별한 경우가 아니고는 위험을 감수하면서까지 동료를 구하려는 모험을 하지 않는다.

녹림인들에게 있어서의 동료라는 의미는, 함께 있을 때만 적용되는 것이었다.

불구가 된 유룡도는 이제 더 이상 위세등등한 오룡채의 다섯 오룡 중 한 명이 아니라 언제 목이 떨어질는지 모를 가련한 불구자 신세일 뿐이었다.

그는 자신이 녹림인이면서도 정파인 유성보 주가구 분타에 왜 찾아 갔는지에 대해서, 또 오룡채나 장강의 절대자인 장강수로채가 무적부 의 개파에 대해서 어떻게 생각하고 있으며, 어떤 대응책을 마련하고 있 는지에 대해서 무적부의 대총사 적사에게 지나칠 정도로 세세히 설명 해 주었다.

"유성보는 정파인데 녹림방파와 그런 식으로 손잡을 수도 있는 것인 가?"

현악은 보름 만에 연공실에서 잠시 나왔다가 적사의 보고를 듣고는 약간 어이없다는 표정을 지으며 물었다.

적사는 현악의 얼굴이 보름 전보다 몹시 해쓱해진 것을 보고는 그가 보름 동안 얼마나 지독하게 자기 자신을 혹사시켜 가면서 무공을 연마 했는지를 어렵지 않게 짐작할 수 있었다.

현악이 틈만 나면 연공실에 틀어박혀서 무공 수련에만 전념하는 것 은 예전이나 다름이 없었으나, 달라진 점이 하나 있었다.

예전의 그는 무식하다 싶을 정도로 오로지 발검에만 모든 노력을 기 울였는데, 지금은 발검과 극쾌검식 수련에 삼 할 정도의 시간을 각각 할애했다.

그리고 표허무종 경공 수련에 삼 할, 그리고 나머지 사 할을 극쾌검 식을 다른 형태의 검초식으로 변형, 혹은 창안하는 것에 나누어 투자

했다.

그는 자신과 초곤, 흑궁녀 단 세 명이서 대흥방을 접수하겠다고 쳐들어갔다가 수백 명의 협공을 받고 죽을 뻔했던 쓰라린 경험을 결코 잊지 않고 있었다.

그래서 다수의 적들을 상대로 싸우게 될 경우를 대비해서 극쾌검식을 다변화시키려고 무던히 노력했고, 그 결과 현재 어느 정도의 성취를 이루고 있는 상황이었다.

그는 어느덧 무공을 이해하는 수준을 뛰어넘어 그것을 재창조하는 수준에까지 이르러 있었다.

"워낙 큰 이권이 걸려 있더군요."

적사는 현악에게 유룡도를 심문한 결과를 보고하고 있는 중이었다. 초곤에겐 이미 보고를 마쳤다. 현악이 유룡도를 데리고 왔기 때문에 그에게 보고하는 것은 당연했다.

"유성보 놈들, 그러면서도 입으로는 명문정파입네 온갖 허세는 다 부리고 있지."

굳이 이 일이 아니더라도 현악은 유성보라는 말만 들어도 이가 갈리는 사람이었다.

그 이유는 두 가지였으며, 그중 하나인 산서 운몽산에서 유성추혼 혁련무룡과 유성보 고수들이 현악 자신을 죽이려고 끈질기게 추격했던 일 따위는 백 번 양보하여 잊어줄 수도 있었다.

하지만 유성추혼이 봉황일미 단우옥의 남자라 자처하고 있으며, 또 천하가 그 사실을 기정사실처럼 인정하고 있다는 사실만큼은 절대 용납할 수 없었다.

단우옥은 누가 뭐래도 현악 자신의 여자였다. 현악이 아무리 학문을 공부하여 단시일 내에 놀랄 만한 교양과 예절을 쌓았다고 해도 그것만은 변하지 않았다.

단우옥이 그 사실을 인정했다거나, 나중에 꼭 현악의 부인이 되겠다고 손가락을 걸고 굳게 약속해 준 것은 아니었지만, 현악과 단우옥 사이에는 애틋하면서도 *끈끈한* 그 무엇이 있었다.

단우옥은 현악에게 무림의 일절이며 해남도의 독문 경공신법인 표허무종을 전수했다.

해남도의 독문무공은 외부인에게는 절대 전수하지 않는 것으로 유명했다.

그렇다면 그것은 새 해남도주가 된 단우옥이 현악을 외부인으로 생각하지 않는다는 뜻이 아니겠는가.

그뿐인가?

만약 혁련무룡이 알게 된다면 입에 거품을 물고 졸도할 만한 일이 현악과 단우옥 사이에 벌어졌었다.

둘은 깊고도 진하면서도 긴 입맞춤을 나누었다. 그보다 더 분명하고도 확실한 정표(情表)가 어디에 있겠는가.

게다가 현악의 물음에 단우옥은 혁련무룡과는 결코 입맞춤을 한 적이 없다고 말했다.

경우에 따라서는 그런 행동과 말이 유치할 수도 있겠지만, 현악에겐 그보다 중요한 사실이 없었다. 그것은 곧 천하에서 단우옥과 입맞춤을 한 사람은 남녀를 불문하고 현악이 유일무이한 존재라는 뜻이 아니고 무엇이겠는가.

적사는 현악이 유성보라고만 하면 눈에 쌍심지를 돋우는 이유가 단우옥 때문이라는 정도만 알고 있었다. 하지만 그 정도만 알아도 그것은 정답이었다.

"유성보주인 유성검협 혁련중도는 지나칠 정도로 청렴하고 강직한 인물입니다. 아마도 그는 유성보의 일개 분타가 녹림방파와 암중에 거래하고 있는 사실을 모르고 있을 것입니다. 알았다면 주가구 분타는 존재하지도 않았겠지요."

현악은 입가에서 비웃음을 지우지 않았다.

"그렇다고 해도 변두리의 일개 분타 따위가 제멋대로 녹림과 거래하진 못할 걸세."

"그럴 겁니다. 아마도 유성보 내에서 힘깨나 쓰는 인물의 비호가 있었겠지요."

"얼마나 큰 이권이냐에 따라서 어느 정도의 인물이 개입됐는지가 달라지겠지."

적사는 예전에도 현악과 대화할 때는 조심했지만 요즘은 한층 더 조심을 기했다. 현악이 학문을 시작한 이후부터 여러 가지 변화를 보였기 때문이다.

첫째, 예전의 현악은 입을 열기 무섭게 욕부터 쏟아져 나왔었는데, 지금은 더 이상 욕을 하지 않았다.

둘째, 말을 조리있게 하게 되었다. 학문을 통해서 많은 단어나 문장을 구사할 수 있게 되자 자신이 하고자 하는 말을 거의 완벽하게 설명해 냈다.

셋째, 정황 분석 능력이 놀라울 정도로 발전했다.

예전에는 그를 이해시키기 위해서 많은 설명이 필요했지만, 지금은 단 몇 마디만 듣고서도 대화의 흐름을 정확하게 파악했으며, 그래서 측근들이 미처 생각하지 못했던 것까지도 캐내어 사람들을 놀라게 만들 정도였다.

넷째, 말할 때 목소리가 작아졌으며, 자신의 말만 주장하지 않고 남의 말에도 충분히 귀를 기울였고, 남의 말을 중간에 끊지도, 얼굴을 붉힐 정도로 반박하지도 않았다.

지금의 그를 보면, 그가 과거에 백정이었다는 사실이 믿어지지 않을 정도였다. 아니, 오히려 그는 명문가에서 태어나 어려서부터 제대로 된 교육을 받고 성장한 사람 같았다.

"그들은 금과 은, 그리고 구리[銅]를 은밀하게 빼돌려서 밀거래하고 있었습니다."

현악은 가볍게 어이없다는 표정을 지었다.

"그것들은 나라에서 전매(專賣)하는 물품들이 아닌가?"

금과 은, 구리는 화폐, 무기의 재료로 쓰이기 때문에 일반으로의 유출을 나라에서 엄격하게 통제하고 있었다.

금과 은, 구리의 채굴과 유통 등에 관한 모든 권리는 나라, 즉 관(官)이 갖고 있었다.

원칙적으로 금은과 구리는 관에서 정제하고 허가된 것에 한해서만 일반에 유통됐다. 그것도 아주 소량에 불과했기 때문에 천하 전체가 필요로 하는 물량에는 턱없이 부족했다.

게다가 그나마도 워낙 높은 세금이 부과되어 있기 때문에 일반 점포에서는 견본품으로 진열만 해놓을 뿐이었고, 실제 거래되는 물건들은 대부분이 밀거래로 들여온 것들이 주종을 이루고 있는 실정이었다.

대부분의 밀거래되는 물건들이 그렇듯이, 밀거래되는 금과 은, 구리에는 세금이 한 푼도 매겨져 있지 않기 때문에 나라에서 허가한 물건의 십분의 일 가격에도 못 미칠 정도로 쌌다. 그렇기 때문에 인기가 있었고, 공급이 절대적으로 수요에 미치지 못했다.

"그렇습니다. 유성보 주가구 분타는 광산에서 금과 은, 구리를 빼돌려서 오룡채에 넘겼고, 오룡채는 그것을 정제하여 은밀하게 유통시키는 일을 해왔습니다."

"흠!"

현악은 찻잔을 코에 대고 향기를 음미하는 것 같은 시늉을 했으나 적사가 보기에는 다른 생각을 하고 있는 게 분명했다.

적사는 자신이 생각하고 있는 것을 현악도 생각하고 있을 것이라고 추측했다.

슥―

"우리 무적부의 주된 수입은 뭔가?"

현악은 찻잔을 내려놓으며 진지하게 물었다.

역시 적사의 짐작이 맞았다. 그는 현악이 그렇게 물을 것이라고 예측하고 있었다.

"지난 두어 달 동안의 수입으로 봐서는, 과거 대흥방에서 운영하던 주가구의 중원표국과 이십여 척의 배로 운송업을 하던 대흥선운(大興船運)이 본부(本府) 전체 수입의 절반을, 그리고 나머지 절반은 주가구 업소들이 바치는 상납금이 차지하고 있습니다."

적사의 공손한 대답에 현악은 미간을 좁히며 약간 못마땅한 신음을 흘렸다.

"음! 상납금이라는 것은 좋지 않은데……."

"……."

적사는 가볍게 흠칫했다.

"그것은 초 형, 아니, 부주의 생각인가?"

현악은 굳은 표정으로 중얼거렸다. 그는 상납금이라는 것에 강한 거부감을 나타냈다.

채 일 년도 안 된 과거에 그 역시 안택현에서 푸줏간을 하며 그 동네 건달들에게 상납금을 바쳤던 경험이 있었다.

"아닙니다. 제 소견이었습니다만……."

현악의 맞은편에 앉아 있던 적사는 즉시 일어나서 현악에게 고개를 숙였다.

하지만 사실 그것은 초곤의 뜻도 적사의 뜻도 아니었다.

오히려 수룡채가 과다하게 받던 상납금을 사분의 일로 대폭 줄였기 때문에 주가구의 모든 사람들에게서 대대적인 환영을 받았으며, 무적부는 일약 주가구 일대의 구세주로 떠오를 수 있었다.

무적부는 정파도 아니고 그렇다고 사파를 표방하지도 않았다. 굳이 말하자면 정사 간의 방파라고 할 수 있었다.

정사 간의 방파가 자신의 영역 안의 업소들에게서 상납금을 받는 것은 당연한 일이었다.

"부주께 말씀드려서 상납금을 즉시 없애도록 하겠습니다."

적사가 현악의 속내를 헤아린 후에 좀 더 깊숙이 고개를 숙이면서 공손히 말하자 현악은 가볍게 고개를 끄덕이며 그제야 굳었던 얼굴빛을 풀었다.

"부탁하네."

부탁한다는 말 같은 것은 현악과는 어울리지 않는 말투였지만, 지금의 그는 수하인 적사에게도 무척 자연스럽게 사용하고 있었다.

그는 하루가 다르게 변해가고 있었다.

무공도, 학문도 그 자신조차 미처 따라가지 못할 정도로 빠르게 변하는 중이었다.

그건 그렇고, 무적부의 주수입원 중에서 절반을 없앤다면 경제적으로 막대한 타격을 받게 될 것이다.

"유성보 주가구 분타는 어떤 방법으로 금과 은, 구리를 빼돌렸던 것인가?"

현악은 본격적인 대화를 시작했다.

주가구의 수많은 업소들로부터 상납금을 받지 않는다면 다른 수입원이 있어야 할 것이다. 적사가 현악의 뜻을 초곤에게 보고한다면 그는 당장 상납금을 없앨 것이 분명했다.

그렇게 되면 현악이 상납금을 없앤 것이나 마찬가지가 되기 때문에, 그 자신이 그 부족한 액수를 충당해야지만 마음이 편할 것이다. 초곤이 그러는 것을 원하지 않더라도 현악은 하고야 말 것이다. 그것이 그의 성격이므로.

"광산의 책임자와 직접 거래를 했답니다."

"책임자라는 것은 관리겠지?"

"그렇습니다."

"분배는?"

"금은과 구리의 원석(原石)을 제련하여 판매한 후 얻은 수익금의 삼 할을 관리에게 주고 나머지 칠 할을 오룡채와 유성보 주가구 분타가 절반씩 나눴다고 합니다."

"음! 금액으로 치면 어느 정도인가?"

"매월 한 차례인데, 오룡채와 유성보 주가구 분타가 가져가는 액수는 각각 은자 칠천 냥씩이었다고 합니다."

무적부 조장의 한 달 녹봉이 은자 석 냥이고 향주가 다섯 냥인 것을 감안한다면 은자 칠천 냥은 엄청난 금액이었다.

"그걸 우리가 할 수 있으면 좋겠군."

적사는 씁쓸한 표정을 지었다.

"어려울 겁니다."

"어째서?"

"광산의 책임자는 금과 은, 구리의 원석을 한 달 동안 꾸준히 빼돌려서 따로 모아두고, 유성보 주가구 분타는 한 달에 한 차례씩 광산으로 찾아가 그것을 배로 실어 오룡채에 가져다주는 일을 했으며, 오룡채는 그것을 제련, 정제, 판매하여 돈으로 만드는 일 등을 각각 분담했다고 합니다."

"음."

"유룡도의 말에 의하면, 그 일은 처음에 유성보 총단의 어떤 힘있는 인물이 주선했다는 것입니다. 다시 말해서 광산 책임자는 유성보라는 명성을 믿고 일을 벌였으며, 그래서 지난 이 년간 별 탈 없이 이어왔는데 이번에 유성보 주가구 분타가 와해됐으므로 자연히 그 일도 막을 내리는 것이 아니겠습니까?"

현악이 빙긋 엷은 미소를 지었다.

"적사 자넨 내가 생각했던 것보다 훨씬 단순한 사람이로군?"

"……"

적사는 의아한 표정으로 말문을 닫았다. 그는 현악에게 뭔가 계책이 있음을 깨달았다.

적사는 공손히 허리를 접었다.

"가르침을 주십시오."

쪼르르—

현악은 찻잔에 차를 따랐다.

"앉게."

쪼르르—

현악은 적사의 찻잔에도 천천히 차를 따랐다.

예전의 그에게는 없던 여유였다. 그 여유는 상대를 편안하게 하면서도 은연중에 압도하고 있었다.

"요즘 내가 차를 즐기는 거 자네도 알고 있겠지?"

"쾌검왕님께서 다도(茶道)에 관심이 많으시다고 현무전주가 말해 주더군요."

현무전주란 강일조를 가리키는 것이다.

"다도는 무슨, 그저 차 맛을 조금 알게 된 것뿐이야."

현악은 미간을 좁혔다.

"그런데 말일세. 늦게 배운 도둑질이 무섭다고, 요즘은 차를 마시지 않으면 소화가 안 될 정도일세."

"그렇습니까?"

대답을 하면서도 적사는 내심 고개를 갸웃거렸다. 난데없이 다도 얘기라니… 뭔가 깊은 뜻이 있는 것 같은데 뭔지 알 수가 없었다.

"어줍지 않은 나 같은 애송이도 차 없이는 하루도 못살겠는데, 하물며 한 달에 수천 냥씩 벌던 자가 갑자기 수입이 끊어지면 어떻게 견디겠는가?"

적사는 그제야 낮은 탄성을 터뜨렸다.

"아!"

광산 책임자는 그동안 거액을 벌었으니 이제 더 이상 벌지 않아도 평생 떵떵거리면서 살 수 있을 것이다, 라는 것은 아주 단순한 생각이었다.

생활이란 것은 원래 수입의 규모에 맞춰지기 마련이다. 은자 다섯 냥으로 한 달을 살던 가족이 은자 열 냥으로 한 달을 살 수는 있지만 석 냥으로 살아내기는 어렵다. 규모란 키워가기는 쉽지만 줄이기는 어려운 일인 것이다.

"자네가 광산 책임자라면 어떻게 하겠는가?"

적사는 현악의 의도를 조금은 알 것 같았다.

"아마도 유성보 주가구 분타의 일을 계속 해줄 누군가를 찾아야겠군요."

"그렇지."

"쾌검왕님의 생각은 그걸 우리가 하자는 것이로군요."

"그렇네."

적사는 약간 난색을 표했다.

"하지만 제련 시설을 보유하고 있는 것은 오룡채입니다. 이 시점에서는 오룡채가 직접 광산 책임자와 직거래를 할 수도 있을 것입니다. 오룡채로서는 전화위복인 셈이지요. 만약 광산 책임자가 녹림 방파라고 꺼리지만 않는다면 말이지요."

현악은 가볍게 고개를 끄덕였다.

"처음에 그 일을 주선한 것이 유성보 총단의 어떤 힘있는 자였고, 그래서 광산 책임자가 유성보라는 명성을 믿었다고 하지만 그건 모두 헛소리일 뿐이네."

"그렇습니까?"

"자넨 검은 고양이[黑猫]가 좋은가, 아니면 흰 고양이[白猫]가 좋은가?"

"……."

현악의 입가에 부드러운 미소가 떠올랐다.

"나는 어떤 고양이든 상관없네. 쥐만 잘 잡는다면 말이지. 원래 고양이의 본분은 쥐를 잡는 것이 아닌가?"

"그렇군요."

적사는 자신도 모르게 얼굴에 감탄의 표정을 떠올리고 있었다.

현악의 말은, 그 일을 하는 것 자체가 불법이므로 정파든 녹림이든 돈만 잘 벌게 해주면 그만이라는 뜻이었다.

현악은 이제 생각하는 것으로도 적사의 능력 밖에 이르러 있었다.

"적사, 자넨 지금부터 오룡채에 대해서 조사하게."

"알겠습니다."

적사는 대답하다가 뭔가 깨달아지는 것이 있었다.

"설마… 오룡채를 접수하시려는 겁니까?"

현악은 마지막 남은 차를 찻잔에 따랐다.

"총수익금의 사 할을 광산 책임자에게 주고, 우리가 육 할을 갖게 되는 거지."

원래 삼 할을 받던 광산 책임자에게 일 할을 더 준다면 그에게는 뿌리치기 힘든 유혹일 수밖에 없을 것이고, 그 일 할은 무적부에게 일을 맡기는 위험 수당으로는 충분할 것이다.

그리고 무적부가 오룡채를 장악한다면……

그것은 두 가지 큰 의미를 갖게 될 것이다.

장강수로채에 대한 정면 도전.

무적부의 중원 진출 교두보 확보.

후룩—

"적사, 부주께 오룡채 건에 대해서 허락을 받아보게."

현악은 찻잔에 남은 마지막 차를 아까운 듯 마시고 나서 조용히 말했다.

"알겠습니다."

현악은 초곤을 확실하게 부주로 인정하고 있었다.

현악이 초곤의 허락 없이 행동한다고 해도 제재하거나 뭐라고 할 초곤이 아니었고 무적부 내에서도 그럴 사람은 아무도 없었다.

그런데도 현악은 초곤을 명실상부한 무적부주로 자리매김시켜 주고 있는 것이었다.

문득 적사는 현악의 얼굴과 기도에서 무언가를 발견하고 가볍게 표정이 변했다.

그것은 무위자연(無爲自然)이었다. 하지만 현악의 그것을 깨닫지 못했다.

* * *

서화현은 주가구를 끼고 흐르는 영하 상류 칠십여 리 지점에 위치해 있는데, 지역으로나 번화함으로나 주가구보다 절반 이상 더 크고 번화한 현이었다.

서화현에서 영하와 가노하 두 물줄기가 합쳐지고, 오룡채는 가노하 쪽 물줄기 십여 리 상류께에 자리잡고 있었다.

찌는 듯한 늦여름.

대낮의 해가 머리 위에 떠 있는 오시 무렵.

현악 일행은 유룡도를 앞세우고 왔기 때문에 별 어려움 없이 오룡채

코앞까지 당도할 수 있었다.

"이곳에서부터는 사방 십 장 간격마다 초소(哨所)가 도합 백여 개나 깔려 있습니다."

현악 일행이 울창한 숲 속의 어느 공터에 이르렀을 때 앞장선 유룡도가 신형을 멈추고 긴장된 표정으로 현악을 뒤돌아보며 나직이 속삭였다.

코앞이라고는 하지만 오룡채까지는 아직 오 리가량 남아 있는 상태였다.

현악이 멈추자 일정한 간격으로 뒤따르던 신표와 채엽, 강일조도 연이어 멈춘 후 주변을 경계했다.

스사사사—

그리고는 뒤쪽에서 약간 어수선한 바람 소리가 들려왔다. 신표의 수하들로서 얼마 전에는 혈귀대였다가 무적혈창대로 개명한 사십구 명이 보이지 않는 곳에서 멈추는 소리였다.

현악을 중심으로 다섯 명은 자세를 낮추고 둥글게 둘러앉았다.

"게다가 곳곳에 매복과 기관 장치가 있어서 자칫 잘못 건드렸다가는 낭패를 당하고 맙니다."

"각 초소에는 몇 명이나 있지?"

강일조가 차가운 표정으로 유룡도를 보며 물었다.

"두 명씩입니다."

유룡도는 강일조가 예전 수룡채 시절에 일개 조장이었다는 사실을 모르고 있었다.

하지만 강일조는 유룡도가 오룡채의 사룡이었다는 사실을 알고 있었으나 조금도 주눅 들지 않았다.

만약 유룡도가 강일조 자신의 예전 신분을 알았다고 해도 전혀 상관 없었다.

강일조는 현재 현악의 거처인 현무전의 전주이고, 그의 심복이라고 할 수 있는 신분이므로 유룡도로서는 결코 함부로 할 수 없는 존재인 것이다.

각 초소를 지키는 고수가 두 명씩이고, 백여 개의 초소라면 그것만으로도 도합 이백여 명이니 결코 적은 숫자가 아니다.

하지만 그 정도는 무적혈창대의 절반만으로도 일각 안에 모조리 쓸어버릴 수 있을 것이다.

유룡도가 한쪽 팔이 잘린 채 무적부에 끌려간 사흘 후, 오룡채는 원래 유룡도의 자리였다가 공석이 된 사룡의 자리를 다른 인물로 메움으로써 자신들이 유룡도를 구할 뜻이 조금도 없으며, 오히려 그가 더 이상 오룡채 사람이 아니라는 사실을 대내외적으로 확인시켜 주었다.

그런 사실을 전해 들은 유룡도는 이미 예상했다는 듯 놀라지는 않았지만 몹시 낙담했다.

오른손잡이인 그가 오른팔이 잘라졌으니 무인으로서는 끝난 것이나 다름이 없었다.

녹림에서 그나마 어느 정도 알아주는 유룡도라는 별호는 그의 오른손에 유룡도가 쥐어져 있을 때 힘을 발휘할 수 있었다.

그러나 그는 이제 외팔이가 되었다. 더 이상 무인이 아니었으며, 보통 사람들에게조차 손가락질당하는 이른바 불구가 된 것이다.

게다가 그는 무적부의 뇌옥에 갇혀서 언제 죽을지 모르는 처량한 신세였다.

그런 그에게 적사가 넌지시 무적부 휘하의 조장을 해보지 않겠느냐는 제안을 했다.

선택의 여지가 없는 유룡도는 즉시 받아들임으로써 무적부 벽력대 휘하의 열두 번째 조장이 되었다.

"그냥 정면으로 돌파할까요, 형님?"

채엽이 눈살을 찌푸리며 숲의 앞쪽을 쏘아보았다.

"시끄러워진다."

현악 일행이 오룡채에 당도하기도 전에 시끄러워진다면 그들은 무슨 대책을 세워둘 것이 분명하다.

그렇게 되면 오룡채를 장악하려는 현악의 계획이 중대한 차질을 빚게 될 것이다. 아니, 실패할 확률도 있었다.

오룡채에 대해서 상세하게 조사한 적사의 설명을 듣기 전까지 현악은 그저 오룡채를 수룡채 정도로만 여겼다.

그런데 오룡채는 규모로도, 세력으로도 수룡채와는 아예 천양지차로 달랐다.

단적으로 설명하자면, 오룡채는 주가구보다 절반 정도나 더 큰 서화현 일대에서 가장 세력이 큰 방파였다.

즉, 서화제일방인 셈이다.

오룡채가 보유하고 있는 녹림고수들의 수는 무려 천이백여 명에 달해 예전의 수룡채에 비해서 두 배 가까운 데다가, 휘하 고수들 각자의 실력도 수룡채 고수들보다 절반 이상이나 고강했다.

그런 데에는 그럴 만한 이유가 있었다.

수룡채는 난공불락인 천험의 요지에 위치해 있다는 사실 때문에 타방파들과 싸울 일이 별로 없어서 오랜 세월 동안 너무 편안하게 안주해 왔었다.

싸우지 않는 무사는 점차 약해질 수밖에 없다는 것은 만고불변의 진리였다.

게다가 그들이 무술 수련마저도 등한시한다면 그것은 더 이상 무인이기를 포기한 것이다.

반면에 오룡채가 위치해 있는 곳은 대부분의 녹림방파들이 선호하는 험준한 지형이 아니라 그저 야트막한 강 언덕 위 사방이 확 트인 곳이었다.

그것은 서화현이 주가구와는 달리 인근에 험준한 지세(地勢)가 전혀 없었기 때문이다.

또한 영하와 가노하 두 강물이 합류하는 합수머리는 강폭이 매우 넓었고, 강물의 유속도 느려서 아무리 작은 배라도 추호의 위험도 없이 자유롭게 왕래할 수 있었다.

그런 악조건들 때문에 오룡채는 다른 방파들로부터 무수한 공격을 받을 수밖에 없었고, 셀 수도 없는 싸움을 치러야 했으며, 살아남기 위해서는 강해질 수밖에 없었다.

그러므로 오룡채가 보유하고 있는 천이백여 명이라는 엄청난 고수의 의미는, 숫자로는 수룡채의 두 배에 가깝고 실력으로는 거의 네 배에 가깝다고 할 수 있었다.

하지만 현악은 그 사실을 알고 나서도 오룡채를 굴복시키려는 애초의 목표를 포기하지 않았다.

아니, 오히려 전의(戰意)가 더욱 활활 타올랐다.

그의 핏속에 맥맥이 흐르고 있는 전사(戰士)의 기질이 용암처럼 들끓었다.

오룡채를 굴복시키면 서화현 일대 전체를 굴복시키는 것이다.

그것은 무적부가 주가구와 서화현 인근 백여 리를 지배하는 패자가 된다는 뜻이기도 했다.

오룡채를 접수하여 금은, 구리의 밀거래로 거금을 벌어들이자는 것과는 또 다른 의미인 것이었다.

일단은 오룡채까지 들키지 않고 당도하는 게 중요했다.

"속하가 초소와 매복에 들키지 않는 길을 알고 있으니 안내하겠습니다."

유룡도가 현악의 얼굴을 보며 조심스럽게 입을 열었다.

현악은 신표를 보았다.

"무적혈창대를 제대로 이동시킬 수 있겠나?"

신표는 공손히 고개를 숙였다.

"염려하지 마십시오."

휘익!

신표는 암중에 대기하고 있는 무적혈창대를 향해 즉시 쏘아져 갔다.

그는 자신의 분신과도 같던 검은색 긴 철창을 더 이상 지니고 다니지 않았다.

그 대신 특수하게 제작한 다섯 자루의 짧은 단창(短槍)을 등에 다섯 자루나 나란히 메고 다녔다.

복판의 세 자루는 던져 내는 비창이었고, 양쪽 두 자루는 칼날이 달린 투창이었다.

신표뿐만 아니라 무적혈창대 사십구 명이 전부 그런 무기로 교체한 이유가 현악의 가르침 때문이라는 사실을 알고 있는 사람은 당사자들

뿐이었다.

잠시 후 신표가 돌아오자 현악은 유룡도에게 가볍게 고개를 끄덕여 보였다.

그러자 유룡도는 헐렁한 오른쪽 소매를 펄럭이면서 숲 속을 신속하게 앞서 나갔다.

휙!

현악은 단우옥이 전수한 표허무종을 지금은 거의 완벽에 가깝게 터득한 상태였으므로, 일단 신형을 움직이자 추호의 기척도 내지 않았으며 속도는 말 그대로 쏘아낸 화살처럼 빨랐다.

현악 일행과 무적혈창대 사십구 명이 백여 개의 초소와 수많은 매복, 기관 장치가 거미줄처럼 깔려 있는 지역을 장장 오 리나 한 번도 들키지 않고 통과한다는 것은 결코 말처럼 쉬운 일이 아니었다.

능숙하게 앞서 나가는 유룡도의 뒤를 일정한 간격을 두고 현악이 소리없이 뒤따르는데, 그는 왼팔로 강일조의 팔을 잡은 채 나란히 쏘아가고 있었다.

강일조는 신표의 제자로서 너무 늦은 나이에 무공에 입문했기 때문에 신표의 진전을 고스란히 물려받았음에도 불구하고 공력이 겨우 이십 년 수준에 불과했다.

신표나 채엽이 사오십 년의 공력을 지니고 있는 것에 비하면 형편없지만, 오늘은 특별히 현악이 그를 직접 데리고 나왔다.

현악은 강일조가 검법 수련하는 것을 유심히 보고 있다가 그에게 실전 경험이 필요하다고 판단했다. 오룡채와의 싸움만큼 훌륭한 실전 경험은 그리 흔치 않을 것이다.

쏘아가는 현악의 뒤를 채엽이 뒤질세라 바짝 따랐고, 그 삼 장여 뒤에서 신표가 무적혈창대의 선두를 유지한 채 뒤따랐으며, 그 뒤를 각각 두 명씩의 무적혈창대 대원이 이 장 간격으로 주위를 경계하며 뒤따랐다.

◆제49장◆

초심(初心)

초심(初心)

현악 일행은 오룡채 뒤편까지의 오 리 남짓
한 직선 거리를 가는 데 반 각이면 충분한데도 이각이 지나서야 당도
했다. 유룡도가 안전한 길로 가느라 길을 많이 돌았기 때문이다.

오룡채는 울창하고 넓은 수림을 등지고 있으며, 앞에는 가노하의 잔
잔한 강물이 유유히 흐르고 있었다.

울창한 숲에 면해 있는 오룡채의 뒷담은 길이가 자그마치 이백여 장
에 달했고 높이는 오 장여에 이르렀다.

숲에서 뒷담까지 완만한 경사의 언덕의 거리는 대략 이십여 장 정도,
무릎 높이의 키 작은 풀만 자라 있을 뿐 한 그루의 나무나 덤불도 보이
지 않아서 시야가 확 트였다.

현악 일행이 당도해서 은둔해 있는 곳은 오룡채의 뒷담 오른쪽 부근
언덕 아래였다.

현악은 숲 가장자리의 어느 나무 그루터기에 앉았고, 신표와 채엽, 강일조는 현악의 주위 삼면에 서서 만약의 사태에 대비하여 경계를 했다.

유룡도는 숲 가장자리에서 오룡채의 뒷담 오른쪽 모퉁이와 주변을 날카롭게 살피고 있었다.

휙!

순간 유룡도는 숲에서 튀어나가 뒷담을 향해 비스듬한 언덕을 달려 올라갔다.

그는 오룡채의 높고 긴 뒷담 위에 십여 장 간격으로 솟아 있는 망루를 경계하면서 자세를 최대한 낮추어 빠르게 달려 뒷담 아래에 등을 찰싹 밀착시켰다.

이어서 뒷담 오른쪽 끝으로 이동하여 모퉁이 밖으로 조심스럽게 고개를 내밀었다.

'으헛!'

순간 그는 목까지 내민 상태에서 동작을 뚝 멈추며 두 눈이 화등잔만하게 커졌다.

그의 시선이 멈춘 곳, 눈앞 삼 장 거리에 나란히 선 두 명의 홍의무사가 크게 놀라는 얼굴로 유룡도를 쳐다보고 있었다. 모퉁이 밖으로 얼굴을 내밀자마자 딱 마주친 것이다.

홍의무사들은 오룡채 외곽을 도는 경비 무사였는데, 유룡도가 그들의 신분을 알아보지 못할 리 없었다.

두 명의 경비 무사는 자기들끼리 잡담을 지껄이며 걷다가 앞쪽 담 모퉁이에서 느닷없이 유룡도의 머리가 불쑥 튀어나오자 소스라치게 놀라서 두 발이 뿌리가 내린 듯 그 자리에 멈춰 서버리고 말았던 것이다.

유룡도는 본능적으로 재빨리 오른손을 어깨의 도로 가져갔다.

"⋯⋯."

그러나 도는 있으되 그 도를 잡아야 할 오른팔이 없었다.

오른팔이 없는 유룡도는 한낱 경비 무사 한 명조차도 당해내지 못하는 비참한 신세였다.

놀라기는 유룡도나 두 명의 경비 무사나 마찬가지였지만 급박하다는 점에서는 유룡도가 더 심했다.

당장 도망치지 못한다면, 얼마 전까지만 해도 자신의 손가락질 하나만으로 생사를 결정했던 오룡채의 일개 경비 무사에게 죽임을 당해야하는 어처구니없는 상황이 벌어지고 말 것이다.

두 명의 경비 무사는 경황 중이라서 유룡도의 얼굴을 미처 알아보지 못했다.

하기야 허구한날 오룡채 외곽 경비나 돌다가 채 안에는 근무가 끝난 후에야 들어가 지친 몸을 쓰러뜨리는 것이 전부인 그들이 언제 지체 높은 유룡도의 얼굴을 가까이에서 보았을 것이며, 또 기억까지 하고 있겠는가.

순간 유룡도는 다급히 고개를 거두고 나서 재빨리 주위를 둘러보며 숨을 곳을 찾아보았다.

그때 신표는 유룡도의 그런 모습을 발견하고 그가 숨을 곳을 찾고 있다는 사실을 한눈에 간파했다.

신표가 있는 곳에서는 모퉁이를 돌아 서 있는 두 명의 경비 무사가 보이지 않기 때문에 유룡도의 표정과 몸짓만으로 상황을 짐작할 수밖에 없었다.

그러나 아름드리나무 수천 개를 줄줄이 잇대어 세워서 만든 밋밋하며 긴 담이나, 무릎도 차지 않는 짧은 풀이 자란 언덕에 유룡도가 숨을 만한 장소는 애당초 없었다.

유룡도는 당황한 표정으로 아래쪽 숲을 쳐다보았다.

그가 있는 곳에서는 보이지 않았지만, 그의 시선이 머문 곳에는 현악 등이 머물러 있었다. 그리고 그들의 날카로운 눈이 자신을 주시하고 있을 것이다.

만약 그가 숲으로 달려 내려간다면 자신의 한 목숨 건질 수 있을지는 모르지만, 그곳에 현악 등이 숨어 있다는 사실을 드러내야만 할 것이다.

그는 현악 등에게 간절하게 무언의 도움을 청했지만 도와주기에는 이십여 장이라는 거리가 너무 멀었다.

차창!

그때 모퉁이 안쪽에서 뒤늦게 정신을 수습한 두 명의 경비 무사가 무기를 뽑아 들고 유룡도 쪽으로 득달같이 튀어나왔다.

현악은 팔짱을 끼고 등을 나무에 기댄 채 그 광경을 보면서도 느긋한 표정이었다.

반면에 채엽과 강일조는 적잖이 당황한 표정으로 손에 땀을 쥐었지만 그들로서는 유룡도를 도울 재간이 없었다.

신표의 시선이 재빨리 담 모퉁이 위쪽에 있는 망루로 향하다가 눈이 세모꼴로 좁혀졌다.

망루에서 두 명의 경비 무사가 아래쪽의 유룡도를 가리키며 뭐라고 떠들어대고 있는 모습이 보였다.

그들이 호각을 불거나 소리를 질러 침입자가 있음을 알리는 것은 시간문제처럼 보였다.

"신 대주! 무슨 방법이……."

쐐액!

채엽은 신표를 쳐다보면서 초조하게 뭔가 말하려다가 입을 다물고 말았다.

숲 가장자리에 우뚝 선 신표가 언덕 위를 향해 재빨리 뭔가를 던지는 것을 발견했기 때문이다.

채엽과 강일조가 급히 쳐다보자 신표의 손을 벗어난 두 줄기 검은 빛줄기가 일직선을 그으며 곧장 언덕 위 망루를 향해 쏘아가고 있었다.

망루에 있던 두 명 중 한 명이 호각을 막 입으로 가져가는 모습이 강일조의 시야에 들어왔다.

그러나 다음 순간 신표에게서 발출된 두 줄기 검은 빛줄기가 망루에 있던 두 명의 목 한복판을 꿰뚫었다.

호각을 불려던 자의 입이 쩍 벌어지면서 호각이 흘러내리는 것이 보였다.

두 명의 목 뒤로 한 자가량이나 길게 검은 창이 튀어나와 있는데 창날에는 특이하게 미늘이 없었다.

목 한복판을 관통한 것은 두 자루의 창이었다.

창에 관통된 두 명은 두 눈을 홉뜨고 입을 쩍 벌린 채 온몸을 부들부들 떨어댔다.

신표는 망루를 향해 뻗었던 두 팔을 가볍게 안쪽으로 끌어당기는 시늉을 해 보였다.

파악!

그러자 두 명의 목에 박혔던 창이 쑥 뽑히며 쏜살같이 신표를 향해 되돌아왔다.

두 명은 창이 뽑히는 힘에 의해서 상체가 숙여지며 그대로 담 밖으로 추락했다.

처척!

되돌아온 두 자루 흑창은 마치 요술이라도 부리듯 신표의 양손에 정확하고도 가볍게 잡혔다.

채엽과 강일조는 크게 놀라는 표정으로 신표를 쳐다보았다.

그들은 신표가 망루까지 이십오륙 장의 먼 거리를 창을 쏘아냈다는 사실에 놀랐다가, 그 창을 다시 회수하는 것을 보고는 더욱 놀라서 벌린 입을 다물지 못했다.

두 명의 경비 무사는 수중의 도를 치켜들고 득달같이 유룡도를 향해 덮쳐 갔고, 유룡도는 뒤뚱거리면서 물러나는데 표정이 썩은 돼지 간처럼 붉게 변해서 어찌할 바를 몰라 허둥거렸다.

쿵! 쿵!

"허엇?"

"왓!"

그때 망루에서 추락한 두 명이 유룡도와 두 명의 경비 무사 사이에 떨어지자 두 경비 무사는 다급한 놀람성을 터뜨렸다.

그 순간 신표는 양팔을 어깨 너머로 젖혔다가 뿌리치듯이 앞으로 뻗었다.

쌔액!

예의 두 줄기 검은 빛줄기가 일직선으로 언덕 위를 향해 쏘아져 나갔다.

얼마나 빠른지 검은 창이 긴 흑광만을 남겼다.

망루에 있던 경비 무사의 추락으로 잠시 놀랐던 두 명의 경비 무사는 정신을 수습한 뒤 재차 유룡도를 덮쳐 갔다.

퍽! 퍽!

"끅!"

"캑!"

두 명의 경비 무사는 수중의 도를 머리 위로 치켜들고 유룡도를 향해 짓쳐 가다가 목의 옆 부분과 관자놀이에 각각 창이 꽂혀 짧고 답답한 비명을 내지르다 상체부터 기울며 허공으로 붕 날아갔다.

그들 두 명의 몸이 담을 향해 날아가는 중에 그들의 목과 관자놀이에 꽂혀 있던 창이 쑥 뽑혀서 신표에게 돌아갔다.

쿠쿵!

두 명은 담에 머리를 들이받은 후 땅에 떨어졌는데, 몸을 푸들푸들 떨다가 잠시 후에 조용해졌다.

유룡도는 눈을 커다랗게 뜨고 놀라는 얼굴로 죽은 경비 무사를 쳐다보다가 숲 쪽을 쳐다보았다.

그는 신표가 한쪽 팔을 뻗어 손에 쥐고 있는 창끝으로 담 모퉁이를 가리키며 자신에게 뭔가 신호를 보내는 것을 발견했다.

그는 도합 네 명의 경비 무사를 순식간에 죽인 사람이 신표라는 사실을 깨닫고 적잖이 놀라는 표정을 떠올렸으나, 곧 신표가 무얼 지시하고 있는지를 알아차리고 진중한 표정으로 고개를 끄덕이고는 즉시 담 모퉁이로 달려갔다.

사라라라—

신표는 양손에 창을 잡고 있는데 그의 양 손목에서 기이한 소리가 흘러나왔다.

사라라—

채엽과 강일조는 신표의 양 손목에 뭔가 흐릿하게 반짝이는 그 무엇이 빠른 속도로 감기는 것을 보며 의아하면서도 놀라는 표정을 지었다.

"이제 보니까 창끝에 강사가 연결되어 있었군!"

채엽은 창끝에 육안으로 식별하기 어려운 가느다란 은빛 실이 묶여 있는 것과 그 실의 끝이 신표가 양 손목에 차고 있는 은빛의 팔찌에 연결되어 있는 것을 번갈아 보면서 탄성을 터뜨렸다.

은빛 실은 거미줄처럼 가느다란 강사였던 것이다.

방금 전의 그 소리는 풀려 나갔던 강사가 신표의 팔찌에 저절로 감기는 소리였다.

강사는 최초의 액체 상태였다가 명주실처럼 가늘게 뽑아내는 과정에서, 지그시 힘을 주어 잡아당기는 것과 동시에 감으면서 식히게 되면 완전히 식은 이후에는 언제나 뭔가에 감겨 있으려는 성질을 지니게 된다.

그러므로 그 강사 끝에 어떤 물체를 묶어서 멀리 던져 내더라도 약간의 힘을 주어 슬쩍 당기기만 하면 강사가 원래 출발했던 위치로 되돌아와서 감기는 것이었다.

신표는 현악의 충고를 훌륭하게 실행에 옮겼다.

그는 무적혈창대 사십구 명 모두에게 자신과 똑같은 무기를 나누어 주었고 불철주야 수련을 시켰다.

문득 채엽은 신표의 손을 보다가 두 손이 온통 흉터투성이인 걸 발견하고 적이 놀라는 표정을 지었다. 아마도 창을 날리고 회수하는 수련을 하는 과정에서 무수히 강사에 베인 상처인 것 같았다.

사실 옷에 가려져 있지만, 그의 팔과 몸에도 강사에 베인 흉터가 무수하게 많이 나 있는 상태였다.

그것은 신표뿐 아니라 무적혈창대 사십구 명이 모두 똑같았다.

그로 미루어 그들 모두가 새로 개발한 다섯 자루 창을 가지고 죽을 각오로 수련했다는 사실을 짐작할 수 있었다.

척!

신표는 두 자루 창을 등의 창집에 꽂았다.

채엽과 강일조는 신표를 새삼스러운 표정으로 쳐다보았다.

유룡도는 담 끝에 이르러 조심스럽게 담 모퉁이로 고개를 내밀어 오룡채 앞쪽의 상황을 살폈다.

오룡채 전면에는 전용 포구가 있었고, 그곳에 삼십여 척의 크고 작은 배들이 정박해 있는 것이 보였다.

유룡도는 현악이 있는 곳으로 한달음에 돌아와서 들뜬 목소리로 낮게 외쳤다.

"호기(好機)입니다! 배가 삼십여 척뿐인 것으로 봐서 오룡채 전체 고수의 절반 이상이 빠져나간 상태입니다."

오룡채에는 도합 백여 채의 배들이 있고, 그중 칠십여 척이 전투선(戰鬪船)이었다.

유룡도의 말이 맞는다면 습격하는 쪽에서 볼 때는 호기 중에서도 다시없을 호기였다.

"아마도 장강본채의 부름을 받은 것 같습니다. 그렇다면 단시일 내에는 돌아오지 못할 것입니다."

유룡도의 설명에 의하면 오룡채가 절반 이상의 세력을 출동시키는 예는 오직 한 가지 경우인데, 바로 장강본채의 부름에 의해서만 가능하다는 것이다.

장강본채는 안휘 무호(蕪湖)에 있는 장강수로채 총채를 말한다.

장강수로채 휘하 칠십이 개 수로채는 장강의 수계라면 어디든지 뿌리를 내리고 있었다.

만약 장강본채가 휘하 수로채들 중에서 아무나 지목하여 고수를 보내라고 명령하면, 아무리 많은 고수들이거나 아무리 먼 곳에서라도 반드시 보내야만 한다.

오룡채에서 장강본채가 있는 무호까지는 물길로만 삼천여 리에 달하는 먼 길이어서 배를 타고 그저 왕복하는 데에만 두 달은 족히 걸릴 것이다.

현악은 묵묵히 오룡채의 뒷담을 응시하며 생각에 잠겼다.

그의 귓가에 무적부를 떠나오기 전에 자신과 적사가 나누었던 대화가 맴돌았다.

"현악님, 부주께서는 오룡채 공격을 다시 한 번 숙고해 보라고 말씀하셨습니다. 본부의 전력(戰力)이 벽력대 칠십삼 명, 무적혈창대 사십구 명이 전부인데, 그들로는 본부를 지키기에도 빠듯한 실정입니다. 현악님께선 무슨 방법으로 오룡채를 접수하시려는 겁니까?"

잔지방의 무사들은 아직 무적부로의 편제가 끝나지 않은 상태였고, 지닌 바 전력을 파악하기 어려워서 실전에 투입시킬 수 없는 상황이었다.

"본부를 지키기 위해서 벽력대와 무적혈창대가 둘 다 필요한가?"

"최소한이라면 벽력대만으로도 수성은 가능합니다."

"그렇다면 무적혈창대를 데리고 가겠네."

"겨우 무적혈창대의 사십구 명으로 오룡채 천이백 명을 상대하시려는 것입니까? 그것은 계란으로 바위를 치는 것과 같습니다. 게다가 정보에 의하면 오룡채 고수들은 수룡채 고수보다 훨씬 강하다고 했습니다."

"적사."

"말씀하십시오."

"이것저것 다 따지면 언제 세력을 넓히고, 어느 세월에 중원 한복판으로 진출할 수 있겠나?"

"하지만……."

"자네는 나와 초 형, 염교 달랑 셋이서 대홍방에 쳐들어가 접수했던 일을 벌써 잊은 건가?"

"그것은 십중팔구 목숨을 잃을 것이 뻔했던, 무모하기 짝이 없는 자살행위였습니다. 그 정도인 줄 미리 알았더라면 제가 목숨을 걸고 만류했을 것입니다."

"후후, 우리가 천하를 발 아래 두겠다고 선언한 자체가 자살행위 아니겠는가?"

"……."

"우린 이제 겨우 방파 하나를 개파했을 뿐이야. 나는 그걸 붙잡고 아등바등하다가 세월을 다 보낼 생각은 없네. 아마 그런 생각은 부주도 마찬가지일 텐데?"

"……."

"부주에게 내 말을 전하게. 우린 언제나 초심(初心)이라고 말이야."

"……."

"가겠네."

"현악님."

"언제나처럼 술을 준비해 두게."

현악은 그렇게 마지막 말을 남긴 채 신표와 무적혈창대, 채엽, 강일
조만을 이끌고 오룡채로 달려왔던 것이다.

무모하다는 것은 그 자신도 잘 알고 있었다. 하지만 무모하다고 몸
을 도사린 채 있을 생각이었다면 애당초 산서 땅을 떠나오지도 않았을
것이다.

어차피 산다는 것 자체가 무모한 짓이 아니었던가.

"절반이면 어느 정도를 말하느냐?"

현악은 뒷담에 시선을 고정시킨 채 물었다.

유룡도는 공손히 대답했다.

"약 칠백 명 정도일 겁니다."

현악은 묵직하게 중얼거렸다.

"음. 오십 대 칠백의 싸움이로군."

"틀렸습니다, 형님."

현악 뒤에 우뚝 서 있는 채엽이 진중히 입을 열었다.

"무적혈창대 사십구 명, 신 대주와 형님, 그리고 저를 포함하면 오십
이 명입니다. 그러니까 오십이 대 칠백입니다."

"그 계산도 틀렸습니다. 오십삼 명입니다."

채엽 뒤에서 강일조가 끼어들며 말했다.

물론 현악의 계산은 틀리지 않았다. 그는 자신의 편 모두를 뭉뚱그
려서 오십 명이라고 말했을 뿐이다.

그것을 채엽이나 강일조가 모를 리 없었다. 그들은 다만 뭉뚱그린
오십 명에 셋을 더 보탬으로써 자신들의 확고한 싸울 의지를 나타낸
것이었다.

현악은 빙그레 미소 지었다.

"하하! 내가 원래 셈을 잘 못하지."

그때 유룡도가 쭈뼛거렸다.

"저, 저도 뭔가 시켜주시면… 사력을 다해서 돕겠습니다……."

현악은 희미한 미소를 머금었다.

"자넨 꼭 필요한 사람이야. 우릴 안내해야 할 테니까."

유룡도는 즉시 허리를 꺾었다.

"겨, 견수승봉(堅守承奉)하겠습니다!"

오룡채에 대한 유룡도의 설명을 요약하면 다음과 같다.

오룡채는 도합 다섯 개 군(群)으로 이루어져 있다.

복판에 오룡채의 최고 우두머리 대룡(大龍)의 거처인 대룡각(大龍閣)이 오층 높이로 웅장하게 자리잡고 있고, 대룡각 휘하 오당(五堂)의 고수들이 기거하는 다섯 채의 전각이 엄밀하게 둘러싸여 호위하고 있는 형세다.

그리고 대룡각을 중심으로 주위 동서남북 네 방위에 각각 나머지 사룡의 네 개 군 사십 채의 전각들이 위치해 있는데, 하나같이 중앙의 대룡각을 호위하고 있는 형상이다.

오룡채의 주인, 즉 채주는 대룡이다.

그 아래로 있는 네 명, 즉 사룡은 대룡이 임명하는 임명 직일 뿐 실제적인 권한은 거의 없었다.

즉, 대룡각주나 대룡각 휘하 오당주처럼 사룡 역시 대룡이 임명하는 그의 수하에 다름 아닌 것이다.

실제로 사룡은 대룡의 거처인 대룡각의 대룡각주보다 권한이 적었으며, 대룡각 휘하 오당주들도 사룡을 거의 눈 아래로 두고 있는 실정이었다.

"대룡각을 치면 될 겁니다."

설명을 모두 듣고 난 현악이 뭔가 생각하는 듯하자 유룡도는 그의 안색을 살피면서 조심스럽게 자신의 의견을 밝혔다.

현악은 입을 다문 채 약간 눈썹을 치뜨면서 유룡도를 보며 표정만으로 무슨 뜻이냐고 물었다.

유룡도는 허리를 접었다.

"오룡채에서 대룡각이 가장 강합니다. 그들을 무너뜨릴 수 있으면 다른 자들은 사기가 꺾여 감히 반항하지 못할 것입니다."

"음! 대룡각을?"

"하지만 결코 쉽지는 않을 것입니다. 대룡각에만 오십 명의 수하들이 운집해 있고, 대룡각 휘하 오당은 각각 오십 명씩 이백오십 명의 수하를 보유하고 있습니다. 그들은 오룡채 전체 전력의 절반에 해당되는 수준입니다."

불과 삼백 명이 오룡채 천이백 명의 절반에 해당하는 전력을 지니고 있다면 더 듣지 않아도 그들이 어느 정도의 실력인지 쉽사리 짐작이 갔다.

"일단 대룡각을 제압하시면 나머지 사룡은 제가 나서서 말해 보겠습니다. 사실 오룡채에서 대룡과 대룡각 휘하 무사들 말고는 모두 불만이 많았습니다."

현악은 뜻밖이라는 얼굴로 유룡도를 쳐다보았다.

"자네가 사룡을 설득해 보겠다는 건가?"

"그렇습니다, 쾌검왕님께서 한 가지만 약속해 주신다면."

"말해 보게."

"오룡채를 장악하시고 난 후 저에게 오룡채를 맡겨주십시오."

"……."

퍼억!

"이런 우라질 놈이 무슨 개소리야?"

"커흑!"

현악이 뭐라고 대답하기도 전에 옆에 서 있던 채엽이 유룡도의 옆구리를 냅다 발길로 내질렀다.

유룡도는 바닥에 나뒹군 채 하나뿐인 손으로 옆구리를 움켜잡고 꺽꺽 숨을 몰아쉬며 고통스러워했다.

그렇지만 채엽은 아랑곳하지 않고 잡아먹을 듯이 눈을 부라리며 윽박질렀다.

"네놈을 죽이지 않고 살려둔 것만 해도 감지덕지할 일인데, 어디서 지랄이냐? 죽고 싶은 거냐?"

"으으……."

현악은 느릿하게 일어섰다.

"잠입할 방법은 있느냐?"

유룡도는 옆구리를 쓸어안은 채 간신히 일어섰다.

"으으… 있습니다……."

"안내해라."

◆제50장◆
오룡채(五龍寨) 접수

오룡채(五龍寨) 접수

　　　　　채엽은 하나의 문 앞에 이 장 거리를 두고 우뚝 마주 섰다.

　그의 오른손은 어깨에 메고 있는 도의 손잡이를 움켜잡고 있었다.

　문은 높이가 일 장 반, 폭 일 장 정도였으며 두께는 반 자인 나무 문인데 묵직한 느낌을 주었다.

　이 문은 오룡채의 옆문으로 식품 따위를 납품하는 상인들이나 하인, 숙주들이 드나드는 출입구였다.

　채엽은 문을 쏘아보며 공력을 끌어올려 오른손에 모았다.

　파앗!

　한 손으로 뽑은 도는 어느새 두 손으로 잡혀서 문을 향해 물이 흐르듯이 뿌려졌다.

　쩌쩌쩍!

몇 줄기의 어지러운 빛살들이 문에 작렬하는 것 같더니 가벼운 음향과 함께 문이 산산조각나며 안쪽으로 부서져 날아갔다.

초곤에게 전수받은 흑사도풍류의 위력이었다. 채엽은 이미 흑사도풍류를 완벽하게 익힌 상태였다.

휘익!

획!

그러자 유룡도와 신표, 강일조가 쏜살같이 안으로 쏘아들었고, 그 뒤를 암중에 있던 사십구 명의 무적혈창대가 바람처럼 줄줄이 따라 들어갔다.

맨 마지막에 현악이 천천히 걸어 들어가자 그 뒤를 채엽이 도를 움켜쥔 채 주위를 경계하며 따랐다.

픽! 픽! 픽! 픽!

"허윽!"

"큭!"

"캑!"

현악이 들어서고 있을 때 안쪽 여기저기에서 그리 크지 않은 음향 여러 개와 답답한 신음성 여러 개가 뒤섞여 어지럽게 들려왔다.

현악이 둘러보니 이곳 문을 지키던 오룡채 하급 경비 무사들 열 명이 두세 명씩 여기저기에 흩어져서 졸거나 수군거리고 있다가 갑자기 들이닥친 무적혈창대에게 하나같이 목줄기에 검은 창이 깊숙이 꽂혀서 나자빠져 있었다.

"이쪽으로."

유룡도는 왼편의 담을 끼고 빠르게 쏘아갔고, 그 뒤를 신표와 강일조, 무적혈창대가 따랐다.

현악이 천천히 걷는데도 뒤따르는 채엽은 전력을 다해야지만 간신히 그를 놓치지 않을 수 있었다.

지금 현악이 전개하고 있는 신법은 다름 아닌 해남도의 절기 표허무종이었다.

그는 표허무종을 수련하면서 그 속에 경공술인 '표허(飄虛)'와 보법인 '무종(無踪)' 두 종류가 들어 있다는 사실을 깨닫게 되어 뛸듯이 기뻐했다.

게다가 그는 표허무종을 익히는 동안 또 다른 깨우침을 얻을 수 있었다.

그것은 표허와 무종을 서로 병행하면서도 전개할 수 있다는 놀라운 사실이었다.

지금 현악은 삼 할의 표허에 칠 할의 무종을 섞어서 시전하고 있는 중이었다.

"일조, 이리 오게."

현악은 표허무종을 전개하여 천천히 걷듯이 미끄러지면서 나직이 강일조를 불렀다.

강일조가 빠르게 다가와 현악의 왼편에서 달렸다.

"내 곁에서 떨어지지 말게. 엽이 너도."

미끄러지듯이 나아가는 현악은 전면에 쏘아가는 신표의 뒷모습을 보며 조용히 말했다.

현악의 좌우에서 달리고 있는 채엽과 강일조는 현악이 자신들을 염려하고 있다는 사실을 깨닫고는 솟구치는 감동을 억제하지 못해서 애를 먹었다.

유룡도는 한 번도 멈추지 않고 전각과 전각 사이를 구불구불 휘돌아서 쉬지 않고 쏘아갔다.

대낮인데도 불구하고 오룡채 내에는 돌아다니는 사람이 거의 눈에 띄지 않았다.

아마도 한여름의 찌는 해가 기승을 부리는 탓에 모두들 서늘한 전각 안에서 더위를 피해 낮잠이라도 자는 모양이었다.

신표와 무적혈창대 사십구 명은 전각의 그늘을 따라 대낮의 귀신처럼 흘러갔다.

정기적인 순찰을 도는 십여 명의 경비 무사와 두 번 마주쳤지만, 지긋지긋한 더위와 마지못해서 돌아야 하는 순찰 때문에 걷는 것조차도 지겨워하는 그들이 무적혈창대의 아수라 송곳니 같은 혈창을 피할 수는 없었다.

반 각 후, 현악은 거대한 대룡각 앞에 당도할 수 있었다.

태산처럼 우뚝 서 있는 현악 좌우에는 강일조와 채엽이 서 있고, 앞에는 뒷모습을 보인 채 신표와 유룡도가 나란히 우뚝 서 있으며, 사십구 명의 무적혈창대 모두는 백주대낮인데도 보이지 않는 곳에 은신해 있었다.

다섯 명은 그렇게 잠시 서 있었다.

그런데 신기하게도 아무도 그들을 발견하지 못한 것 같았다.

다섯 명이 한동안 대룡각 전문 앞에 서 있는데도 불구하고 아무런 일도 벌어지지 않았다.

지독한 더위 때문에 다들 늘어져 있는 것인지, 하다못해 대룡각 전문을 지켜야 할 수문 무사마저도 없었다. 아니, 수문 무사는커녕 개미 새끼 한 마리 보이지 않았다.

오죽하면 현악 등은 자신들이 함정에 빠졌을지도 모른다고 생각했겠는가.

슥―

현악은 강일조를 쳐다보았다.

강일조는 현악의 시선을 느끼고 그를 마주 보다가 움찔 가슴을 떨었다.

현악이 강일조 자신을 응시하며 빙그레 미소를 짓고 있는 것을 발견했기 때문이다.

"긴장하지 말고, 그저 한바탕 흥겨운 춤을 춘다고 생각하게."

"……."

사실 강일조는 극도로 긴장하고 있었다.

오룡채, 그것도 대룡각 앞에 떡하니 버티고 서 있으면서도 긴장하지 않을 재주가 어디 있겠는가.

척―

현악은 강일조 어깨에 손을 얹었다.

"자네, 연공실에서 뻣뻣한 목각 인형만 베었지? 여기서는 움직이는 인형을 벤다고 생각하게."

"명… 심하겠습니다."

강일조는 아랫배에 힘을 주고 겨우 대답하는데 목소리가 가늘게 떨렸다.

"검에 마음을 싣고 검이 가는 대로 따르게."

'검이 가는 대로……!'

두어 달 전에 강일조는 현악에게 삼초구식으로 이루어진 검법구결이 적힌 한 권의 책자를 받았다. 그 후 그는 몸이 채 낫지도 않은 상태에서 불철주야 그 책자의 검법을 연마했다.

사실 그 책자에 수록된 삼초구식 검법의 바탕이 된 것은 섬쾌와 비검구식이었다.

현악이 무림에 출도한 기간은 일 년여 남짓으로 비록 짧았지만, 그가 저승의 문턱을 넘나들면서 겪었던 여러 싸움 경험들은 결코 적다고 말할 수 없었다.

이 년여 전, 그는 비검문에 고기를 배달하러 갔다가 연무장에서 검술 수련 중인 무사들의 비검구식을 사초식까지 훔쳐 배웠다. 그것이 그가 검술을 최초로 접하게 된 계기였다.

그 후 일 년여 동안 밤마다 혼자 수련하여 비검사식까지 완벽하게 구사할 수 있게 되었다.

비검오식부터 비검구식까지를 간절히 목말라 하던 어느 날, 비검문의 가산에서 비검십당이 검술 수련하는 광경을 훔쳐보게 되어 비검구식의 뒷부분인 오초식에서 구초식까지를 머리 속에 단단히 기억해 두었다.

하지만 쾌검마가 섬쾌 외의 검법은 잊으라고 말했기 때문에 현악은 그 즉시 비검구식을 자신의 머리 속에서 지워 버렸다. 그리고 그때부터 그는 모든 싸움에서 철저하게 섬쾌 하나만으로 승부하려 들었고, 실제 그렇게 했다.

그의 머리 속에는 오직 섬쾌만이 있을 뿐이었다.

그가 여러 차례 죽음의 위기에 직면했을 때도, 혹시 비검구식을 운용했더라면 위기에서 벗어날 수도 있었을지 모르는 상황에서도 그는 미련스러울 만큼 섬쾌만을 고집했다.

섬쾌가 비검구식과는 비교도 할 수 없을 만큼 빠르고 강한 검법인 것만은 틀림없는 사실이었다. 하지만 섬쾌가 최고로 빠르고 강한 검법이라고 단언할 수는 없는 일이었다.

당금 무림에서 섬쾌보다 빠른 검법을 꼽자면 우선 쾌검마류와 유성분광검법이 있다.

그 자체만으로도 완벽한 검법. 너무도 빨라서 보조 역할을 해주는 여타의 다른 초식이 전혀 필요하지 않은 검법이 쾌검마류와 유성분광검법인 것이다.

그러나 섬쾌는 빠르기는 하지만 그 정도는 아니었다.

다시 말한다면 섬쾌는 보완할 부분이 있는, 그 자체만으로는 완벽하지 못한 검법인 것이다.

현악은 그 사실을 대홍방 공격 때 수십 명의 합공을 받고 거의 죽어가기 직전에 깨달아서, 순간적으로 섬쾌에 비검구식을 응용하여 겨우겨우 위기를 넘긴 적이 있었다.

이후 그는 그때 기억을 되살려 섬쾌에 비검구식을 적절하게 가미시킨 새로운 검법을 창안해 내기에 이르렀다.

그 검법은 섬쾌의 빠르기에 비검구식의 다변을 적절하게 섞은 전혀 새로운 검법이었다.

하지만 현악은 새 검법을 창안하기만 했을 뿐 연마할 수 있는 상황이 아니었다. 새 검법을 만든 후 얼마 지나지 않아서 각고의 노력 끝에 섬쾌보다 훨씬 빠른 극쾌검을 완성했기 때문이다.

그는 자신이 새로 창안하여 채 이름도 짓지 못한 검법에 미련이 많았다. 그래서 그는 섬쾌를 비검구식에 접목시켰던 것처럼 극쾌검도 비검구식과 접목시켜 보려고 여러 각도로 무던히 애를 써봤다. 하지만 끝내 실패하고 말았다.

원인은 한 가지였다.

극쾌검이 너무 쾌속하기 때문에 비검구식과의 접목이 용이하지 않았기 때문이다.

또한 극쾌검은 그 자체로도 거의 완벽해서 비검구식 같은 보완 초식이 필요하지 않았다. 그래서 그는 그 새 검법을 강일조에게 주었다. 강일조에게 새 검법은 흡사 날개와 같은 것이었다.

그는 지난 두어 달 동안 현악이 준 새 검법을 일 초식 삼식(三式)까지만 간신히 터득하는 데 성공했지만, 그것만으로도 이미 크게 만족할 만한 위력을 발휘하고 있었다.

그 검법에는 이름이 없었다.

그래서 강일조는 현악의 허락을 받아 그 검법에 작명을 했었다.

섬비류운검법(閃飛流雲劍法).

한 자루 검이 번개처럼 창공을 쪼개고 구름이 되어 천지간을 누빈다.

강일조는 검법을 연마하면서 그런 것을 느꼈었다.

일 초식을 전개하는 데에도 검에서 번갯불이 뿜어졌고, 초식의 변화는 마치 구름이 흐르듯 하다가 구름 속에서 번갯불이 번뜩였다.

지금 강일조는 극도로 긴장하고 있는 중에도 자신이 일초식까지 익힌 섬비류운검법을 굳게 믿고 있었다.

현악은 묵묵히 대룡각 전문을 응시했다.

이제 오룡채 한복판까지 들어왔으니 돌이킬 수는 없었다.

일단 싸움이 시작되면 이길 수도, 패할 수도 있을 것이다.

이기면 다행이지만, 패한다면 전멸을 뜻하는 것이며, 또한 죽음을 뜻하는 것이었다.

하지만 현악은 자신이 있었다.

예전의 그는 운명이 휘두르는 대로 살았지만, 이제는 자신이 운명을 거스르면서 사는 것이라고 믿고 싶었다.

문득 현악의 입술이 슬쩍 열렸다.

"신 대주, 밖을 부탁하네."

신표는 대답 대신 가볍게 허리를 굽혔다.

스읏.

그 말을 남기고 현악은 대룡각 대전 입구를 향해 구름이 흐르듯 쏘아갔다.

채엽과 강일조는 극도로 긴장한 표정을 짓고 좌우에서 현악의 뒤를 바짝 따랐다.

신표는 등에 나란히 꽂은 다섯 자루의 창 중에서 양쪽 두 자루를 뽑아 양손에 움켜잡으면서 대룡각 전문을 쏘아보며 나직이 중얼거렸다.

"기어 나오는 놈들은 모조리 죽여라."

척!

현악은 대룡각 넓은 대전 한복판에 우뚝 멈춰 섰다.

대전에는 아무도 없었다.

그는 천천히 날카롭게 사위를 쓸어보았다.

사방으로 뻗은 복도와 이층으로 오르는 두 개의 계단이 보였지만 여전히 사람은 보이지 않았다.

순간 현악의 눈 깊숙한 곳에서 흐릿한 기광이 일렁였다. 무언가를 감지한 것이다.

스으—

문득 현악의 오른손이 들어올려지며 혈인검을 잡아갔다.

채엽과 강일조는 아무것도 보지 못했고, 아무런 느낌도 감지하지 못했지만 현악의 그런 행동을 보고는 피 한 방울까지도 팽팽하게 긴장하고 있었다.

척!

언제 뽑혔는가.

아니, 뽑히기나 한 것인가?

혈인검은 애초부터 뽑힌 적이 없었던 것처럼 어느새 검집에 들어가 있었다.

그리고 과연 무슨 일이 있기는 있었다.

그러나 채엽과 강일조는 그게 무엇인지 모르는 채 극도로 긴장하여 마른침만 삼켰다.

쿠쿠쿵!

순간 서 있는 세 사람 주위로 뭔가 묵직한 것들이 둔중한 소리를 내며 떨어졌다.

채엽과 강일조는 그것을 확인하고는 걸음을 멈추면서 등골이 쭈뼛해졌다.

주위 바닥에는 어느새 다섯 명의 녹의무사가 어지럽게 여기저기 쓰러져 있었는데, 그들은 더 이상 아무런 움직임도 없었다.

방금 전까지만 해도 숨을 쉬면서 누군가를 죽이겠다고 허공으로 몸을 띄웠던 그들은 한차례 호흡하는 시간을 열로 쪼갠, 극히 짧은 동안에 생과 사의 경계를 넘어간 것이다.

크게 놀란 채엽과 강일조가 눈동자만을 굴려서 빠르게 그들을 살펴보니 모두 즉사해 있었다.

어찌 된 일인지는 모르지만 그것이 현악의 솜씨라는 것은 짐작할 수 있었다.

다섯 구의 시체는 모두 녹의를 입었으며 어깨에 도를 메고 있었는데,

하나같이 오른손으로 도의 손잡이를 잡고 있었고 얼굴에는 추호의 고통이나 놀라움이 떠올라 있지 않았다.

그것은 그들이 얼굴의 표정을 미처 바꿀 겨를도 없이 창졸간에 죽임을 당했다는 뜻이었다.

그들 다섯 명의 목 한복판에는 좁쌀처럼 작은 흔적이 하나씩 새겨져 있었다.

그것은 자세히 보지 않으면 잘 눈에 띄지 않았으므로 당연히 채엽과 강일조는 그것을 발견하지 못했다.

문득 채엽과 강일조는 이상한 기척을 느끼고 재빨리 자신들의 머리 위를 쳐다가 안색이 급변하며 크게 놀라고 말았다.

쏴아아—

바닥에 죽어 있는 녹의무사들과 같은 복장을 한 열다섯 명의 녹의무사가 사방의 허공을 가득 뒤덮은 채 현악과 채엽, 강일조를 향해서 일제히 덮쳐 오고 있었는데, 이미 머리 위 일 장까지 쇄도하고 있는 중이었다.

그들은 바로 대룡각 휘하인 대룡도수(大龍刀手)들이었다. 이른바 오룡채에서 가장 강한 자들인 것이다.

그들은 방금 전에 이십 명이 귀신처럼 급습을 개시했는데, 하자마자 현악의 일검에 한꺼번에 다섯 명을 잃어버리고 말았다.

차창!

채엽과 강일조는 극도로 긴장하여 즉시 도검을 뽑았다.

축—

그와 동시에 현악의 어깨에서 혈인검이 두 번째로 뽑혔다.

지독하게 빠른 순간, 혈인검이 허공의 다섯 사람을 가리킨 후 검집에 꽂혔다.

혈인검이 가리킨 다섯 명은 목 한복판에 좁쌀 알 크기의 구멍이 뚫리는 순간 즉사했다.

차차차차창!

그 다음 순간 나머지 열 명이 일제히 어깨의 도를 뽑으면서 무섭게 공격을 퍼부었다.

채엽과 강일조는 방심하지 못하고 즉시 도검을 뽑아 반격했다.

카카캉!

채채채챙!

도검이 부딪치면서 요란한 소리와 불꽃을 만들어냈다.

대룡도수들은 일차 공격 후 사방으로 쫙 물러났다가 바닥에 죽어 있는 열 명의 동료를 그제야 발견하고는 만면에 커다란 놀라움을 가득 떠올렸다.

원래 대룡도수들은 현악 등이 대전에 들어오기 전에 이미 이층과 삼층 난간 안쪽 곳곳에 숨어서 기다리고 있다가 현악 등이 들어서자 그 중 이십 명이 일차 급습을 감행했다.

급습은 그들이 평소에 늘 연습했던 대로, 일조 이십 명이 이층과 삼층의 사방에서 소리없이 몸을 날렸다가 적의 머리 위에 이르렀을 때 일제히 도를 뽑아 난도질하는 방법이었다.

이날까지 외부인이 대룡각 대전 안까지 습격했던 경우는 딱 두 번 있었다.

그러나 그 두 번 다 방금 전과 같은 대룡도수들의 일차 급습에 습격자들 모두 여지없이 온몸을 난도질당하여 형체를 알아보지 못할 정도가 되어 처참한 죽임을 당했다.

그런데 그들은 일차 공격을 개시하자마자 미처 도를 뽑기도 전에 열 명이 죽음을 당해 버렸다.

그것도 일차 공격이 끝난 후에야 자신들의 동료가 죽었다는 사실을 깨달았을 정도였기 때문에 그들이 어떻게 죽었는지까지 안다는 것은 지나친 욕심이었다.

열 명의 대룡도수는 반사적으로 현악을 쳐다보았다.

침입자 세 명 중에서 현악이 가장 나이가 어렸지만, 또한 가장 여유 있는 자세로 서 있었다.

하지만 그것 때문에 대룡도수들이 그를 쳐다본 것은 아니었다. 방금 전 일차 공격 때 그만이 검을 뽑아 반격하지 않았기 때문에 직감적으로 그가 대룡도수 열 명을 죽인 장본인일 것이라고 판단했기 때문이다.

"자네 둘은 이들을 처리해라."

현악은 조용한 음성으로 채엽과 강일조에게 대룡도수 열 명과 싸울 것을 명했다.

휘익!

휙!

채엽과 강일조는 현악의 말의 여운이 채 사라지기도 전에 열 명의 대룡도수를 향해 저돌적으로 덮쳐 갔다.

현악은 슬쩍 고개를 들어 위를 쳐다보았다.

쏴아아―

이층과 삼층 난간에서 삼십 명의 대룡도수가 쏟아지듯이 하강하고 있었다.

바야흐로 이차 공격이며, 마지막 공격이 시작된 것이다.

'좋아! 시험해 보자!'

현악은 쏟아져 내리는 삼십 명의 각도와 방위를 날카롭게 쏘아보면서 검을 잡은 손에 지그시 힘을 주었다.

그는 이미 극쾌검을 이룬 상태였다.

그는 자신이 전개하는 쾌검이 이미 섬쾌를 훨씬 넘어섰음을 인지하고 있었다.

다만 아직 쾌검마류를 이루지는 못했고 섬쾌와 쾌검마류의 중간쯤에 도달해 있다고 나름대로 판단할 뿐이었다.

하지만 사실 그는 쾌검마류와는 전혀 다른 극쾌검을 이루었지만 본인은 그 사실을 모르고 있을 뿐이었다.

스파아—

혈인검이 뽑히면서 실로 쾌속하고도 현란하게 허공을 누볐다.

방금 전 두 번의 발검은 한 올의 검광도 번뜩이지 않았는데 지금은 달랐다.

혈인검이 한곳을 가리킬 때마다 아주 흐릿한 핏빛의 검기가 빛보다 더 빠르게 뿜어졌다.

첫 번째와 두 번째의 발검에서는 다섯 개의 검기를 발출했기 때문에 너무 빨라서 검기가 보이지 않았다. 하지만 현악은 이 세 번째의 발검에 무려 열일곱 차례 검기를 발출했다.

다섯 차례의 검기 발출보다 세 배 이상인 것이다. 그렇기 때문에 검기가 보일 수밖에 없었다.

한 번의 발검에 열일곱 차례의 검기 발출.

그리고 열일곱 개의 검기는 허공에 떠 있는 삼십 명 중에서 열일곱 명의 사혈에 정확하게 적중됐다.

사혈에 검기가 적중되고서도 살아남을 수 있는 사람은 존재하지 않는다.

현악은 한 번의 발검에 무려 열일곱 명을 죽였다.

비록 상대가 무림의 쟁쟁한 일류고수들은 아닐지라도 오룡채 내에서는 제일 강하다는 대룡도수들이라는 점을 감안한다면, 실로 놀라운 일이었다.

그러나 그는 방금 전의 발검에 삼십 명 모두를 죽이겠다고 작정했었으니 이 시험은 실패인 셈이었다.

한 번 발검에 모든 상대를 죽이지 못한다면 상대에게 공격할 기회를 주게 될 것이고, 자기 자신은 방어를 하거나 피해야 하는 수세에 몰리는 처지가 되고 만다.

그렇기 때문에 다 죽이지 못하면 실패라고 생각한 것이었다.

현악의 발검은 워낙 찰나지간에 이루어졌기 때문에 이차 공격을 감행하던 삼십 명 중에 살아남은 십삼 명은 자신의 옆 동료가 죽었다는 사실조차도 미처 모르고 있었다.

하기야 죽은 열일곱 명조차도 자신의 사혈에 검기가 적중됐다는 사실을 자각하기는커녕 자신이 죽었다는 사실마저도 깨닫지 못한 채 숨이 끊어졌으니, 하물며 그 옆의 동료들이 어찌 그들의 죽음을 알 수 있겠는가.

채엽과 강일조는 열 명의 대룡도수에게 신형을 날려 여전히 덮쳐 가고 있는 중이었다.

그 둘은 자신들의 머리 위에서 삼십 명의 대룡도수가 이차 공격을 가하고 있다는 사실도 모르고 있었고, 굳이 알 필요도 없었다. 그들은 단지 현악의 명령에 따르기만 하면 그만이었다.

삼십 명이 이차 공격을 하든, 백 명이 삼차 공격을 하든 현악이 다 알아서 해결할 것이므로.

쉬이익!

채엽의 도와 강일조의 검이 자신들이 목표로 삼은 두 명의 대룡도수를 향해 맹렬하게 그어져 갔다.

파아앗!

그와 동시에 현악의 혈인검이 착검하지 않은 상태에서 재차 허공을 여러 개로 쪼갰다.

혈인검에서 정확하게 열세 방향으로 뿜어진 흐릿한 핏빛 검기들은 나머지 열세 명의 온몸 사혈로 정확하게 쏘아들어 적중됐다.

채엽의 도와 강일조의 검이 그들 최초의 희생자의 피를 허공에 뿌리기 직전, 현악은 허공 중에 떠 있는 나머지 열세 명의 숨통을 끊어놓았다.

이차 공격자 삼십 명은 몸이 바닥에 닿기도 전에 단 두 차례의 발검에 의해서 모조리 즉사했다.

"흐악!"

"크악!"

채엽의 도가 적의 목을 뎅겅 잘랐고, 강일조의 검이 또 다른 적의 목줄기를 깊숙이 찔렀다.

쿠쿠쿠쿠쿵!

다음 순간, 채엽과 강일조에게 당한 두 명이 쓰러지기도 전에 허공 중에서 삼십 명의 시체가 무더기로 바닥에 떨어졌다.

그러자 실내의 모든 동작이 한순간에 정지됐다.

채엽과 강일조도, 남은 여덟 명의 대룡도수도 석상처럼 굳어서 움직이지 않았다.

그들 모두는 바닥을 완전히 뒤덮은 채 죽어 있는 도합 마흔두 구의 시체를 경악하는 얼굴로 쳐다보고 있었다.

현악이 생존자 여덟 명을 느릿하게 둘러보며 나직이 중얼거렸다.

"더 싸울 테냐?"

여덟 명은 방금 염라대왕의 얼굴을 본 것 같은 표정을 지으며 고개를 설레설레 가로저었다.

철컹!

쨍강!

이어서 그들은 공포에 질린 얼굴로 누가 먼저랄 것도 없이 손에서 무기를 떨어뜨렸다.

그들은 방금 전까지 자신들의 동료였던 마흔두 명이 무슨 방법으로 죽었는지는 몰랐지만, 그들을 죽인 현악이 일류고수인 것만은 틀림없다고 판단했다.

일류고수에게 한낱 녹림인이 덤빈다는 것은 목숨이 여벌로 서너 개쯤 있어도 하기 힘든 만용이었다.

차차창!

챙챙챙!

"으아악!"

"흐왁!"

그때 밖에서 시끄러운 소리가 터졌다. 신표와 무적혈창대가 대룡각 휘하 오당의 수하들과 싸우는 소리였다.

채엽과 강일조는 굴복한 여덟 명을 무릎 꿇게 한 다음, 그들의 마혈을 제압해서 꼼짝 못하게 만들었다.

"웬 놈들이냐?"

순간 현악의 머리 위에서 쩌렁한 외침이 터졌다.

현악이 올려다보자 한 인물이 현악의 머리 위 오 장쯤의 높이에서 마치 말 위에 걸터앉은 듯한 자세로 곧장 하강하고 있는데, 그의 두 손에는 커다란 철퇴(鐵槌)가 쥐어져 있었다. 철퇴는 길이 여섯 자가량에 무게가 족히 이백 근 이상은 나갈 정도로 무지막지했다.

그자는 두억시니처럼 험상궂게 생겼으며, 체구는 곰처럼 거대했고 얼굴이 온통 시커먼 수염에 뒤덮여 있었다.

"죽어랏, 젖비린내 나는 놈아!"

위이잉!

두억시니 같은 자는 두 눈에서 무서운 살광을 뿜으면서 현악의 머리 위 일 장쯤에 이르러 전력으로 철퇴를 휘둘러 왔다. 현악으로서는 한 번도 본 적이 없는 기이막측한 수법이었다.

철퇴는 손잡이 쪽은 가늘지만 끝 부분으로 갈수록 굵어졌고, 뾰족한 철침들이 무수히 박혀 있어서 스치기만 해도 무사하지 못할 것 같았다.

현악은 피할 생각도 하지 않은 채 우뚝 서 있다가 아무도 보지 못할 정도로 빠르게 검을 뽑았다가 꽂았다.

까앙!

직후, 날카로운 쇳소리가 터졌다.

"……!"

현악은 가볍게 흠칫했다.

자신이 발출한 검기가 상대의 목 한복판을 관통했을 테니 날카로운 소리가 날 까닭이 없었다.

그 순간, 현악은 위를 쳐다보다가 적잖이 놀랐다.

후우웅!

철퇴가 바로 그의 머리 위 두 자 높이에서 무시무시하게 쏟아져 내리고 있는 것이 아닌가.

현악은 순간적으로 표허무종의 무종을 보법으로 삼아 선 채 뒤로 번개같이 물러났다.

그 순간 그는 머리 위에서부터 시작된 칼날 같은 한줄기 바람이 코끝을 스쳐 내리는 것을 느꼈다.

꽝!

간발의 차이라는 표현은 이럴 때 너무도 적절했다. 철퇴는 현악의 두 자 앞 바닥을 그대로 내리찍었다.

머리통 크기의 철퇴 끝 부분은 단단한 청석을 박살 내면서 그 속에 한 자 깊이로 박히며 돌 부스러기를 흩뿌렸다.

만약 그것이 현악의 머리에 적중됐다면, 그의 머리는 흔적조차 남기지 못했을 것이다.

순간 현악은 더 물러서지도 전진하지도 않은 자세에서 그자를 향해 빛보다 빠르게 검을 뿌려냈다.

깡!

예의 그 날카로운 쇳소리가 터졌다.

현악은 이번에야말로 상대의 목줄기를 관통할 것이라고 믿어 의심하지 않았다.

위이잉!

그런데 그자는 아무 일도 없었다는 듯이, 아니, 오히려 방금 전보다 더욱 무시무시하게 현악을 향해 철퇴를 휘둘러 오고 있는 것이 아닌가.

게다가 쉽사리 믿어지지 않는 빠르기였다.

상대는 처음에도, 지금도 철퇴로 검기를 막아냈던 것이다.

현악은 분명히 그자의 철퇴가 바닥의 청석 속에 박혀 있는 것을 보고 발검했다. 그런데 상대는 어느새 철퇴를 들어올려 검기를 막아낸 것은 물론이고, 거의 동시에 공격까지 하고 있었다.

현악은 자신의 공력이 아직 약해서 검기만으로는 철퇴를 자르거나 뚫지 못한다는 사실을 이 순간에야 비로소 깨달았다. 그렇더라도 두억시니 같은 사내가 현악의 검기를 막아내고 또한 반격하는 수법은 놀라울 정도로 쾌속했다.

채엽과 강일조는 눈을 크게 뜨고 적잖이 놀라는 표정으로 현악을 쳐다보고 있었다.

철퇴는 이미 현악의 머리 위 두 자까지 쇄도하고 있었는데, 현악은 그저 우뚝 서 있을 뿐이었다.

채엽과 강일조는 현악의 실력을 누구보다 잘 알고 있었지만, 눈앞의 현실은 그런 사실을 깡그리 잊게 했다. 그들의 눈에는 곧 현악의 머리가 박살나서 피와 살이 튀는 광경이 선하게 그려졌다.

'그렇다면!'

현악의 눈에서 번갯불이 뿜어졌고, 같은 순간 그의 혈인검에서도 혈광이 뿜어졌다.

휘이잉!

두억시니 같은 자는 있는 힘껏, 그러나 진저리쳐지도록 빠르게 철퇴를 휘둘러 왔다. 그는 철퇴를 자신의 몸에 붙은 수족보다 더 자유자재로 다루었다.

그러나 철퇴는 허공을 후려치면서 청석을 두드리고 말았다.

쾅!

그리고 철퇴에 적중되리라고 예상했던 현악은 어느새 두억시니사내의 뒤쪽에 우뚝 서 있었다.

원래 두억시니사내의 신분은 대룡각주였다.

그는 오룡채 내에서 최고 우두머리인 대룡을 제외하곤 가장 고강한 인물이었다.

우드드—

대룡각주는 청석 바닥에서 철퇴를 뽑으면서 묵직하게 현악을 향해 돌아서며 인상을 썼다.

"이 쥐새끼 같은 놈이……."

그러나 그는 말을 끝맺지 못했다.

쩌저적!

"크으으… 아악—!!"

그가 잡고 있는 철퇴가 끝 부분에서부터 손잡이까지 정확하게 세로 절반으로 쪼개지더니, 급기야 그의 몸뚱이마저도 정수리에서부터 사타구니까지 정확하게 세로 절반으로 갈라져 버렸다.

그의 철퇴가 현악의 머리에 적중되기 직전, 혈인검이 철퇴와 그것의 주인을 한꺼번에 세로로 쪼개 버린 것이었다.

이번에는 검기가 아닌 직접 검으로 베었다. 전설의 명검, 혈인검 앞에서 제아무리 수백 근짜리 철퇴인들 두부와 다름이 없었다.

대룡각주가 서 있던 곳 바닥에는 두 조각난 철퇴와 몸뚱이, 그리고 몸에서 쏟아져 나온 내장과 피가 흩어진 채 뜨거운 김을 피워내고 있었다.

채엽과 강일조는 경악하면서 현악을 쳐다보며 그제야 어떻게 된 일인지 깨달았다.

"물러서라!"

그때 현악이 채엽과 강일조에게 빠르게 말하며 머리 위를 올려다보았다.

쌔애액!

현악은 자신의 머리 위에서 동전 크기의 새카만 점 하나가 머리를 노리고 무서운 속도로 쏘아져 내리는 것을 발견하곤 재빨리 무종을 전개했다.

퍽퍽퍽퍽!

그의 두 발이 어지럽게 보법을 전개하자 그의 모습이 흐릿해지면서 순식간에 대여섯 명으로 불어났고, 청석 바닥에서 둔탁한 음향이 대여섯 차례나 터져 나왔다.

그런 광경은 그가 너무도 빠르게 움직여서 원래의 자리에 있던 그의 모습이 채 사라지기도 전에 새로 이동한 자리에 그의 모습이 새롭게 나타나기 때문에 일어나는 착시 현상이었지만, 마치 사술인 분신술을 보는 것 같았다.

그것은 길이가 무려 아홉 자에 이르는 하나의 긴 봉(棒)이었다.

누군가 허공에서 하강하며 아래를 향해 무서우리만치 빠르게 여러 차례 봉을 내리찍은 것이었다.

바로 그 누군가가 바닥에 내려서자마자 또다시 현악을 향해 거세게 봉을 휘둘러 왔다.

부우웅! 붕! 붕!

아홉 자 길이의 봉은 얼마나 강하고 빠른지 반월처럼 꺾이며 현악의 온몸을 노리고 휘몰아쳐 왔다.

현악은 피하기에 급급해서 상대가 누군지 확인하기는커녕 반격을 하거나 숨 돌릴 틈조차 없었다.

채엽과 강일조는 황급히 몸을 날려 이층으로 날아올라 갔다.

우지직!

콰쾅!

봉은 기둥과 벽을 닥치는 대로 무너뜨리고 부수었다.

"흐악!"

"크액!"

마혈이 제압되어 무릎 꿇고 있던 여덟 명의 대룡도수는 멍청하게 앉아 있다가 봉에 두들겨 맞아 머리가 터지고 온몸이 박살나서 짓이겨진 채 모두 죽어 자빠졌다.

'지독하게 빠른 자로군!'

현악은 여전히 피하기에 바빠서 쉽사리 발검할 기회를 잡지 못하고 있었다.

아니, 그 상황에서는 상대의 모습을 제대로 보는 것조차 불가능했기 때문에 사실상 발검할 표적이 없는 상태였다.

현악은 피하는 중에 그가 대룡일 것이라고 생각했다.

문득 그는 어이없는 실소를 흘렸다.

'뭐야? 이런 바보 같은……'

혈인검은 쇠나 돌을 두부처럼 자르는 보검 중의 보검이다. 조금 전에 두억시니사내 대룡각주의 철퇴도 혈인검으로 베어놓고서, 대룡의 급습이 워낙 창졸간에 벌어졌기 때문에 그 사실을 잠시 잊고 있었던 것이다.

부우웅!

한순간 현악이 우뚝 멈추자 기다렸다는 듯이 봉이 그의 허리를 향해 무섭게 날아왔다. 적중된다면 그대로 허리가 끊어져 버릴 것이 분명했다.

현악은 혈인검을 뽑으면서 곧장 봉의 주인을 향해 덮쳐 갔다.

"미친놈!"

봉의 주인은 냉소를 치며 현악의 머리와 가슴과 복부 세 곳을 향해 순식간에 봉을 찌르고 후려쳤다.

"……?"

아니, 그는 그럴 수 없었다.

그는 자신의 손에 쥐어져 있는 봉을 망연자실한 얼굴로 쳐다보고 있는데, 남아 있는 봉의 길이는 불과 한 자뿐이었다.

그리고 그의 앞에 현악이 우뚝 서서 검끝으로 그의 턱 아래를 찌를 듯이 가리키고 있었다.

투두두둑—

그때 토막토막 잘려져 나간 대룡의 봉 조각들이 주변의 바닥에 어지럽게 떨어져 내렸다.

마치 칼과 대패로 자르고 깎아서 다듬은 듯 네모지고 각진 얼굴을 지닌 사십오 세가량의 중년인 대룡은 한동안 복잡한 표정으로 현악과 자신이 쥐고 있는 봉을 번갈아 쳐다보았다.

그의 표정이 짧은 순간에 여러 차례나 변했다.

쿵!

"졌소!"

이윽고 그는 그 자리에 묵직하게 무릎을 꿇으며 어금니가 시린 듯한 소리를 흘려냈다.

현악은 검을 거두고 묵묵히 대룡을 응시했다.

그는 반 뼘가량의 검고 짧은 수염을 코밑과 턱 아래에 길렀으며, 매

부리코에 두툼한 입술, 날카로운 눈빛의 강직한 인상을 지니고 있었다.

현악은 그런 인상의 인물이 부러질지언정 꺾이지 않으며, 한 번 꺾이게 될 경우에는 자신을 꺾은 사람에게 죽을 때까지 충성하는 성품의 소유자라는 사실을 경험을 통해서 어느 정도 알고 있었다.

"무적부에 굴복하겠느냐?"

현악의 말에 대룡은 움찔하더니 적잖이 놀라는 얼굴로 현악을 쳐다보았다.

"무적부주에게 패했다면 그리 부끄러운 게 아니로군."

현악은 가볍게 고개를 가로저었다.

"나는 무적부주가 아니다."

대룡은 어이없다는 표정을 지었다.

"그… 럼 누구요?"

"그저 부주를 모시는 사람이다."

"……."

대룡의 얼굴이 보기 싫게 일그러졌다.

그러나 그는 곧 시선을 현악의 얼굴에 맞추었다가 그의 어깨에 메어져 있는 혈인검으로 옮기더니 얼굴에 놀라움이 떠올랐다.

"혹시… 귀하가 쾌검왕이오?"

현악은 피식 실소를 흘렸다.

"남들이 그러더군."

사실은 남들이 그런 게 아니라 현악 스스로 지은 별호라는 걸 대룡이 알 리 없었다.

일 년 반 전, 풍사단 홍동지단주 채엽에게 자운을 찾아달라고 부탁하는 과정에서, 급한 대로 자신의 별호를 댄다는 게 쾌검왕이라고 했었다.

대룡은 더욱 놀라는 표정을 지었다가 곧 의아한 표정을 지으며 물었다.

"강호에는 무적부주인 흑사신이라는 별호보다는 쾌검왕이라는 별호가 훨씬 더 알려져 있으며, 사실 쾌검왕이 더 고강하지 않소? 그런데 왜 귀하가 부주가 되지 않았소?"

현악은 담담히 미소 지었다.

"그가 나보다 훨씬 더 강하다. 게다가 그 사람이야말로 부주감이지. 난 아냐."

대룡은 현악에게 깊숙이 고개를 숙였다.

"하지만 나는 무적부주가 아니라 귀하 쾌검왕에게 굴복했소. 나를 수하로 거두어주겠소?"

현악은 어이없는 실소를 흘렸다.

"내가 무적부 사람이므로 내 수하가 되면 곧 무적부 수하다."

"어쨌든 나는 무적부 수하이기 전에 쾌검왕의 수하이길 원하오."

현악은 할 수 없이 고개를 끄덕였다.

"좋도록 하게."

현악은 그의 막힌 듯 고지식한 면이 마음에 들었다.

현악이 앞서자 그 뒤를 대룡이 따르고 또 그 뒤를 채엽과 강일조가 따르면서 대룡각을 나섰다.

◆제51장◆
무적부의 첫 번째 지부(支部)

무적부의 첫 번째 지부(支部)

　　채엽과 강일조는 걸어나가는 현악의 뒷모
습을 보면서 가슴속에서 샘물처럼 솟구치는 현악에 대한 존경심을 금
할 길이 없었다.

　그들은 비록 얼마 전까지만 해도 사파인과 녹림인이라는 보잘것없
는 신분이었지만, 그런 그들의 눈에도 현악은 정말 위대한 인물로 보였
다.

　그들은 현악이 장차 천하를 질타할 한 마리 창룡(蒼龍)이라는 사실
을 믿어 의심치 않았다. 또한 이런 녹림에는 더 이상 그의 적수가 없음
을 실감했다.

　녹림인들이라면 그 이름만 들어도 벌벌 떠는 오룡채주인 대룡을 현
악이 얼마나 간단하게 굴복시켰는지 채엽과 강일조는 똑똑히 보았지
않은가.

차차차창!

챙챙챙챙!

"끄악!"

"우와악!"

대룡각 밖 드넓은 연무장에는 실로 아비규환의 싸움이 벌어지고 있었다.

무기끼리 부딪치는 날카로운 소리와 처절한 비명성이 끊이지 않고 터져 나왔다.

신표가 이끄는 무적혈창대와 대룡각 휘하 오당의 녹림 수하들이 한데 뒤섞여 누가 적이고 동료인지 구분하기 어려울 정도로 지옥도를 방불케 하는 광경을 연출하고 있었다.

아니, 그것은 싸움이라기보다는 무적혈창대의 일방적이며 무차별적인 도륙이었다.

애초부터 오룡채의 녹림 수하들은 무적혈창대의 적수가 아니었다.

처음에 신표는 무적혈창대 사십구 명을 불러내어 대룡각 앞에 질서 있게 집결시켰다.

그것은 '우리는 숫자가 이게 전부니까 해볼 테면 한번 해보자' 라고 던진 미끼였다.

아니나 다를까, 대룡각 휘하 오당의 녹림 수하들은 그 미끼를 덥석 물어버렸다.

오당의 이백오십여 녹림 수하들은 자신들의 수적인 우세를 믿고 사방에서 맹렬한 합공을 개시했다.

그때까지만 해도 그들은 자신들이 순식간에 무적혈창대를 쓸어버릴 것이라고 굳게 믿었다. 그러나 무적혈창대는 합공해 오는 이백오십여 명의 녹림 수하를 향해 일제히 비창을 날려 순식간에 오륙십 명을 주살했고, 그 이후부터 지금까지 무적혈창대의 일방적이며 처참한 도륙이 계속되고 있는 중이었다.

지난 몇 개월 동안 자신들의 목숨을 도외시하면서까지 거의 광적으로 창술 연마에 몰두했던 무적혈창대였다.

그런 무적혈창대 각자의 실력은 이미 녹림인들의 수준을 훨씬 뛰어넘은 상태였다.

그들이 양손에 투창을 움켜쥐고 싸우는 수법은 무림이라고 해도 충분히 먹혀들 정도였다.

"멈춰라!"

현악은 돌계단 위에 우뚝 서서 쩌렁한 일갈을 터뜨렸다.

그러자 무적혈창대가 일제히 창을 거두면서 격전장에서 썰물처럼 물러났다.

그때 대룡의 오른손이 아무도 모르게 품속에서 빠져나왔다.

그의 손에는 일곱 치 길이의 날카로운 비수가 쥐어져 있었다.

쉬익!

현악 바로 뒤에 바짝 붙어 서 있던 대룡이 오른손에 움켜쥔 비수로 번개같이 현악의 뒷목을 찍어갔다.

현악이 제아무리 극쾌검을 터득했더라도 방심하고 있는 중에 바로 뒤에서 찔러오는 급습까지는 어쩔 도리가 없었다.

비수의 섬뜩한 칼날 끝이 현악의 뒷목 반 자 위를 찍어가고 있을 때 대룡의 입가에 득의한 미소가 피어나기 시작했다.

하지만 그의 미소는 그게 끝이었다.

팍!

"……?"

대룡은 비수가 현악의 뒷목에서 오른쪽으로 반 자나 떨어진 허공을 찍는 것을 보며 의아한 표정을 지었다.

그리고는 비수를 잡고 있는 손이 중심을 잃은 채 자신에게서 반 장 이상이나 멀어지는 것을 보며 더욱 의아한 표정을 지었다.

그는 비수를 쥔 손이 점점 더 멀어지는 것을 보면서 이상한 생각이 들었다.

그의 팔은 그렇게 길지 않았던 것이다.

그는 급히 자신의 어깨를 쳐다보았다.

그제야 그는 어깨에 붙어 있어야 할 자신의 팔이 잘려져 나간 사실을 깨달았다.

그의 얼굴에 불신이 확 떠올랐다.

그토록 가까운 거리에서, 그처럼 민첩하게 암습을 가했는데 대체 누가 자신의 팔을 잘랐다는 말인가?

그는 얼굴을 확 일그러뜨리며 재빨리 뒤돌아보았다.

그 순간 그는 하나의 번뜩이는 칼날이 자신의 얼굴로 쏘아드는 것을 발견했다.

촤악!

그게 끝이었다.

그 칼날은 그의 머리를 세로 절반으로 정확하게 쪼개면서 가슴까지 박혀 버렸다.

채엽은 두 손을 가볍게 앞으로 잡아당겨 대룡의 가슴에서 도를 뽑았다.

대룡은 머리통이 수박을 세로로 자른 것처럼 양쪽으로 벌어진 상태에서 오른팔을 잃은 채 뒤뚱거리면서 뒤로 몇 걸음 물러나다가 볼썽사납게 자빠졌다.

현악은 끔찍하게 죽은 대룡을 굽어보면서 가볍게 눈살을 찌푸렸다가 채엽과 강일조를 쳐다보았다.

강일조와 채엽은 각각 검과 도를 어깨에 꽂은 후 현악에게 공손히 허리를 굽혔다.

위기의 순간에 대룡의 오른팔을 자른 것은 그의 뒤에 서 있던 강일조였고, 그 직후에 채엽이 대룡의 정수리를 쪼개서 죽인 것이었다.

방금 전에 현악에게 닥쳤던 위기는, 얼마나 공력이 높으며 잘 싸우는가 하는 것과는 별개의 일이었다.

그것은 사람을 쓰고, 믿고, 부리는 용인(用人)의 문제였다.

현악은 대룡의 굴복과 충성을 너무 쉽게 믿어버렸다. 그래서 그가 지나치게 가까이 접근했는데도 추호도 의심하지 않았으며, 자신의 등을 너무 쉽게 드러내 버렸다.

현악은 방금 또 한 가지 큰 깨달음을 얻었다. 그는 대룡을 보자마자 그가 강직한 성품이며 한 번 충성을 바치면 죽을 때까지 변치 않을 사람이라고 판단했다.

그런데 그것이 잘못됐다.

한 번 사람을 잘못 본 대가로 그는 하마터면 자신의 목숨을 내놓을 뻔했던 것이다.

"고맙다, 두 사람."

현악은 채엽과 강일조에게 가볍게 고개를 끄덕여 보이면서 미소를 지었다.

그의 그런 언행은 자신의 실수를 인정한다는 뜻이기도 했다.

채엽과 강일조는 자신들이 현악에게 도움이 됐다는 사실에 크게 고무되어 가슴이 터질 것만 같았다.

현악은 천천히 돌계단 아래 상황을 둘러보았다.

돌계단 바로 아래에는 신표와 사십구 명의 무적혈창대가 질서정연하게 도열해 있었다.

그들 중 몇 명이 가벼운 부상을 당하기는 했지만 죽은 사람은 한 명도 없었다.

바닥에는 백여 구의 녹림 수하 시체들이 어지럽게 깔려 있었고, 무적혈창대 오류 장 둘레에는 조금 전까지 무적혈창대와 싸웠으며, 이제 백오십 명 정도 남은 오당의 녹림 수하들이 포위지세를 형성하고 있었다.

그리고 그들에게서 오 장쯤 바깥쪽에 사백여 명의 녹림 수하들이 겹겹이 포위망을 구축하고 있었다. 그들 사백여 명은 오룡채 사룡 휘하의 세력이었다.

그들 오룡채의 오백여 전체 녹림 수하들은 자신들의 최고 우두머리인 대룡이 무참하게 죽어가는 광경을 생생하게 목격했다.

"이 자식아! 네놈은 대체 누구냐?"

무적혈창대를 안쪽에서 포위하고 있는 백오십여 명의 녹림 수하들 앞쪽에 있던 한 인물이 수중의 도를 들어서 현악을 가리키며 악에 받쳐서 소리를 질렀다.

그는 대룡각 휘하 오당주 중 한 명이었다.

퍽!

"끅!"

하지만 그는 대답을 들을 수 없었다. 그 대신 자신의 입에서 쥐어짜는 듯한 신음성을 터뜨렸다.

그에게서 가장 가까운 곳에 있던 무적혈창대 중 한 명이 벼락같이 창을 던져서 그의 목줄기를 꿰뚫어 버렸기 때문이다. 가까운 곳이라고 는 하지만 오 장의 거리였다.

녹림 수하들은 자기들 딴에는 안전거리라고 판단해서 오 장씩이나 물러났던 것인데, 무적혈창대의 비창 앞에서는 오 장은 고작 한 뼘에 불과할 뿐이었다.

대룡이 죽고 대룡각주도 죽은 마당에, 오룡채의 남아 있는 오당주 중 한 명이 너무도 어이없게 죽는 광경을 목격한 녹림 수하들은 이후 아무도 입을 열려고 들지 않았다.

언제나 역사를 만들거나 새로운 지평을 여는 것은 극소수의 인물들 이었다. 절대적 다수는 그저 극소수의 인물이 내린 결정을 묵묵히 따 를 뿐이다. 따르지 않을 경우에는 반역 혹은 배신이라는 죄명이 씌워 진다.

느릿하게 좌중을 훑던 현악의 시선이 한곳에 멈추었다.

바깥쪽 포위망을 형성하고 있는 어느 한 무리의 선두에 나란히 서 있는 두 인물 중 한 명이었다.

한 명은 유룡도였고, 그 옆에 서 있는 인물은 사룡 중 이룡인 악룡 수(惡龍手)였다.

유룡도는 어느새 오룡채 인물들 틈에 섞여 있었다.

현악은 조용히 입을 열었다.

"유룡도."

유룡도는 현악을 향해 포권하며 정중히 허리를 굽혔다.

"하명하십시오."

그는 오룡채 한복판에서 옛 동료들과 함께 있으면서도 현악에게 각

듯했다.

현악은 가볍게 고개를 끄덕였다.

"너에게 오룡채를 맡기겠다."

순간 유룡도는 자신의 귀를 의심하는 듯한 표정을 얼굴 가득 떠올리며 현악을 쳐다보았다.

오룡채에 잠입하기 얼마 전에 유룡도는 오룡채를 장악한 후에 자신에게 맡겨달라고 현악에게 부탁했다가 채엽에게 무지하게 두들겨 맞았다.

문득 유룡도는 현악의 말을 듣는 순간 머리 속이 맑아지는 것을 느끼며 한 가지 사실을 깨달았다.

그것은 현악이 결코 말만 앞세우는 사람이 아니라는 사실이었다.

유룡도는 그 즉시 현악을 향해 무릎을 꿇고 땅에 머리를 조아리며 떨리는 음성으로 아뢰었다.

"감사합니다! 목숨을 바쳐 충성하겠습니다!"

현악은 뒷짐을 지고 중얼거렸다.

"오룡채는 무적부의 첫 번째 지부(支部)가 될 것이다."

유룡도는 조심스럽게 일어서서 옆에 서 있는 이룡 악룡수를 정중히 가리켰다.

"말씀드릴 것이 있습니다! 지부주(支部主)에 제 의형이신 이분 악룡수를 천거하겠습니다!"

오룡채 오룡 중에 이룡인 악룡수, 그는 정말 두 번 다시 쳐다보고 싶지 않을 정도로 추악한 용모의 사내였다.

만약 그가 돈도, 권력도, 무공도 없는 그저 평범한 사람이었다면, 그는 연이어 삼생(三生)을 산다고 해도 결코 한 번도 혼인을 할 수 없을 것 같은 그런 지독하게 못생긴 얼굴을 지니고 있었다.

그는 중키에 적당하게 살집이 붙은 평범한 체구의 소유자였다.

하지만 그의 용모는 결코 적당하거나 평범하지 않았다.

우선 그는 지독한 곰보였다. 그리고 애꾸였다.

그 하나뿐인 눈조차도 몹시도 작은 데다가 움푹 꺼진 안쪽에 흡사 독사의 그것처럼 섬뜩하게 번들거렸다.

게다가 그는 코가 없었다.

다만 코가 있어야 할 자리에 구멍만 두 개 뚫려 있어서 그 부위가 코일 것이라고 짐작을 가능하게 했다.

또한 그는 토순(兎脣)이었다. 토끼 입술, 그러니까 나쁘게 말하면 언청이라는 것이다.

그중에서 한 가지만 갖고 있어도 보는 사람의 눈살을 찌푸리게 만드는 결함을 그는 무려 네 가지씩이나 지니고 있었다.

그는 태어나면서부터 그런 용모였으므로, 그가 어떤 삶을 살아왔을는지는 어렵지 않게 짐작할 수 있을 것 같았다.

악룡수는 현악에게 뻣뻣한 자세로 말했다.

"나는 지부주를 거절하오."

그러자 유룡도가 놀라서 낮게 외쳤다.

"대형! 그게 무슨 말씀이십니까? 대형은 오룡채에서 채주인 대룡보다 더 존경받는 분이십니다! 그러니 대형께서 지부주가 되셔야 모두들 안심하고 따를 겁니다!"

악룡수는 마당 건너편에 멀찍이 떨어져 있는 한 인물을 가리키면서 유룡도에게 물었다.

"삼제(三弟), 설마 너는 이제(二弟)가 지부주의 자격이 없다고 생각하는 것이냐?"

유룡도는 악룡수가 가리키는 인물을 쳐다보았다.

그는 훤칠한 키와 떡 벌어진 어깨, 잘록한 허리를 지닌 멋진 몸매의 소유자였다.

게다가 구레나룻을 턱까지 길게 기른 사내다운 용모까지 지니고 있었으며, 어깨에는 한 자루 도를 비스듬히 메고 있었다. 그야말로 악룡수와는 극과 극의 외모를 지닌 인물이었다.

그는 오룡채의 삼룡(三龍)인 사룡도(死龍刀)였다.

원래 악룡수와 사룡도, 유룡도 세 사람은 의형제지간이었다. 세 사람의 우정은 녹림계가 인정할 정도로 돈독했다.

"하지만… 대형이 계신데 어떻게 이형님께서 지부주가 될 수 있겠습니까?"

유룡도는 난감한 표정을 지었다.

악룡수는 현악을 향해 서서 포권도 하지 않은 채 여전히 뻣뻣하게 말했다.

"나를 당신 측근에 둬주시오."

"대형……!"

그의 말에 유룡도는 크게 놀랐다.

하지만 악룡수는 개의치 않았다.

"그래야 하는 이유를 한 가지만 말해 보게."

현악은 뒷짐을 팔짱으로 바꾸면서 태연히 말했다.

악룡수는 지체없이 대답했다.

"장차 당신이 올라서게 될 곳에 나도 함께 있고 싶기 때문이오."

그는 유룡도에게 현악이 쾌검왕이라는 사실, 그리고 몇 가지 일에 대해서 이미 들은 눈치였다.

현악의 눈가가 가볍게 흔들렸다.

"하하! 내려가게 될는지도 모르지!"

"그렇다면 함께 내려갑시다."

현악은 조금 전에 대룡의 거짓 굴복에 속아서 하마터면 목숨을 잃을 뻔했다. 그런데도 그는 그런 사실을 까맣게 잊은 것처럼 행동하고 있었다.

"내 곁에 있으면 결코 편하지 않을 텐데?"

"당신은 내가 이런 얼굴로 얼마나 편하게 살았을 것 같소?"

"그렇군. 내가 실언했어."

현악은 악룡수가 마음에 들었다. 악룡수가 대룡처럼 뒤통수를 친다면 어쩔 수 없는 일이었다.

그는 또 한 가지 사실을 깨달았다. 모험을 하지 않고는 인재를 얻을 수 없다는 것을.

"좋아. 함께 가세."

현악은 고개를 끄덕인 후 돌계단을 내려갔다. 그러자 악룡수는 현악에게 나는 듯이 달려왔다.

그는 현악 앞에 서서 표정없이 말했다.

"뭐든 시키시오. 다 하겠소."

채엽은 악룡수를 보며 가볍게 눈살을 찌푸리며 엄포를 놓았다.

"이봐. 너는 허리를 굽힐 줄도 모르느냐?"

악룡수는 채엽을 쳐다보았다.

"너는 뭐냐?"

순간 채엽과 강일조는 움찔 놀랐다.

악룡수가 현악을 대할 때는 그저 태도가 뻣뻣하고 퉁명스럽다고만 느꼈다.

그런데 그가 채엽을 쳐다보며 와락 인상을 쓰는 순간 그의 온몸에서 소름 끼치는 살기가 파도처럼 와르르 쏟아져 나왔던 것이다.

상상해 보라.

곰보에, 애꾸이며, 코가 없고, 언청이 모습인 그에게서 살 떨리는 살기가 으스스하게 뿜어지는 것을.

채엽은 부지중 기가 꺾여서 입을 열지 못하고 우물쭈물했다.

그러자 강일조가 채엽의 편을 들어 악룡수에게 눈을 부라렸다.

"말을 삼가라! 이분은 주군의 의제이시다!"

악룡수는 가볍게 표정이 변하더니 즉시 온몸에서 씻은 듯이 살기를 거뒀다.

"미안하오."

채엽은 자신이 잠시 동안 악룡수에게 주눅이 들었던 것 때문에 더 화가 났다.

"이 자식! 앞으로는 형님께 예의를 갖춰라! 알아듣겠느냐?"

"알겠소."

이 일로 인해서 채엽은 자신이 현악의 의제라는 사실을 새롭게 인식하게 됐으며, 그때부터 더 당당해 지기로 결심했다.

채엽은 강일조를 향해 가볍게 고개를 끄덕이면서 고맙다는 시늉을 해 보였다.

사실 채엽은 현악이 어느 날 갑자기 데리고 온 강일조와 그의 가족을 못마땅하게 여겼다. 그래서 강일조와 그의 가족들이 현악의 의제인 채엽을 깍듯하게 대할 때에도 제대로 인사조차 받지 않고 시큰둥한 태도로 일관해 왔던 게 사실이었다.

현악이 강일조와 그 가족에게 각별한 애정을 쏟는 것을 보고 묘한 질투 같은 것을 느꼈기 때문이다.

그러나 그 모든 감정들은 방금 전 강일조의 행동 덕분에 깡그리 사라져 버렸다.

결국 채엽도 강일조를 인정한 것이다.

현악은 걸음을 옮기며 신표를 쳐다보았다.

"신 대주, 가세."

뒤따르는 채엽이 깜짝 놀라서 현악에게 물었다.

"형님, 다 가버리면 여긴 누가 처리합니까?"

현악은 걸으면서 태연히 대꾸한다.

"악룡수라고 했나?"

뒤따르는 악룡수가 여태까지처럼 뻣뻣하게 대답했다.

"그렇소."

스릉—

"네놈이 정녕 죽고 싶은 게로구나!"

악룡수의 오른편에서 걷던 채엽이 어깨의 도를 뽑으면서 더 이상 못 참겠다는 듯 호통 쳤다.

스응—

거의 같은 순간에 강일조도 어깨의 검을 뽑으면서 악룡수를 쏘아보았다.

강일조의 그런 행동은 채엽에게 힘을 실어주는 것으로서 아주 시기 적절했다.

악룡수는 흐릿한 미소를 머금었다.

"미안하오. 예의라는 것과 별로 친하지 않아서. 하지만 난생처음 주군을 모셨으니 앞으로는 노력하겠소."

그는 현악의 뒷모습을 향해 가볍게 고개를 숙였다.

"하문하십시오, 주군."

어조도 행동도 여전히 뻣뻣하고 어색했지만, 정중하려고 애쓰는 기색이 역력했다.

채엽과 강일조는 서로를 쳐다보았다. 채엽이 가볍게 고개를 끄덕이면서 이번에는 봐주자는 시늉을 해 보인 후에야 두 사람은 도검을 다시 꽂았다.

"우리가 없어도 별일없겠지?"

현악의 어조는 시종 여유로웠다.

"사룡도를 지부주로 임명해 주신다면 별일없을 것입니다."

현악이 걸음을 멈추고 먼 곳에 서 있는 사룡도를 쳐다보며 고개를 끄덕여 보였다.

"이리 오게."

사룡도가 쏜살같이 달려와 현악 앞에 우뚝 섰다.

"지부주가 되고 싶은가?"

사룡도는 가타부타 대답도 없이 묵묵히 현악을 주시했다.

채엽이 다시 와락 인상을 쓰며 도를 잡았다.

"이 자식들은 예의를 갖추지 않는 게 무슨 유행인 줄 아는 모양이로군?"

현악이 가볍게 손을 들어 채엽을 제지했다.

현악은 아무런 기도도 뿜어내지 않고 그저 가만히 서 있었지만, 그 앞에 서 있는 사룡도는 온몸의 모공이 오그라드는 위축감을 느껴야만 했다.

이윽고 사룡도는 내심으로 무겁게 중얼거렸다.

'대형이 어째서 이 사람을 따라가려고 하는지 이제야 조금쯤은 알 것 같군. 나는 점쟁이가 아니라서 자세히는 모르겠으나, 이 사람은 일개 소년이지만 훌륭한 기상을 지닌 인물이다! 대형 말씀처럼 장차 천하를 질타할 인물이 분명하군!'

이어서 그는 멀리 있는 유룡도에게 나직이 외쳤다.

"여기는 삼제가 맡아줘야겠다!"

그러더니 현악에게 포권하면서 깊숙이 허리를 굽혔다.

"저도 당신을 따라가겠습니다."

"뭐야? 이놈들 지금 장난하는 거야?"

채엽은 어이없는 표정을 지었다. 숭어가 뛰니까 망둥이마저 뛰는 격이 아닌가.

사룡도는 채엽을 무시하고 현악에게 정중히 물었다.

"그래도 되겠습니까?"

현악은 가볍게 고개를 끄덕였다.

"그렇게 하게. 하지만 우선 이곳부터 처리하는 게 좋겠군."

현악은 사룡도도 마음에 들었다. 그는 그동안 학문을 하면서 주역(周易)에 의한 관상 같은 것을 배웠지만, 그보다는 아직도 자신의 눈과 직감을 더 신뢰하는 편이었다.

"알겠습니다. 잠시만 기다리십시오."

사룡도는 대룡각 휘하 오당의 수하들을 향해 똑바로 걸어가서 삼 장 거리에 멈춘 다음 웅혼한 어조로 입을 열었다.

"모두들 똑똑히 봤을 것이다! 오룡채는 방금 전에 사라졌고 대신 무적부 서화 지부가 탄생했다!"

오당주 중에 남아 있는 네 명은 사룡도의 앞쪽 무리의 선두에 나란히 서 있는데 몹시 불안한 표정이었다.

사룡도의 말대로 그들 네 명은 사태가 어떻게 돌아가고 있는지 너무도 생생하게 목격했다.

방금 전까지만 해도 자신들의 동료라고 믿었던 사룡과 그의 수하들 사백여 명이 한순간에 배신을 해버렸다.

그러므로 이제는 침입자들을 전멸시키는 것이 문제가 아니라 자신들의 목숨이 위태로운 지경에 처하고 만 것이다.

자신들 네 명과 백오십여 명의 수하로는 사룡과 그 휘하 사백여 명조차 당해내지 못할 것이다.

그런데 그 뒤에는 또 무시무시한 무적혈창대가 있고, 또 무적부의 쟁쟁한 고수들까지 포진해 있으니 애당초 싸운다는 것은 생각조차 말아야 했다.

그래서 그들 네 명의 당주는 목소리를 낮추어 속닥인 결과 그냥 가만히 있자는 쪽으로 합의했다.

지금은 오룡채가 통째로 순조롭게 무적부 수중에 들어가는 형세였으므로, 반항하거나 싸우려고 들지 않는 한 자신들 목숨은 지장이 없을 것이라는 판단이 섰다.

그래서 일단 목숨을 보존하고 나서 돌아가는 추세로 보아 후일을 도모해도 늦지 않을 듯했다.

또한 이들 네 명은 믿는 구석이 있었다. 그것은 장강수로채의 부름으로 출정을 나갔던 오룡채의 칠백여 수하들이 머지않아서 귀환할 것이라는 사실이었다.

출정대가 돌아온다면, 그들과 힘을 합쳐서 배신자들을 처치하고 오룡채를 되찾는 것은 여반장(如反掌)처럼 쉬운 일일 것이라는 최종 판단이 섰다.

그러므로 지금은 사룡도가 무슨 소리를 지껄이더라도 그저 잠시 못 들은 척 가만히 있어주기만 하면 될 것이다.

"알다시피, 오룡채 내부에는 오랫동안 깊은 갈등이 있어왔다! 그 갈등은 대룡각과 그 휘하 오당이 다른 사룡과 그 휘하들을 하찮게 업신여겼기 때문에 비롯되었다!"

네 명의 당주는 찔끔했다.

그들은 될 수 있는 대로 사룡도와 눈이 마주치지 않으려고, 또 태연함을 잃지 않으려고 애썼다.

원래 오룡채 내에는 크게 두 개 파(派)가 존재했다.

대룡각과 오당이 중심이 되는 상파(上派)와 사룡이 중심이 된 하파(下派)가 그것이었다.

상파와 하파는 누가 정한 것도 아니었고 실제 그런 이름이 있는 것도 아니었다.

하지만 그런 것이 있다는 사실을 모르는 사람이 없었으며, 그것을 느끼지 못하는 사람도 없었다.

하파 위에 상파가 군림했고, 상파만이 인간이며 하파는 거의 짐승 취급을 당해왔던 게 사실이었다.

사룡도는 마지막 말을 했다.

"너희에겐 두 가지 길이 있을 뿐이다! 오룡채 사람으로 남느냐, 아니면 무적부 사람으로 다시 태어나느냐 하는 것이다!"

한마디로 그것은 상파, 즉 오당의 휘하들에겐 일말의 기회였다. 하파가 그동안 억압받았던 감정을 폭발시켜서 상파를 휩쓸어 버린다고 해도 상파로서는 달리 할 말이 없었다.

그런데도 하파의 둘째 우두머리인 사룡도가 자비의 손을 내밀었다. 그 손을 잡지 않는다면 죽게 되는 것은 자명했다.

척!

그때 사룡도는 팔을 뻗어 네 명의 당주를 가리키면서 웅혼하게 외쳤다.

"너희들 칼에 저놈들의 피를 한 방울이라도 묻히면 우리 편으로 인정하겠다!"

"······!"

"······!"

순간 네 당주의 눈이 찢어질 듯이 커졌고 얼굴은 더할 수 없는 경악으로 물들었다.

그러나 경악은 잠깐이고 그들의 얼굴은 즉시 비분으로 돌변했고 그 중에 이당주가 이를 갈아붙였다.

"으드득! 이놈, 사룡도! 출정대가 귀환하면 네놈들이 무사할 것 같으냐!"

사룡도는 비웃음을 흘렸다.

"후후! 출정대는 누구 수하였더냐?"

"······."

이당주는 대답하지 못했다. 출정대 칠백 명 전원이 사룡 휘하였기 때문이었다.

"알아두십시오, 당주님."

그때 이당주 뒤에서 조용한 음성이 들려왔다.

이당주는 흠칫 놀라서 돌아보다가 자신의 심복수하인 향주 한 명이 우뚝 서 있는 것을 발견하고 약간 안도의 표정을 지었다.

"무얼 말이냐?"

"사룡도님은 당신보다 훨씬 높은 상급자이십니다. 원래 당주 위에 오룡이 있는 것 아니었습니까?"

"……."

향주는 정중히 말한 후에 빙그레 미소를 짓더니 두 손으로 잡고 있는 도를 머리 위로 치켜들었다.

팍!

"끄악!"

그의 도가 허공을 갈랐고 이당주의 머리가 땅에 나뒹굴었다.

"와아아!"

"죽여라―!"

그것이 신호인 듯 백오십여 명의 소위 상파 수하들이 세 명의 살아 있는 당주들과 한 명의 목 없는 당주에게 벌 떼처럼 달려들었다. 그들의 목표는 자신들의 칼에 당주들의 피를 묻혀서 죄사함을 받는 것이었다.

사룡도와 악룡수, 유룡도, 그리고 사백여 명의 녹림 수하들은 묵묵히 그 광경을 지켜보았다.

그들의 가슴속에서 그동안의 울분이 조금씩 씻어지고 있었다.

◆제52장◆
유성보의 치욕

유성보의 치욕

　　오룡채에 올 때에는 배를 댈 마땅한 곳이
없어서 서화현 포구에 배를 정박시킨 후 오룡채가 있는 가노하까지 삼
십여 리 길을 찌는 더위 아래에 비 오듯이 땀을 흘리면서 줄기차게 걸
었다.

　그런데 돌아갈 때에는 오룡채 전용 포구에 정박하고 있는 오룡채주,
즉 대룡의 전용 배인 대룡선(大龍船)을 편안하게 이용할 수 있게 되었
다.

　대룡선은 길이가 십오 장에 폭이 사 장여, 대형 돛이 세 개나 솟아
있는 거대한 배였다.

　게다가 갑판 한복판에는 삼층의 제법 근사하고 웅장한 전각이 지어
져 있었다. 또한 갑판 아래 양옆으로 열 개씩의 구멍이 일정한 간격으
로 뚫려 있어서 대형 노를 내렸다가 거두었다 할 수 있었다.

만약 세 개의 대형 돛을 모두 펼치고 스무 개의 대형 노를 힘차게 젓는다면, 아마도 물 위에서 대룡선을 능가하는 속도를 낼 수 있는 것은 전무할 것이 분명했다.

채엽은 현악이 대룡선을 무척 마음에 들어 하는 것 같다고 나름대로 판단했다.

배가 오룡채 전용 포구를 출발하자마자 현악이 배의 곳곳을 유심히 살피고 다니는 것을 채엽은 놓치지 않았던 것이다.

사실 현악은 대룡선이 마음에 들기보다는 대룡선을 보자 그 배를 타고 천하를 마음껏 주유하고 싶은 욕망이 걷잡을 수 없이 솟구쳐서 그것을 가라앉히느라 애를 먹었다.

창공을 훨훨 날아야 할 대붕(大鵬)이 주가구라는 새장에 너무 오래 갇혀 있었던 것이다. 그리고 현악 자신도 그런 생활을 어느 정도는 답답해하고 있었다.

석양이 산의 능선에 걸려 있었다.

오룡채를 접수하겠다고 아침 댓바람에 무적부를 나섰다가 해질녘에 돌아가는 중이었다.

대룡선은 험난하기로 유명한 구룡탄에서조차도 거침없이 쑥쑥 나아가다가 무적부의 진입로인 좁은 절벽 틈새 협로로 단 한 번에 미끄러지듯이 스며들었다.

현악은 몇 차례 무적부 밖으로 출타했다가 돌아온 적이 있었지만, 지금처럼 순탄하게 진입했던 적은 한 번도 없었다.

그것은 그만큼 구룡탄이 험난하기도 하지만, 대룡선이 훌륭하다는 뜻이기도 했다.

대룡선은 절벽 사이 긴 협로를 유유히 항진했다.

"진입하는 배는 잠시 멈춰서 본부를 방문하는 목적을 밝히시오! 불응하면 공격하겠소!"

배가 협로 중간쯤에 이르자 절벽 위 망루에서 웅혼한 외침이 들려왔다.

최초의 망루에 있던 무적부 벽력대 휘하 두 명의 수하는 전체가 먹물을 뒤집어쓴 듯 온통 새카맣고 거대한 배 한 척이 협로로 소리없이 미끄러져 들어오자 바짝 긴장하는 중에도 예의를 갖추어 묻는 것을 잊지 않았다.

대룡선의 앞 갑판에 서 있던 악룡수와 사룡도는 절벽 위를 쳐다보다가 흠칫 안색이 변했다.

협로의 양쪽 절벽 십여 장 높이에는 삼 장 간격마다 튼튼한 망루들이 늘어서 있는데, 각 망루마다 두 명씩의 궁수(弓手)들이 불붙은 화전(火箭)을 배를 향해 팽팽하게 당기고 있는 광경을 발견했기 때문이다.

양쪽 절벽은 발 디딜 틈조차 없이 매끄러웠고, 망루까지의 높이는 무려 십여 장에 달해서 일류고수라고 해도 경공술로 오르기가 불가능할 것 같았다.

그런 상황에서 수십 발의 화전이 쏘아져 온다면 배는 순식간에 화염에 휩싸일 것이고, 배에 탄 사람들은 하늘을 나는 재주가 없는 한 타죽거나 물에 빠져 익사하는 두 가지 길뿐일 것이다.

예전 수룡채 시절에는 협로 전체를 통틀어서 고작 세 개의 망루가 있었을 뿐이며, 각 망루에는 하급무사 한 명씩만, 그것도 망을 보기 위해서만이 있었다. 그러나 지금은 한쪽 암벽에 세 개씩 여섯 개의 망루에 두 명씩의 고수들이 상시 배치되어 있었다.

망만 보던 망루가 침입자를 발견하고 선별하여 최초로 공격하는 기

능까지 갖추게 된 것이었다

무적부로 진입할 수 있는 길은 오직 이곳 협로뿐이었으므로, 협로를 튼튼히 지킨다면 일류고수들이 쳐들어오지 않는 한 끄떡없다는 것이 적사의 방침이었다.

"화전을 거둬라! 현악님이시다!"

그때 채엽이 망루를 향해 손을 내젓자 배를 향해 겨누었던 삼십 발의 화전이 일제히 거두어졌다.

"속하들이 현악님을 뵈옵니다!"

이어서 여섯 망루의 삼십 명이 일제히 배를 향해 허리를 깊숙이 굽히며 우렁차게 외치면서 최대의 예를 표했다.

그 광경을 보며 사룡도가 악룡수에게 나직이 속삭였다.

"대형, 일개 수문 무사들의 위상과 기강을 보니 무적부는 과연 호락호락한 곳이 아닌 것 같습니다."

둥둥둥둥둥—

그때 한 망루에서 은은한 북소리가 울려 퍼졌다.

무적부의 총사인 적사가 가르친 여러 가지 의미가 담긴 북소리 중 하나로, 이 북소리는 현악의 귀환을 알리고 있었다.

이윽고 대룡선은 긴 협로를 빠져나와 아담한 호수를 가로지르며 포구를 향해 소리없이 미끄러져 갔다.

그때 채엽과 강일조는 저만치 전면의 포구를 보다가 깜짝 놀라는 표정을 지었다.

포구에 초곤과 적사, 흑궁녀, 전굉, 그리고 무적부의 수하들이 모조리 나와 있었기 때문이다.

채엽은 어떠냐는 듯한 표정을 지으면서 슬쩍 옆에 있는 악룡수와 사룡도를 쳐다보았다.

채엽의 예상대로 악룡수와 사룡도는 적잖이 놀라면서도 경직된 표정으로 뚫어지게 포구를 주시하고 있었다.

채엽은 들으라는 듯 나직이 중얼거리면서 으스댔다.

"부주 이하 본부의 전 고수들이 형님을 영접하러 나왔군 그래. 음! 당연히 그래야지."

그러면서 다시 슬쩍 악룡수와 사룡도를 쳐다보자 그들의 표정이 가볍게 변하면서 조금 전보다 더 놀라는 기색이 역력했다.

그걸 보면서 채엽의 표정이 더욱 의기양양해졌다.

강일조는 채엽의 그런 태도를 보면서 웃음이 났지만 그 역시 뿌듯한 감정을 떨쳐 버리기 힘들었다.

쿵!

마침내 배가 포구에 육중하게 접안했다.

그 소리에 비로소 선실에서 현악이 나왔다.

그의 앞에는 신표와 채엽, 강일조, 악룡수, 사룡도가 공손히 허리를 접고 있었다.

현악은 갑판을 걸어가다가 포구에 초곤이 있는 것을 발견하고 적이 놀라는 표정을 지었다.

"저런! 부주가 몸소 나오셨군."

휘익!

순간 그는 두 발로 가볍게 갑판을 박차면서 초곤을 향해 신형을 날렸다.

갑판에서 포구의 초곤 일행이 서 있는 곳까지의 거리는 오 장여에 이르는 먼 거리였다.

사람들은 현악이 당연히 배 아래에 내려섰다가 초곤에게 올라갈 것이라고 생각했다.

그러나 모두의 예상은 빗나가고 말았다.

현악은 갑판에서 신형을 날려 독수리처럼 두 팔을 활짝 벌린 자세로 곧장 초곤에게 날아가고 있었다.

사람들은 현악을 보며 크게 놀랐다.

아무리 현악이지만 오 장을 한 번에 날아가는 것은 무리라고 생각한 것이다.

그러나 사람들은 곧 자신들의 생각이 잘못됐음을 확인했다.

척!

현악이 초곤 면전에 멋진 자세로 내려섰기 때문이다.

그가 방금 보여준 경공술은 두말할 것도 없이 해남도의 표허무종이었다.

대룡선에 있던 채엽과 신표, 강일조, 악룡수 등도 적잖이 놀랐지만, 초곤 뒤쪽에 서 있던 적사와 흑궁녀, 전굉 등도 꽤 놀라는 표정을 지으며 현악을 쳐다보았다.

그들은 현악이 자신들이 생각하고 있던 것보다 훨씬 더 고강하다는 사실을 비로소 깨닫게 되었다.

"부주, 무슨 일로 몸소 예까지 나오셨소?"

현악은 초곤을 향해 포권을 하면서 가볍게 고개를 숙였다.

그러자 초곤은 현악에게 다가서며 그의 팔을 잡았다.

"우리 사이에 어색하게 왜 이러는 것인가? 어서 예를 거두게."

흑궁녀는 원망 어린 표정으로 현악을 바라보았다. 자기만 빼놓고 갔기 때문이다.

현악은 그녀와 시선이 부딪치자 슬쩍 모른 체했다. 그게 흑궁녀를 더 안타깝게 만들었다.

전굉은 현악에게 공손히 허리를 굽혔다.

"다녀오셨습니까, 주군."

"응."

현악은 미소 지으며 고개를 끄덕여 보였다.

전굉은 공식적으로 현악의 수하였으므로 당당하게 인사할 수 있지만 흑궁녀는 그럴 처지가 아니었다. 그녀는 아직 초곤의 심복인 것이다.

현악은 초곤 뒤쪽에 우뚝 서 있는 낯선 사람을 쳐다보았다.

그 사람은 쳐다보는 것만으로도 오금이 저릴 정도의 끔찍한 몰골을 지녔으며, 흑빛의 검은 극 한 자루를 쥐고 저승사자처럼 묵묵히 서 있었다.

그는 초곤이 수하로 거둔 잔지방주 잔지극이었지만 현악은 그를 한 번도 본 적이 없었다.

초곤은 대룡선을 보며 의아한 표정을 지었다.

"그런데 저건 못 보던 배로군."

현악은 미소를 지었다.

"오룡채주 대룡의 전용선이오."

현악의 태연한 말에 초곤 이하 모두들 안색이 크게 변하며 놀라움을 금치 못했다.

원래 초곤은 오룡채를 공격하자는 현악의 제안을 적사를 통해서 보고받고 일단은 허락했다.

초곤 자신도 언젠가는 오룡채를 접수하려고 구상하던 중이었기에 현악의 제안은 시기상 조금 빨랐을 뿐 전혀 뜻밖의 일은 아니었던 것이다.

하지만 수룡채보다 덩치가 두 배나 큰 오룡채를 공격하는 것은 무적부의 사활이 걸린 중차대한 일이라서 공격을 허락하긴 했지만 쉽사리 실행에 옮기기는 어려웠다. 자칫 잘못하다가는 오룡채를 접수하기는커녕 오히려 무적부가 먹힐 수도 있는 일이었다.

아침 먹고 나서 산책이라도 다녀오듯이 가벼운 마음으로 처리할 일이 결코 아닌 것이다.

그래서 초곤은 날이 밝자마자 적사, 흑궁녀, 전굉 등과 함께 오룡채 공격에 대해서 면밀하게 계획을 세우고 있던 중에 현악이 무적혈창대만을 이끌고 오룡채로 떠났다는 급한 보고를 받고는 적잖이 놀라고도 황당해했었다.

그래서 그들은 현악이 겨우 무적혈창대만으로 오룡채를 공격할 만큼 바보가 아닐 것이라고 서로를 위로했고, 스스로도 그렇게 믿으려고 무던히 애썼었다.

하지만 그들의 그런 노력은 무의미했다. 그들은 현악이 그런 일을 저지르고도 남을 만큼 무모하며 모험심이 투철한 사람이라는 사실을 너무도 잘 알고 있었기 때문이다.

그래서 초곤 이하 모두가 대전에 모여서 노심초사 숙의하고 또 숙의했지만 도무지 대책이 나오지 않았다.

현악과 채엽, 강일조, 그리고 신표와 무적혈창대만으로 천이백 명의 녹림고수가 우글거리는 오룡채를 어떻게 할 수 있을 것이라 믿는 사람은 아무도 없었다.

아니, 그들만으로 공격했다가는 모두 오룡채에 뼈를 묻게 될 것이 너무도 명백했다.

그렇다고 현악과 무적혈창대를 저대로 내버려 둘 수도 없는 일이라서, 고심 끝에 초곤은 결국 한 가지 결정을 내릴 수밖에 없었다.

그것은 초곤이 직접 무적부의 전 세력을 이끌고 현악을 도우러 오룡채로 달려가는 것이었다.

무적부의 전 세력은 벽력대와 잔지방 고수들로 이루어져 새로 구성된 탈혼대(奪魂隊)가 전부였다.

탈혼대는 옛 잔지방 고수들 중에서 무공이 뛰어난 오십 명을 골라서 만들었고, 탈혼대주는 물론 잔지극이었다.

탈혼대에 선발되지 못한 사람들은 옛 잔지방 자리에서 그 방명을 지닌 채 살도록 해주었다.

초곤이 벽력대와 탈혼대를 모조리 이끌고 오룡채로 간다는 것은 사실상 무적부를 포기한다는 의미였다.

초곤은 그렇게 해서라도 현악을 잃고 싶지 않았다.

초곤이 그런 결정을 내렸고, 모두들 침묵으로 그의 결정을 동조하느라 대전 전체의 분위기가 무겁게 가라앉아 있을 때, 돌연 협로의 망루에서 현악의 귀환을 알리는 북소리가 들려왔다.

그래서 그들은 누가 먼저랄 것도 없이 한달음에 포구로 달려 나온 것이었다.

달려오면서 그들은 모두 자신들이 오해를 했다고 생각했다.

현악은 오룡채를 공격하러 간 것이 아니라 단지 염탐을 하러 갔던 것이다. 그래, 아무려면 현악이 그처럼 무지막지할 정도로 어리석은 사람이겠는가. 그가 돌아왔으니 이제 오룡채 공격에 대해서 본격적인 논의가 벌어질 것이다.

그런 생각들을 하며 포구에 도착한 그들이었다.

그런데… 현악이 타고 온 배가 놀랍게도 오룡채주의 전용선이라는 것이 아닌가.

"오룡채에 가서 그걸 훔쳐 온 거예요?"

흑궁녀가 크게 놀라면서 현악 가까이 다가서며 물었다.

그녀의 말에 모두들 그럴 수도 있겠구나, 하고 고개를 끄덕이며 생각하다가 아무래도 그럴 가능성이 가장 컸으므로 곧 그 쪽으로 생각을 굳혀 버렸다.

그때 뒤늦게 도착한 채엽과 신표, 강일조, 무적혈창대가 초곤에게 예를 취했다.

중인들의 시선이 한쪽 옆에 서 있는 악룡수와 사룡도에게 향했다.

지독하게 못생긴 악룡수를 보면서도 중인들은 아무도 눈살을 찌푸리지 않았다.

문득 악룡수를 발견한 적사의 표정이 가볍게 변했다.

'혹시 저자는?'

그때 현악이 초곤을 가리키며 악룡수와 사룡도에게 명령했다.

"부주께 인사드리게."

악룡수와 사룡도는 초곤에게 포권하며 가볍게 고개를 숙이는 것으로 인사를 대신했다.

그러자 초곤이 현악에게 조용히 물었다.

"현 형, 이들은 누군가?"

현악은 대수롭지 않게 대꾸했다.

"오룡채 사람이었는데, 내 수하가 되겠다기에 데리고 왔소."

그때 적사가 초곤에게 공손히 아뢰었다.

"부주, 그는 오룡채의 이룡인 악룡수인 것 같습니다."

과연 적사의 사람을 보는 안목은 정확했다.

현악은 태연히 고개를 끄덕였다.

"그렇네. 그리고 그 옆에 있는 사람은 사룡도일세."

"삼룡 사룡도 말입니까?"

"응. 잘 아는군."

순간 모두의 표정이 급변했다.

현악이 오룡채의 이룡과 삼룡을 수하로 거두었다는 것은 과연 무엇을 의미하는가.

초곤은 적잖이 놀라는 얼굴로 현악을 쳐다보았다.

"현 형, 자네……."

현악은 씁쓸하게 미소 지었다.

"대룡은 죽었소. 내게 거짓으로 굴복한 후에 날 암습했다가 엽이와 일조에게 죽었소."

채엽과 강일조는 턱을 치켜들고 은근히 가슴을 내밀었다.

적사와 흑궁녀, 전굉은 더할 수 없이 놀라며 현악을 쳐다보았다.

얼마나 놀랐는지 아예 말조차 나오지 않았다.

그들의 눈에는 현악이 매일매일 새롭게 보였다. 그는 나날이 강했졌고 날마다 놀라움을 안겨주었다.

현악이 이 정도의 사람인가 하고 생각하면 내일은 더 크게 성장해 있었다.

초곤을 비롯한 모두들 놀라움과 찬탄의 표정으로 현악을 쳐다보느라 잠시 아무도 입을 열지 못했다.

문득 현악이 미안한 표정을 지었다.

"그런데 내가 부주의 허락을 받지 않고 내 멋대로 오룡채를 우리 무적부의 서화 지부로 삼아버렸소."

"그게 정말인가?"

뜻밖에도 초곤은 날카롭게 언성을 높이며 미간을 좁혔다.

모두의 시선이 초곤에게 집중됐다.

"그렇소."

초곤은 굳은 얼굴로 무거운 신음을 흘려냈다.

"음! 자네 멋대로 오룡채를 지부로 만들어 버리다니……."

당황한 전굉이 초곤에게 급히 말했다.

"부주, 하지만 주군께선 오룡채를 접수하셨습니다! 그 점을 잊으시면 안 됩니다!"

사람들이 보기에 초곤은 뭔가 착각하고 있는 것 같았다. 오룡채를 접수했다는 사실이 중요한 것이지, 오룡채를 지부로 삼았든 초토를 만들었든 그게 무슨 상관이라는 말인가.

하지만 초곤은 전굉의 말을 무시한 채 더욱 굳은 표정으로 현악을 몰아붙였다.

"그 일을 어떻게 책임질 생각인가?"

현악은 날카롭게 초곤을 쏘아보았다.

"꼭 책임을 물어야겠소?"

일촉즉발의 팽팽한 긴장감이 감돌았다. 둘 중 누구라도 당장 출수할 것만 같았다.

초곤 뒤의 잔지극과 현악 뒤쪽의 강일조, 신표, 악룡수, 사룡도는 슬며시 무기를 잡으면서 공력을 끌어올렸다.

초곤은 무겁게 고개를 끄덕였다.

"물론이네."

현악은 묵묵히 초곤을 쏘아보았다.

초곤은 물러서지 않고 현악을 마주 쏘아보았다.

이윽고 현악은 고개를 끄덕이며 전각군 쪽으로 길게 뻗은 계단을 올라가면서 어쩔 수 없다는 듯 내뱉었다.

"좋소! 원하는 대로 다 책임질 테니 갑시다!"

순간 강일조가 다급히 초곤의 앞을 가로막으며 비통한 어조로 외쳤다.

"부주! 주군이 대체 무슨 잘못을 하셨다고 이러는 겁니까?"

초곤은 무거운 표정으로 현악을 쳐다보았다.

"이 사람은 자네가 잘못이 없다고 말하는 것 같군."

현악은 착잡한 표정으로 고개를 설레설레 가로저었다.

"물러서게, 일조. 자네가 나설 일이 아닐세."

강일조는 답답해서 미칠 것만 같았다.

"주군께선 오룡채를 접수하셨으니 오히려 큰 공을 세우셨습니다! 그런데 오룡채를 지부로 삼은 것 정도가 무에 그리 큰 죄입니까? 상은 내리지 못할망정 책임을 물으시다니요!"

강일조는 초곤 앞에 무릎 꿇으며 고개를 조아렸다.

"꼭 주군을 벌하시려면 대신 저를 벌하십시오!"

"자네가 현 형 대신 책임을 지겠다는 것인가?"

초곤의 위엄 서린 음성이 강일조의 머리 위로 떨어졌다.

강일조는 죽음을 각오했다. 어차피 현악이 건져 준 목숨이었다. 그를 위해서라면 목숨을 백 개쯤 내던져도 손톱만큼도 아깝지 않다고 생각하는 강일조였다.

그는 이마를 땅에 박았다.

"무엇으로든 제가 책임지겠습니다!"

현악이 지은 죄가 무엇인지는 모르겠지만, 아마도 목숨을 내놔야 할 것이라고 생각하니 찰나지간 아내와 자식들 모습이 강일조의 눈앞에 아스라이 스쳐 지나갔다.

"좋아. 자네가 책임지게."

초곤의 허락이 떨어졌다.

"고맙습니다!"

강일조는 진심으로 감사한 마음을 느끼며 더욱 깊이 고개를 숙였다.

그렇게 잠시가 지났다.

강일조는 그 자세로 꼼짝하지 않은 채 자신에게 내려질 처벌을 기다리고 있었다.

그때 초곤의 질책이 다시 강일조의 머리 위로 뚝 떨어졌다.

"자네 지금 무얼 하는 것인가? 책임진다면서 언제까지 그러고 있을 셈이지? 어서 일어나 앞장서게."

강일조는 고개를 들고 의아한 표정으로 초곤을 올려다보았다.

"무슨……?"

초곤은 껄껄 웃었다.

"핫핫핫! 이제 보니까 자네는 뭔지도 모르고 그저 충성심에서 책임지겠다고 나선 게로군!"

"……"

강일조는 어리둥절했다.

어리둥절한 것은 전굉이나 신표, 잔지극, 악룡수 등도 마찬가지였다.

그때 채엽이 웃으면서 강일조를 일으켜 주었다.

"하하! 술을 내야 할 사람이 계속 무릎을 꿇고 있으면 어떻게 하자는 것인가?"

강일조는 어리둥절하다 못해서 머리가 아플 지경이었다.

"수, 술이라뇨?"

주군 대신 대죄의 책임을 지고 목숨을 내놓아야 할 판국에 술을 내라니, 도무지 모를 일이었다.

채엽이 이번 오룡채 출전으로 강일조와 조금쯤은 가까워졌음인지 그의 어깨를 감싸면서 여전히 웃으며 친절을 베풀었다.

"하하하! 형님과 부주께서는 예전부터 큰일을 치르신 후에는 반드시 마음껏 술을 드시고 대취(大醉)하는 습관이 있으시네!"

"......"

여전히 모를 말이었다.

"그런데 이번에는 형님께서 부주를 놔두고 혼자 오룡채를 접수하는 큰일을 저지르셨으니 잘못도 이런 잘못이 어디에 있겠는가? 그러니 부주께서 형님께 잘못을 꾸짖고 책임을 물으시는 게 당연한 일이지!"

"아......!"

"하하! 형님께서 혼자 일을 처리하셨으니 혼자 크게 술을 내셔야만 하는데, 그것을 자네가 대신 자청했으니 과연 얼마나 거하게 낼 건지 두고 보겠네!"

그의 말은 강일조뿐 아니라 이 해괴한 행사에 대해서 까맣게 모르고 있던 신표나 전굉, 잔지극, 악룡수, 사룡도 등 신출내기들을 일깨워 주었다.

채엽이 초곤에게 공손히 아뢰었다.

"일조 이 친구, 부인의 요리 솜씨가 대단하다는데, 부주께선 한 번

드셔 보시지 않겠습니까?'

초곤은 고개를 끄덕이며 짐짓 입맛을 다셨다.

"음! 벌써 입에 침이 고이는군."

채엽이 강일조의 등을 가볍게 떠밀며 채근했다.

"뭘 하나? 어서 앞장서게! 부주를 기다리시게 할 셈인가?"

"엇!"

강일조가 엉거주춤 앞장서서 계단을 오르고 그 뒤를 현악과 초곤 등이 따른다.

흑궁녀가 싸늘한 어조로 중얼거렸다.

"만약 술이 모자라면 목을 베겠다."

현무전에 술이 모자를 리 없었다.

강일조의 부인은 술 담그는 솜씨 또한 일품인데다가 술을 몹시 좋아하는 현악을 위해서 평소 부지런히 여러 가지 술을 담가두었기 때문에 무적부 사람들은 현무전을 주가(酒家)라고 부르기도 할 정도였다.

그날 밤 마신 술 때문에, 현악과 초곤 이하 모두는 최소한 이틀 이상 자리에서 일어나지 못했다.

*　　　　*　　　　*

유성보가 개파한 백이십 년 만에 최초의 사건이 일어났다.

유성보가 보유하고 있는 백여 개의 분타 중 하나가 괴멸한 것이다. 그것도 단 두 명에 의해서.

주가구라는, 별로 알려지지 않은 촌구석의 분타 하나가 괴멸됐기 때문에 유성보가 전력에 큰 손실을 입은 것은 아니었다.

유성보는 하남 무림 중심권에 있는 이십여 개의 분타들에는 자파의 고수들을 파견하여 운영하고 있었다.

그렇지만 그 외 팔십여 개 변두리 지역에 위치한 분타들은 분타주나 부분타주 정도만 자파의 고수로 세워두고 나머지는 그 지역의 무사들을 모집하는 것으로 충원했다. 괴멸된 유성보 주가구 분타는 후자에 속한 변두리 분타였다.

유성보가 보유한 백여 개 분타들 각각의 전력 차이는 분명히 다르지만, 그들 중 어느 하나라도 괴멸된다면 그로 인해서 유성보가 자존심과 명성에 입게 되는 타격은 평등했다.

그 일로 인해서 무림 전체가 수군거렸다.

과연 누가 유성보를 건드린 것인가.

절대 실수는 아닐 것이다.

누군지는 몰라도, 유성보 분타인 줄 모르고 괴멸시켰다는 것은 말도 되지 않았다.

촌구석에 있는 분타든, 중원 중심권에 있는 분타든 유성보의 분타를 건드렸다는 것은 오직 두 가지 경우에만 가능했다.

유성보에 대한 도전. 혹은 유성보를 업신여기는 것.

사실 유성보에서는 주가구 분타의 괴멸을 까마득히 모르고 있었다.

백여 개의 유성보 분타들은 매일 한차례 유성보로 비합전서를 보내 그날의 일상적인 일들을 보고하고 또 명령을 하달받는 것으로 정해져 있다.

그런데 사흘이 지나도록 주가구 분타의 비합전서가 유성보에 당도하지 않은 것이다. 그것은 주가구 분타에 비합전서를 보내지 못할 만한 사정이 생겼다는 뜻이었다.

유성보에서는 즉각 주가구에 두 명의 고수를 파견했고, 그 결과 주가구 분타의 분타주와 부분타주, 그리고 절반의 수하가 두 명의 침입자에 의해 죽었으며, 나머지는 뿔뿔이 흩어짐으로써 주가구 분타가 사실상 괴멸했다는 사실이 비로소 밝혀졌다.

그리고 그 두 명이 주가구의 옛 수룡채 자리에 새로 개파한 무적부의 고수라는 사실도 알아냈다.

유성보는 주가구 분타가 괴멸된 지 한 달이 조금 넘어서야 급급히 주가구로 고수들을 파견할 수 있었다.

유성보 정예 고수 오십 명으로 이루어진, 이른바 토벌대였다.

유성보는 그들 토벌대가 무적보를 전멸시킬 것을 믿어 의심하지 않았다.

[四卷 完]

FANTASTIC
ORIENTAL
HEROES

청 어 람 신 무 협 판 타 지 소 설

신비로운 세계관 속에 동방의 영물과
독창적인 무공의 절묘한 만남!

건곤지인(乾坤之人) / 지화풍 지음

우리가 바라고 운명이 내린
소년 영웅의 가슴 벅찬 이야기!

『건곤지인』
(乾坤之人)

신비로운 세계관 속에 동방의 영물과
독창적인 무공의 절묘한 만남!

정말… 미치게 하죠!!
요즘은… 정말 건곤지인 보는 맛으로 컴퓨터를 한답니다! ^_^
―검무혼

도가에서는 신선, 불가에서는 부처!
하지만 무인들은 건곤지인(乾坤之人)이라 부른다.

절대를 꿈꾸는 무인들의 위대한 도전기!!

유행이 아닌 자유추구 ―

FANTASTIC
ORIENTAL
HEROES

청 어 람 신 무 협 판 타 지 소 설

제1회 신춘무협 공모전에 『보표무적』으로
금상을 수상한 작가 장영훈의 신작!!

일도양단(一刀兩斷) / 장영훈 지음

한 겹 한 겹 파헤쳐지는
음모의 속살을 엿본다!

『일도양단』
(一刀兩斷)

그의 이름은 기풍한.

천룡맹(天龍盟) 강호 일급 음모(一級陰謀) 진압조(鎭壓組)
질풍육조(疾風六組)의 조장이다.

임무를 위해 출맹한 지 사 년이 지난 어느 겨울날 새벽,
돌아온 그에게 천룡맹 섬서 지단 부단주가 말했다.

"질풍조는 이미 해체되었네."

그리고…
그의 존재를 알던 모든 이들이 죽었다.